U1068801

我与他

HE AND I

水竹 著

Shuizhu

江苏凤凰文艺出版社
JIANGSU PHOENIX LITERATURE AND ART PUBLISHING, LTD

图书在版编目（CIP）数据

我与他 / 水竹著. — 南京：江苏凤凰文艺出版社，2017.12（2023.5重印）
ISBN 978-7-5594-1371-0

Ⅰ. ①我… Ⅱ. ①水… Ⅲ. ①长篇小说－中国－当代 Ⅳ. ①I247.5

中国版本图书馆 CIP 数据核字(2017)第 275103 号

书　　名	我与他
著　　者	水　竹
责任编辑	孙金荣
出版发行	江苏凤凰文艺出版社
出版社地址	南京市中央路 165 号，邮编：210009
出版社网址	http://www.jswenyi.com
印　　刷	三河市双升印务有限公司
开　　本	880 毫米×1230 毫米 1/32
印　　张	9.75
字　　数	230 千字
版　　次	2017 年 12 月第 1 版　2023 年 5 月第 2 次印刷
标准书号	ISBN 978-7-5594-1371-0
定　　价	69.80 元

（江苏凤凰文艺版图书凡印刷、装订错误可随时向承印厂调换）

作者的话

人生的路上，会遇到很多人；遇到的人，都是有缘的人。亲友、同学、同事，偶遇之人等等，都要真诚地善待这些人。

不在乎职务有多高，不在乎钱挣多少，一个人到老了，一切都归于平淡了，能有亲朋好友的关心，能被众人认可，这是对一个人一生最好的评价。

老天注定，我们什么也带不走，那就活在当下，笑在当下，悟在当下吧！

书中的人物，都是极其平凡的人，发生在他们身上的也都是极其平凡的事。写平凡的人和事，别无他意，更无需对号入座，只是为了你在自己的生活中，在曾遇见过的人身上得到启示或思考。

思考之后，从中得到些许启迪。那就为我的写作辛苦，带来一丝慰藉。

目　录

第一章　在诵经中诞生

每一个人的一生，都有几个特别感人的故事，或是几段特别的经历，令人回味无穷……

出生与成长，生存与事业，生活与追梦，伴侣与情人，朋友与恋人，同学与师长，亲密者与敌对者，合作者与拆伙人……

古云的人生，和别人的不一样，最普通人物一个，但不平凡！从一出生就别具一格的。

一九三一年九月二十八日，阴历八月十七日清晨五时三十分，在上海浦东川沙县一个村庄的一间小木屋里，一个男婴诞生了。伴随着男婴的第一声啼哭，小院里的僧人们敲响了手中的木鱼，开始了经文的吟诵。如此，经声木鱼声延续了整整三天，烛香，也点燃了整整三天。

人们在祷告中，期盼中，度过了三天三夜……

村中的乡亲们，相继地来看热闹，有道喜的，有送礼的，有担忧的，有祷告的，有私下叽叽咕咕的："这家女人已经生了四个孩子，全死了。有的刚出生就死了，有的生下不到几天就死了，有的长到三个月死了，有的好不容易长到三岁了，又病死了。"

"这个女人命苦啊！"

“这家人，人丁不旺啊！”

“三代单传啊！阿爷去世早，阿奶急着抱孙子啊！”

……

“听说，阿奶专门请来了庙里的和尚，为小孩念经，这样才能保住性命啊！”因此，才有了在经声和木鱼声中诞生的阿云。在母亲富足的奶水中，在亲友们的百般呵护下，每逢满月、百日、生日，都要请和尚念经，古云在健壮地成长着。

古云，作为古家第四代的传人，顽强而幸运地活了下来，是因为和尚念经？是因为父母吸取了四个孩子夭折的教训？不得而知。

第二章 父母亲及阿奶

古云的父亲，从小就失去了父亲。家里很拮据，但是勤劳、能干、贤惠的母亲守寡几十年，独自带着古云的父亲生活，虽无能力培养儿子读书，但教给了他许多做人的道理。

古云父亲的老家人，大多精通木匠技艺，这也算是家族中的专长吧，因此，古云的父亲在十岁时就开始学木匠活。

古云的父亲，勤奋刻苦，悟性很强，很快就拜本家的一位叔叔为师傅。古云的父亲，乖巧灵活又懂事，经常得到师傅的夸赞，当然，从师傅那里也学到了很多的木匠技艺。古云的奶奶虽然一字不识，但是她经常教育儿子要尽量去认字，有可能看看书。古云的父亲无师自通，通过自学，认识了不少字，也经常向别人借书，古云的奶奶，更是省吃俭用地挤出一些钱来给儿子买书。

古云的父亲也经常把书中看到的故事讲给姆妈听，古云的奶奶津津有味地听着，母子俩经常被书中的故事逗得哈哈大笑……母子俩相依为命，生活虽然清苦，但也其乐融融。

待到二十岁，古云的父亲，学徒成功，受到师傅的极力推荐，要到浦西去闯天下。虽然，浦东的川沙到浦西，现在看来只不过是一个多小时的车程，穿过杨浦大桥，再穿过南浦大桥，即可到达浦西的黄浦区。但当时，从老家得步行一个多小时，再坐车到码头，坐船，再坐车，得折腾五六个小时才行。

古云的父亲想去浦西闯闯，想多挣点钱，让姆妈生活得好一些，但又舍不得让姆妈一个人在家，很纠结。

古云的奶奶知道后，鼓励儿子："去吧，到外面去闯闯。你的师傅都认为你有能力，那你就去——外面的世界大得很，多热闹啊！你干得好，将来发达了，再把姆妈也带到浦西。"

"姆妈，你一个人在家，我不放心。"

"你放心，我在乡下，有这么多的亲戚在一起，他们会照顾我的，你别担心。"

在母亲的鼓励下，古云的父亲告别桑梓，只身来到了十里洋场浦西，大家眼中的大上海。

古云的父亲，先是在师傅推荐的一个包工头组建的工程队里做木工。由于他勤奋、刻苦、好学，悟性极强，因此学手艺很快，成了工程队里的佼佼者。当然收入也最多。但是，他省吃俭用，不喝酒，不抽烟，有空就到福建路上的旧书店或地摊上去看书，或者去淘点旧书来看。

只要一有机会回家，古云的父亲是一定要先看母亲的。每当古云的奶奶看到儿子交给她的钱，都要心疼地说："你现在正是长身体的辰光，做活又累，你要多吃点、吃好点，不要太省！"

"姆妈，你也要吃好点，不要太苦了。这个钱，你要用，我会挣更多的钱给你的。"

"好的，姆妈身体很好，你放心。这些钱存起来，还要给你成家用呢！"

"成家还早呢。我要存足了钱，盖上房子，把姆妈接到浦西去住，然后再考虑成家的事。”

母子俩，在憧憬中度日……

时间流水似的，在不经意间流过。

五年过去了，古云的父亲自己组建了一个工程队，自己当起了包工头。手下有六位工人，吃住问题必须得解决，只有这样，有技术的工人才能稳得住。古云的父亲和古云的奶奶商量后，取出了所有的积蓄，又向亲友们借了些钱，在浦西南市区的斜土路上，相中了一块空地。

一个月后，准备盖两栋房子，只要买些主要材料即可，有些材料是过去工程队接活时，从旧房子拆迁过来的废旧物，能利用的就尽量利用。

自己工程队给自己盖房子，自然更用心，不到两个月，两栋简易的小楼房就盖好了。上下两层共四间。房子前面有个小院子，后面有两个灶披间（厨房），又安装好电和水。简单地装修了一下，还蛮好。

房子盖好后，古云的父亲，把母亲接了过来，母子俩住一栋楼，工人们住一栋楼。古云的奶奶管理儿子的财务和工人的吃住，以及工程队的一应事物，让儿子专心做生意。

生意越做越好，因为小老板对工人态度好；工资发得公平：按劳动的质量、数量来发放工资；包吃包住，吃得也还好，住得也相对安稳。古云的奶奶，待人善良、慈祥，对工人很关心。所以工人们都愿意跟着古云的父亲干。事业在蒸蒸日上，钞票也越挣越多，古云父亲的工程队在当地小有名声。

看着儿子事业有成，古云的奶奶开心的同时，也在到处张罗着儿子的婚事。看了一些姑娘，还在挑选中。有一天中午，弄堂口的张阿姨来说媒:有一位姑娘,宁波人,父母双亡,跟着哥哥和妹妹来到上海,现在就在一工厂当工人。姑娘长得很漂亮,皮肤很白,眼睛很大。她的哥哥也在同厂当工人,她的妹妹在人家当保姆,兄妹三人相依为命。

媒人说这个姑娘很勤奋很刻苦,她的哥哥为人老实。古云的奶奶这般对儿子说:"这个姑娘家庭关系不复杂,清清爽爽;从小就是个孤儿,肯定能吃苦;她的哥哥为人老实善良,想来两个妹妹,应该也不会错。"

媒人,对女方的哥哥说起古云的父亲:"家里只有母子两人,家庭关系清爽;老太太为人慈祥善良,口碑很好,嫁过去,不会受婆婆气;自家有房子两栋,还有自己的工程队,经济条件还不错,嫁过去,生活应该是比较好的。"

两家人在媒人的撮合下,交换了生辰八字,还蛮合适的。

于是,一天下午,姑娘在哥哥的带领下,来到了古云的父亲家。当时的上海,已受西方影响,可以先相个亲,然后再定亲,再结婚。相亲时,姑娘看到男方有两栋房子,家底还比较殷实;老婆婆慈眉善目,一脸的福相;小老板和颜悦色,相貌堂堂,精力旺盛,略感瘦了一些,但不乏男子汉的气魄,好一个年富力强的男人。男方母子看女方,大而略凹的双眼炯炯有神,皮肤白皙,透着一股灵气。女方的哥哥,不善表达,但一看就是个老实、善良的人。

双方寒暄几句后,古云的父亲和奶奶,请女方家和媒人吃了定亲酒,然后,又谢了媒,然后,定了婚期,各自开始置办婚娶嫁妆。

男方这边,先刷墙壁地板,隔房间,布置新房;也就半个月的时间,新房装修一新。楼上的婚房,更是洋溢着浓浓的喜气,房里到处张贴着“囍”字；棕色的五尺宽的大床上，两红两绿的绸面被子，大红牡丹花的被单，龙凤呈祥的大红枕套，充满了喜气和温馨；三开门的棕色大衣橱；三层抽屉的五斗橱；五斗橱的上面摆着一个当时上海最流行的“三五”牌座钟，一个棕色透明的玻璃花瓶，两对同色同质的带盖糖瓶和粉盒；大红色的窗帘和白纱做的衬帘，充满了甜蜜温馨的感觉；地板和楼梯都是深棕色的，那漆亮得能照出人影来；两个高脚搪瓷痰盂，放置棕色木门的右边；一个棕色的小圆桌，加上同色的一对小椅子，放置在靠窗处，小圆桌上放置了一套雪白的搪瓷茶具。

两栋楼房和小院子里，到处洋溢着幸福的味道；象征着吉祥的喜鹊图做装饰，传递了中国人的大气与仁爱；大红色是中华民族的特色，象征着以后的生活红红火火，大吉大利。

浦东和浦西，各摆了两天的结婚酒，好不风光，男方几乎花光了所有的积蓄，因为女方家境贫寒，所以一应开销全由男方承担，男方花得开心，女方接受得满意。

过了新婚甜蜜而劳累的日子后，就开始更忙碌的工作了，为了以后的日子，必须得干活挣钱。小夫妻俩工作，老母亲仍然操持着原先的一切。媳妇的每月工资不交给婆婆，母子俩也从没有过问，让媳妇有自己的零花钱或者贴补娘家所用。

十个月之后，当得知媳妇有喜了，母子俩欣喜若狂。婆婆千叮咛万嘱咐儿媳，要小心身体并百般照顾，大家都在期盼中……

一天，儿媳由两位工友送回家，脸色苍白。原来她在车床旁来回走动接线时，突然肚子痛，然后，一股血，顺裤腿流下。送到医院进行保胎，好不容易生产了，可是，刚生下没多久，孩子死了。

大家的希望落空了，一家人都很难过。但是，母子俩看到儿媳妇虚弱的身体，强压着痛苦，悉心地照顾着儿媳，没有半点怨言。反而宽慰她，还会再有孩子的。

半年后，媳妇又怀孕了，大家又都在开心的同时，更加小心地呵护着，可是孩子生下不到半个月，又去世了。

过了一年半，媳妇又怀孕了，大家百般呵护，孩子好不容易满月了，长到三岁时，正是可爱讨人喜爱时，突然得了一场病，任凭怎么抢救都没用，第三个孩子就这样又莫名其妙地夭折了。

致命的打击，令一家人开始有了宿命论，古家三代单传，难道真是要古家绝后吗？古家人丁不旺吗？古家母子俩愁煞，一家人都处在极端的悲伤中……

大家都在怨命的同时，又都不甘心。儿媳妇认为自己不能生孩子，或保不住孩子，是自己做女人的无能，虽然婆婆和丈夫没有埋怨她，还仍然细心地照顾她，但是她不服气，不甘心自己不能为古家生下一男半女。孤儿出身的她，改变自己命运的抗衡力早已在幼小时，就种植在她的骨髓里了。

婆婆和儿媳一样，独自守寡几十年，把儿子抚养成人，大半辈子和命运抗衡，从不认输。她不相信自己会没有孙儿后代。

小有成就的小老板，更是个有抗衡能力的男人，他不相信命运，不相信自己会没有后代，他一定要让母亲抱上孙子，认为只有这样才对得起含辛茹苦抚养他长大成人的母亲。

这三个人，这三个在困境中挣扎生活的人，如今组成了一个家庭，虽然遇到了这么一系列的打击，但是，他们谁都不服输，谁都憋着一股子劲，坚决要与命运抗衡。

当第四个孩子怀上时，阿云的父亲做出了个惊人的决定：媳妇，不要再去工厂工作，好好在家养胎。

媳妇不太愿意，她还是希望自己有个挣钱的工作，她穷怕了，不愿意再过那饱一顿饥一顿的日子了，但是，当务之急保住孩子比什么都重要啊。她犹豫再三，还是辞工了。

古云的奶奶当然同意儿子的决定。

在乡下的亲友们都劝古云的奶奶，要请和尚来念经，才能保住这个孩子。

当媳妇快到生产日期时，古云的父亲把自己的家和工程队都交给了自己最要好的朋友阿根，托他照管。然后带着母亲和媳妇来到了老家——浦东川沙。

请好了接生婆，请好了高僧，做好了一切临产的准备。

一个星期后，孩子生下来了，取命古云。

……本书一开头的叙述，不再赘述了。

孩子满月后，一家人欢天喜地地回到了浦西。

就这样，阿云的母亲在他五岁时，又陆续生下了四个弟妹。每次生孩子都回浦东，都由阿奶悉心照顾。孩子多了，花费也大了，古云的父亲终日辛苦工作，赚钱养家，生意也还好。古云的母亲终日在家操持家务，这是多么完美的家庭啊！

可是，好景不长！古云的母亲为古家生儿育女传宗接代后，自以为很有功劳，再说婆婆一直掌管着家中的财务大权，孩子们向她要钱时，还得转向婆婆要，自觉很没面子。于是在婆婆和丈夫面前唠唠叨叨的，诉说着不满的情绪，希望由自己来掌管全家的财务大权。

古云的奶奶见媳妇这样，就对儿子说：“我年纪大了，记性也差了，怕管不好账，出什么差错，交给儿媳妇管吧。”

古云的父亲看姆妈这么善良，再说也确实为他操持了这么多年了，是该让她休息休息啦，于是同意了。

小人得志吧。一个孤儿，一个穷困之极的人，一个一字不识的人，一个没有接受过任何教育的人，她认为自己才是这个家的主要人物。

可是，她没有文化，不会记账，更不懂得这里面的钱，大部分是工程款，是材料费，是工人们的工资，是许多方面关系的公关费；只有小部分的钱，才是属于他们这个家日常用的。而这个家里除了一家几口的生活支出外，还得管着工人们的吃喝住行和水电费等一切杂用。

她浑然不懂这一切，只要给她钱，就笑脸相迎；只要向她要钱，她就耷拉着脸。这样一来，弄得阿奶和工人们都无法和她沟通。

丈夫多次和她讲，她不懂，也根本不愿意去搞懂。她是个非常固执的人。

因此，常常因款项耽搁，而错过了一些做生意的时机，也因此闹了不少纠纷，一时间大家对她的意见很大。

这位媳妇还小气地克扣工人的伙食费，过去的主人和工人是吃同样的饭菜，老板和工人像朋友一样地相处。但是老板娘掌权后，伙食待遇大不相同了，工人们的伙食标准降低了。主人们吃一块一块的肉，而工人们只能吃到一点点肉丝；主人们喝鸡汤吃鸡肉，工人们只能喝青菜汤。工人们干的都是体力活，这样子的伙食带来了众多工人的不满，有时阿奶也会讲她两句，老板知道后也狠狠地讲过她几次，有时甚至把留给自己吃的菜端过去和工人们一起吃。

老板忙起来，有些事无暇顾及，只好嘱咐自己的母亲做些事，有时为了减少矛盾，老板就把部分款项交给老妈处理。老板娘不开心了，认为老太太在挡她的道，平时趁老板不在，经常用话刺老太太，说什么："老娘是亲人，老婆是外人。""阿云呀，快点儿长大，挣钱给姆妈用。""乡下房子那么大，在这挤什么嘛！""乡下房子老空着不好，容易坏的。"……

听着儿媳妇的风凉话，阿奶很伤心，从不和她正面冲突，但是心里很纠结：看到儿子和孙子孙女，阿奶不忍离去；看到儿子工作这么忙，又不敢和儿子说什么，心里非常憋屈。——毕竟自强不息了一辈子，怎么能被儿媳这样糟蹋自己！阿奶只能强忍。

久而久之，儿媳妇的脸越拉越长，话越说越难听，阿奶越忍越难过，经常偷偷地流泪，有时被阿云看见了，会替阿奶擦眼泪，用小手摸着阿奶的脸说："阿奶别哭了，姆妈又骂你了，我告诉阿爸去！"

"别，别，别，千万别告诉阿爸，你阿爸工作很辛苦，别让他操心难过！阿奶不哭，不哭了啊……"祖孙俩经常这样，只要被老板发现了，老板必定会把老板娘狠狠地训一顿；但要是被老板娘发现了，必定会把祖孙俩一起骂一顿，还会把阿云拖过来，一边打还一边骂："侬个小赤佬，不帮姆妈，去帮别人。打死侬！"

打阿云，骂阿云，阿奶觉得比打自己还要心痛，她知道媳妇这样做，是杀鸡给猴看……

好好的家庭，被这个女人给搅得鸡犬不宁。儿媳妇还有时会重重地扔东西，发出极大的响声，吸引别人注意，以发泄内心的不满……

阿奶过不下去了，为了自己，为了孙子孙女们，她再也不忍心了，她决定回乡下去了。

趁儿媳妇外出，母子俩坐下泪眼互看，阿奶说："儿子啊，家庭不和，会影响生意的。我回去后，她可能会好一些。你别太担心，乡下空气好，还有好多亲友，会照顾我的。你有空，带着孩子们来看看我就行了。"

阿云的父亲哽咽着说："姆妈，儿子无能，当初的她，不是这样的。晓得她会这样，一辈子不结婚，也不会娶她。可是现在没办法，她没工作了，又有几个小孩，我没办法休了她，只能委屈姆妈了……"母子俩似生离死别，阿云一把抱住阿奶："阿奶，我不让阿奶走，阿爸，你别让阿奶走啊！呜呜呜……"

"阿云，好孙子，不哭，我到乡下去住会开心的，你一放假就来乡下和阿奶一起住，好吧？"

祖孙三代，流着泪，痛苦之极……

"嚎什么嚎，哭丧哪，还没死人呢！"未见其人，先闻其声。

老板一下子站起身，冲着老板娘大吼一声："你嚎什么嚎？凶婆娘，娶了你，家门不幸！赶快去买点糕团点心，明天给姆妈带走。"

"你这么凶干什么。"老板娘被老板突然的怒吼吓了一跳，嘴里叽咕了一句，赶紧放下菜篮转身出去买东西了。这边，阿云的父亲，帮阿奶收拾行装。

次日，母子俩回到川沙老屋，因为阿云要上学，所以没法同行。在川沙老家，只能对乡亲们说，老人家想家，年纪大了，要叶落归根，不愿再为儿子操持家务，打理生意了。

儿子又给了表亲阿哥阿嫂们一些钱，请他们帮忙照应自己的姆妈。儿子又找人把老屋打扫干净，添置了一些日常用品，陪老妈住了两个晚上，才回浦西。

儿子走后，老太太到老伴的坟上哭了一次。孤坟虽在祖坟附近，但因为英年早逝，离祖坟还是有一些距离的。平时都是清明前后来上坟，现在非清明时期，只有老太太一人。她大声地痛哭着，把这么多年、这么多天的憋屈，一下子发泄了出来……

她让自己平静了一下后，点上香烛，点上香烟，倒上酒，摆好几样老伴生前喜欢吃的小菜，坐在坟前的一块平地上。

荒野孤坟，哀泣倾诉，夫妻欢聚太短，离别太长，孩子才十岁时，一场重病，丈夫就抛下她和孩子离世而去。三十多年来，她无日不在思念着他，虽然夫妻生活不长，但两人感情甚好，尤其，生下儿子后，妻子能为古家续上烟火，能传宗接代，很是欣喜，夫妻相亲相爱，可是一场重病，夺去了丈夫的生命。

她含辛茹苦地抚养着这个和丈夫的相貌、性格颇为相似的儿子，整整三十年，看着儿子成长，成家，并生儿育女。总想着日后可以带着一家老小来光宗耀祖，自己也风风光光地颐养天年。谁知，竟然被逼出门，自己一人孤苦伶仃地独守老屋，打发残年……哭得树叶、野草都在为之晃动，哭得山风也在为她哀鸣……

不知哭了多久，哭不动了，休息了一会儿，她用毛巾擦擦脸，揉揉麻木的腿，拢了拢被风吹乱了的头发，收拾了祭品，放在竹篮里，盖上一块布，慢慢地捱下山来……

至此，老太太一个星期要来坟上一次，亲友们以为她去买菜，也没多注意。

山上风大，双泪落襟前，坟前话凄凉，满满的哀思，满满的愁思，哀，莫过于心死！两个月后，老太太受了风寒，患上了咳嗽，越来越严重，邻居表兄嫂发现后，急送医院，治疗了一个星期，方才转好。正值暑假已至，阿云父子俩来看望，阿奶这般病弱，让父子俩心痛不已。阿云的父亲住了三天，看到阿奶的身体已基本痊愈，阿奶看到孙子特高兴，心情也好了许多。自己工程在身，不得不先回浦西，让阿云留下陪伴阿奶。阿云在阿奶身边，细心地照顾，还经常讲在学校发生的一些事情给阿奶听；阿奶也经常讲一些阿爸小时候的事情给阿云听；祖孙俩经常哈哈大笑，老屋里又充满了笑声……阿奶还请亲友们为阿云做了一些家乡菜，阿云吃得开心极了。近两个月的农村生活，让阿云乐不思蜀，一直快到开学，在阿爸不断的催促下，阿云才让阿爸接回浦西。

这以后，只要一放假，阿云就不顾姆妈的唠叨，迫不及待地要阿爸送他回乡下。阿奶的善良，助人为乐，宽厚待人，都潜移默化地影响着阿云。

到了阿奶家，一切都那么惬意：听不到姆妈的吵闹唠叨，也听不到父亲的唉声叹气，更不用带弟弟妹妹们玩了，因为他们的年龄、性格差异太大了，根本玩不到一起。

在阿奶家，可以下河游泳，阿奶坐在河边看着他。他有时故意逗阿奶，一个猛子扎到河里，游到阿奶的附近，阿奶一会儿看不到他了，就着急地大喊他的名字。这时，他会突然从水里冒出头来，冲着阿奶大声地笑着，因为离阿奶太近，反而会让阿奶吓了一跳，阿奶也笑着嗔怪他："小赤佬，吓死我了！"

浦东川沙镇有不少特产，奶奶会让阿云吃个遍。小笼包、鸽蛋圆子、面筋百叶、枣泥酥饼、响油鳝糊、油爆虾，红烧肉、扣三丝、红烧河鳗、红烧鮰鱼、腐乳肉等都是阿云喜欢吃的。

一到节假日，只要阿爸没空接送阿云，阿奶就会早早地起床，走长路，坐班车，坐轮船，来接阿云，乐此不疲。阿云怕阿奶太劳累了，就让阿奶不要来接送她，可以自己来回了，可是阿奶不放心，怕这个来之不易的大孙子，会在这么长的路上出什么意外，坚持接送。

但是，毕竟节假日较少，所以阿奶和阿云都期盼着寒暑假的到来，这样就可以在一起多待些日子。尤其是寒假，虽然假期比较短，但是可以在浦东过年。在乡下过年可热闹了，乡下人，年二十九就开始放鞭炮，一直要放到正月十五。而且，每天吃的食物，也都是换着花样。

年三十晚上，先要供祖宗，然后一家人才能吃团圆饭，过年这几天，吃饭也很讲究。

除夕晚上必须吃八宝饭。

大年初一早上，必须吃汤团。

大年初二早上，必须吃糕点。

大年初三早上，必须吃阳春面。

……

这些食谱，充满着年味儿，全都意味着团团圆圆、甜甜蜜蜜、长长久久，生活越来越美好，亲友们常来常往，老人们长寿健康。

过年那五天，姆妈是不敢对阿奶有丝毫的不礼貌的：一则，过年时，亲友们来访不断，他们也要去给亲友拜年；二则，阿云逐渐长大了，中学生了，维护阿奶的能力越来越大了，只要看到姆妈有一点坏苗头，他就会马上、立刻瞪姆妈一眼，暗示她不可这样。阿云一直和阿奶睡一张床，处处维护着阿奶。三则，阿爸早已在年前就对姆妈约法三章：

一、过年时不许打骂孩子。

二、过年时不许唠唠叨叨。

三、过年时不许在客人面前耷拉着脸。

姆妈在这五天内，绝对要按章办事，否则，会留她一个人在浦西过年，她可再也不要过那种孤独的日子。不就五天吗？咬咬牙，忍一忍，也就在忙碌中过去了。

但是，过完年回到浦西，大摆老板娘的架子，大耍老板娘的派头，要大大地吵几架，寻事和工人吵，寻事打骂小孩，指桑骂槐，甚至和自己的哥哥嫂嫂吵，以此来发泄过年那几天的憋屈……

阿云的父亲，为了让老婆的哥哥不再到处租房子，就在自己的院子的前面，盖了三间平房。又张罗着帮他成了家，也有了儿女。可是这个亲妹妹六亲不认，自以为哥哥是依靠自己才发达起来的，得让哥哥无限期地感谢自己！她更不把自己的小妹放在眼中，嫌她是个保姆，丢人，从不来往，连她几个孩子都未曾知道还有个阿姨在上海。因为劳累、生气，她的哥哥病故，留下两个儿子的嫂子改嫁了，找了个手艺人；此人是阿云的爸爸认识的一位工友，老婆去世，留下一个女儿，两人互相帮衬搭伙过日子吧。一个男人，得养活一家五口人，孩子们也都处在长身体之时，生活负担可想而知。可是，这个老板娘非但不同情，不接济，反而千方百计企图赶走他们一家，要回房子。为此，她经常寻衅滋事，甚至带着几个儿女跟他们吵架，简直蛮不讲理。她的嫂子为此伤心至极，但是没有能力到外面去租房子，只好强忍着。

阿云的爸爸，经常唉声叹气，对这个胡搅蛮缠的老婆实在是奈何不得，总不能老发脾气，老是约法三章啊！何况自己也很忙，生意越来越不好做，竞争越来越激烈，他实在无暇顾及。

阿云的妈妈，从小在社会上混大，是吃上顿没下顿的，兄妹三人一路乞讨，从宁波的一个小山村来到了大上海。一路上不仅饥一顿饱一顿，而且连个遮风挡雨的地方都难找。乞讨的生活经历，让她从小就懂得弱肉强食，讲什么都别讲道理，胆小的怕胆大的，胆大的怕没鞋的，没鞋的怕不怕死的。尤其一个女孩子，虽然有哥哥在前面挡，虽然少受点欺负，但是在那个弱肉强食的年代，没两下本事，还真免不了被人欺。所以，她早就练下了十八般武艺：吵闹打骂加拼命，水来土掩，兵来将挡，豁出命来，也要保护自己的。兄妹三人，就算她最厉害，千难万险，在苏州河边，搭了一个小木棚落下脚，又分别找到了工厂当工人，虽然累死累活挣不了多少钱，但是，比居无定所强，比乞讨挨饿强。

直到有媒人撮合，嫁给了古老板，她觉得扬眉吐气的日子来了。开始，因为几个孩子的夭折，她有点憷，事事都很小心；后来，有了几个孩子，有底气了，她觉得婆婆和丈夫对自己很宠爱；后来，夺取了家中的财政大权；后来，她更是飞扬跋扈，目中无人；后来，她暴露了江湖上的一切秉性：刁钻、刻薄、自私、贪婪，天不怕地不怕，属于自己的东西，任何人都别想夺走；另外，只要被自己看上的东西，将会不惜一切代价地抢到手。

她唯恐天下不乱，还竭尽全力无中生有地挑唆子女间的关系，子女之间吵闹，她坐山观虎斗……变态的心理，变态的人性。因此，她的老公、她的大儿子，都不太搭理她。

一次，古云放假到阿奶家去，看到阿奶在咳嗽，照顾阿奶吃了药，阿奶躺下时对阿云说："我年龄大了，陪不了你多少日子了。你长大了也懂事了。阿云啊，以后要好好地读书，还要出国留洋，好好工作，要做大事。好好照顾你阿爸，他太苦了。"

阿云对奶奶说："阿奶，你好好看病，别伤心，别操心，我一定会好好读书的，我会挣大钱的。到时候，阿奶，阿爸，我们三人在一起过日子。"

阿奶满足地笑了。有孙子的这番话、这份心，阿奶就非常舒心了。阿奶一个人，虽然儿子给了她不少钱，虽然亲友们对她也很关心，但是她想儿子疼儿子，想孙子疼孙子；她终日怀念和儿孙在一起的快乐日子，终日在期待儿子、孙子的到来，终日思念亡夫。人在悲伤时，很想对别人诉说，但是，她为了古家的面子，为了自己可怜的尊严，她只能忍耐……

久而久之，阿奶积忧成疾，咳嗽转成哮喘，风烛残年的她，孤独地在老屋残喘着，本该颐养天年的她，却被一个儿媳害成这样……但是，就是这样，阿奶至死都没提出要到浦西去生活，多么刚强不屈、多么为儿孙考虑的、有骨气的老人啊！

阿奶和阿爸的话，牢牢地扎根在阿云的心中，为了这两个他最爱的人，阿云拼命地读书。阿云天资聪颖，当然也有他父亲的基因，勤奋、刻苦、好学。从小学到中学，学习成绩基本上是名列前茅。上中学的时候，他考上了著名的上海中学。

他骑自行车穿梭于上海市区，骑车的技术很高，可以双手撒把，可以随时刹车，一脚支地，可以把个普通的自行车，骑成跑车一样的速度。中午，在小饭店随便吃碗阳春面什么的，就赶到学校图书馆看书。高中毕业后，在报考大学时，阿云和父亲在上海南京路附近的人民公园里进行了一次至今令阿云记忆犹新的谈话。

"阿爸，我想报考复旦大学，又想报考金陵大学，您看我考哪所学校好？"

“你是怎么想的呢？你直说，不要有顾虑。”

“上复旦大学，这是我早有的想法，在本市，考上的把握也大一些。金陵大学在南京，是目前国内较好的名校，离上海也比较近。我呢，想出去闯闯，挑战一下自己的独立生活能力。”

沉默了片刻，父亲说：“儿子，你成熟了，不管考哪个学校，我都支持你，而且相信你，一定能考上的！”

“阿爸，我想考到外地去，还想以后也在外地工作、生活，您能理解我吗？”

“我知道，你不想待在这个吵闹不休的家里，想过安宁的日子，我理解，太理解了。

“唉！儿子，以后还是要好好读书，读完大学，出国留洋，做大事。你有文化有水平了，你找的老婆，也是有文化，有水平的，通情达理的。

“你阿爸我，这一辈子，找了一个没文化没水平，不通情达理的老婆，害了自己的生意，害了自己的老妈，甚至也害了你们几个孩子……”

阿云的爸爸深深地陷在自责之中，阿云知道父亲心中的苦闷，虽然他对老婆很不满意，甚至，有时候都不想回家。但是，从来没有做过任何寻花问柳之事，虽然他有条件可以弃家而去，但是，他是个有责任心的男人，他仍然在拼命地工作，拼命地挣钱，为了维持这个家。阿云从心底里佩服阿奶、阿爸，他们的人品为阿云所崇敬，也为阿云做了表率。这一切，对阿云的成长起了决定性的作用。

当报纸上刊登出大学的录取名单时（那时大学录取名单是在报纸上公布的），两所大学古云都榜上有名，古云毅然决然地选择了南京的金陵大学。

暑假刚一开始，阿云急不可耐地赶到川沙乡下，要把大学录取的好消息尽快地告诉阿奶。

阿奶高兴地拉着孙子的手，老泪纵横，喜极而泣……为了庆贺孙子这一大喜事，阿奶让孙子搀扶着来到了川沙镇上的一个大饭店，点阿云最喜欢吃的两个菜：油爆虾、清炒鳝丝，还有几个蔬菜。祖孙俩你给我夹菜，我给你夹菜，开心得不得了。

吃完饭，睡了个午觉。阿奶开始为孙子的远行整理行装。阿奶对孙子说："出去读大学，要穿得好一点，买件好衬衫，买件夹克衫，买条西装裤，再买双皮鞋。走，阿奶带你去买。"

阿云笑着说："阿奶，爸爸会给我买的，你别担心。"

"你阿爸给我的钱，我用不掉的，你多带点钱去，穷家富路，在外面要用钱没处找。"说着，把一叠钞票递给阿云。

"阿奶，这钱是阿爸给你的，你要用，不要太节约了。阿爸会给我钱的。"阿云把钱退回给阿奶。

将近二十天的日子过得飞快，这天，阿云要走了，回浦西准备一些去南京的事宜。

上午八点钟，阿奶送孙子到门口，递给孙子一个小包，对孙子说："自己去买支好一点的钢笔，就算是阿奶的一点心意了。你不拿钱，阿奶真要生气了。"

"好吧，我去买一支好钢笔，下次带回来给你看，谢谢阿奶了。"阿云抽出一张钞票。"你自己多保重，我以后不能经常来看你了，但是只要一放假，我就回来看你。你要好好地养好身体啊。"两人笑别，可是一转身，两人都止不住地泪水夺眶而出……

阿云拒绝了阿爸的护送，拎了个小皮箱，踏上了大学之路。

那时，从上海到南京，快车得五六个小时；慢车，得八九个小时。阿云拿着本书看了一会儿，就向车窗外看去，心里五味杂陈……

离开家乡到一个陌生的环境，对阿云来说，这是第一次，虽然迫切地想离开家，真到离开时，心里还是有些许不舍，毕竟那是养育自己的父母，还有和自己一起长大的弟妹们……

父亲送自己上火车，分别时眼眶红了。儿子走了，他更孤单了，没有人陪他下棋聊天了，没有人比这个大儿子更了解他了。但是，他更为儿子能走向高等学府去读书，做他自己愿意做的事，感到欣慰。

第三章　大学生活

八个多小时的火车，坐到南京已是傍晚。出了火车站，古云就坐上了公交车，赶往学校。

金陵大学，位于南京闹市区——鼓楼附近，经过鼓楼医院大门，来到了金陵大学的大门——当时的大门，是现在学校的北大门。

校园不大（现在的南园，是后来拓展的），古云履行报到手续后，来到了指定的宿舍。

宿舍里已有三位室友在桌前看书，听到脚步声，看到又来了一位室友，都高兴地站起来迎接，大家互相自我介绍。

浙江来的丁盛，徐州来的庄强，安徽来的许贵，上海来的古云，同窗四年，结下了兄弟般的同学情。

一九五二年，金陵大学和原中央大学等院校、院系调整、拆并，成立了现在的南京大学，一直沿续至今。

原南京大学的中文系，为现在的南京大学文学院。两所学校合并后，学生人数也增加了不少。那时的大学生，家庭成分、学历、年龄等都参差不齐。最小的十六岁，最大的已有二十六岁。还有的已婚，还有的已是孩子的父母亲了。虽然来自祖国各地，生活习俗不同，而且，因为那时还未推广普通话，还没有汉语拼音统一语言文字，所以方言盛行，大家南腔北调，有时一位同学讲话，大家就七嘴八舌地乱猜话的意思，经常是驴头不对马嘴，说者、猜者都哈哈大笑，甚是有趣……

由于大家的目标一致：读大学是为了深造，增强能力，日后谋一好职业，做成一番事业，多挣些钱，提高生活水平，因此，大家志同道合，相处很是融洽和睦。

一个星期天，为了买些日常用品，同学几人，到夫子庙买物品兼游玩。这可是电影和书里描述的古秦淮河和考状元的著名之地啊！

同学几人，从瞻园路走进夫子庙。当时其中一位同学略显年龄大些，穿着长袍子，被一暗娼拉了一把，把他吓得脸色苍白，同学们一拥而上为他解围，一路上，为此嬉笑不止，之后还经常以此事取笑。

当参观完夫子庙的大成殿、贡院时，这一行中文系的学子们，又是那么崇拜、敬仰古代先人。

当乘坐游船，漂游在秦淮河水面时，他们是那么开心，撩拨着河面的水，尽情地欢笑……

同学中家庭经济条件也不尽相同，有的是资本家出身的公子、小姐，有的是商人出身的阔少，有的出身于城市贫民家庭，也有的出身于贫穷农民的家庭。

古云的家庭应属中产阶级，上海出来的，所以穿着方面稍微洋派些，骨子里也尚存有上海人的那股子傲气，再加上他一米七六的个子，略显瘦，所以不少同学认为他是上海大资本家的小开。

古云遗传了父母的长处：大眼睛，多层眼皮，高鼻梁；五官端正，分布匀称；上身短，两条长腿，手指头细而长，手掌柔软，戴着一副六百度的近视眼镜，就是皮肤黑了点，真还算是个美男子。大家出去玩时，古云和几个家境较好的同学，都比较大方，主动付钱，一点儿都不摆架子，所以和大家相处得很好。

一个星期天，几人相约去中山陵游玩，这可是同学们早已向往的游览胜地。

中山陵是中国近代伟大的民主革命先行者孙中山先生的陵寝及其附属纪念建筑群，面积八万多平方米。一九二九年建成，历时三年。

中山陵位于紫金山南麓的钟山风景区内，前临平川，背拥青嶂，东毗灵谷寺，西邻明孝陵，整个建筑群依山势而建，由南而北，沿中轴线逐渐升高。

主要建筑有博爱坊、墓道、陵门、石阶、碑亭、祭堂和墓室等。

音乐台、光华亭、流徽榭、仰止亭、藏经楼、行健亭、永丰社、永慕庐、中山书院等建筑，众星捧月般环绕在陵墓周围。

中山陵建筑色调和谐统一，融汇了中国和西方建筑之精华。气势宏伟，被称为中国近代建筑史上的第一陵。

爬上三百九十二级台阶，举目远眺，群峰皆居脚下，陵园景色尽收眼底。重峦叠嶂，松柏苍苍，亭台楼阁，气象万千。一行人走下台阶，来到音乐台喂鸽子，又到无梁殿、九层塔，然后坐马车，到了明孝陵，又爬了梅花山……

一直玩到晚上九点多钟了，似乎还未尽兴，回校后，方才觉得玩累了，同学们倒头便睡。

古云对南京的高楼大厦不感兴趣，几处著名的名胜古迹玩完后，他开始埋头读书了。

虽说校园丰富多彩的生活让古云摆脱了家庭的吵闹，但是，阿奶和阿爸的叮嘱，他时刻铭记在心：好好读书，到国外留洋，要做大事。图书馆是阿云常去的地方，那里的书，古今中外，应有尽有。古云置身于书的海洋，废寝忘食地汲取着无穷无尽的知识。

古云为自己制订了读书计划：

一、中国古代文学作品的精读。

二、二十世纪初、中期的中国文学作品的精读。

三、西方古代文学作品的精读。

四、西方十九、二十世纪文学作品的精读。

古云还充分利用工具书，查阅了许多有关资料。

就这样，在认真上好每一节课，认真笔记好每一位老师的讲课重点之余，古云阅读了大量的课外书。

诗仙李白、诗圣杜甫、诗佛王维、诗囚孟郊、诗豪刘禹锡、诗虎罗邺、诗鬼李贺、诗杰王勃、诗狂贺知章、诗奴贾岛、诗骨陈子昂、诗家天子王昌龄、诗魔白居易、诗神苏轼……古云竟能背诵其中的一些诗句，乃至全篇。

一时间，“诗痴”一雅号成了古云的外号，他也乐在其中。老师赞赏，同学羡慕。他引用诗词写文章，校刊上的几篇读书心得，更是显露了他的古诗词的功底。十八岁的他，还经常引用古诗词中的经典诗句，来表达他的思想、理念，可见功底了得。五十多年后的脱口引用，足以证明其当初在大学学习的专业水平。

实施读书计划一、二时，古云阅读了大量的有关中国历史书籍，知道了从十九世纪后半期到二十世纪初、中期是中华民族实现前所未有的历史性大变革的一百年，是决定民族前途命运的一百年，大变革中的中国文字的发展，犹如一条长河，慷慨悲歌，曲折跌宕，波澜壮阔，浩荡前行。突破了三千多年来形成的文言文体，建立了白话文学新文体，跨入了世界现代文学的行列。“五四”运动成为二十世纪中华民族伟大的思想解放运动，成为现代中国的奠基礼。

一大批作家风起云涌，大师林立，群星璀璨，名篇巨著，难以胜数。鲁迅以犀利的锋芒，揭露了旧礼教的“吃人”本质，代表作《祝福》、《伤逝》、《阿Q正传》；茅盾的《子夜》、《林家铺子》、《三人行》等多篇作品，生动地塑造了一些人物的反抗、彷徨、追求的心路历程。巴金的长篇小说激流三部曲《家》、《春》、《秋》，爱情三部曲《雾》、《雨》、《电》，老舍的《骆驼祥子》、《四世同堂》等作品构成了现代文学史上长篇小说的艺术高峰。

著名的教育家、作家、编辑家、文学出版家和社会活动家叶圣陶写了《稻草人》、《倪焕之》、《未厌集》等著作。并先后主编和编辑过《小说月报》、《国文杂志》、《中国作家》等杂志。并发现培养举荐过一批青年作家：巴金、丁玲、戴望舒等，成为当时的教育、文学先锋。

实施读书计划三时，古云首选西方古代文学作品《希腊神话》，知道普罗米修斯是人类的创造者和保护者，还有艺术女神缪斯，太阳神阿波罗，智慧女神雅典娜。古云连看了三遍，才对此书中的人物，有个大概的了解。以前他不太喜欢看神话书，认为全是作者凭空杜撰出来的，没有意思。现在，他了解了人与神的关系，神其实是人的写照，英雄是人与神的相交。

古云又读了十九、二十世纪外国著名作家的文学作品。俄罗斯文学家高尔基的人生三部曲，列夫·托尔斯泰的《复活》，诗人普希金的《致大海》，法国作家莫泊桑的《漂亮朋友》、《项链》，雨果的《巴黎圣母院》、《悲惨世界》，大仲马的《基度山伯爵》，小仲马的《茶花女》，巴尔扎克的《欧也妮·葛朗台》；英国作家威廉·莎士比亚的《哈姆雷特》、《奥赛罗》、《罗密欧与朱丽叶》，狄更斯的《大卫·科波菲尔》，阿瑟·柯南道尔的《福尔摩斯探案全集》，夏洛蒂·勃朗特的《简·爱》以及她的妹妹艾米莉的《呼啸山庄》；美国作家马克·吐温的《百万英镑》，海明威的《老人与海》，马格丽特·米切尔的《飘》；丹麦作家安徒生的一百多篇童话故事；西班牙作家塞万提斯的《堂吉诃德》；德国诗人歌德的诗剧《浮士德》；第一位荣获诺贝尔文学奖的亚洲人，印度作家泰戈尔的《飞鸟集》、《吉檀迦利》。

各位作家的作品，字字珠玑，才思敏捷，文从字顺，无与伦比。人物的形象栩栩如生，心理描述得惟妙惟肖，淋漓尽致，入木三分！令古云崇拜得五体投地。图书馆后排的第五个座位，几乎成了他的专座。读书笔记上的摘录、心得，令同学们赞叹不已！古人云："人可以一日不食肉，不可以一日不读书。"至此，读书成了古云每日必做之事，以至于在他工作后，无论出差、开会前后，他的包里，都装着一本书或一本杂志。而且养成了睡前必看书的习惯。甚至在他去世的那一刻，他枕边还放着一本翻开的杂志，右手手指还触碰着一张滑落在地板上的《金陵晚报》……

整整两个月，他博览群书，天文、地理、法律、哲学；古今中外，他的读书兴趣之浓，之广，真是令人咋舌。他提的问题，有时让老师们要查找资料或"容我思考思考，次日再回答你"等。于是，同学们改称他"诗痴"为"书痴"。

书成了他的最亲密的朋友，给予他智慧和力量。他更加沉稳，更有灵气，更有待人接物的能力，很快被师生们称赞、认可，选为班长。

后来在耄耋之年的同学聚会上，大家直呼其老班长，并经常催促他组织“班会”活动，他也乐此不疲，成了同学们的活动组织者。

后来，学校成立了篮球队，庄强、年思、古云都是篮球队的主力，担任大前锋、中锋、后卫，配合默契，经常取胜。

古云还喜欢参加乒乓球、足球、游泳、打桥牌等体育活动，虽然他比较瘦，但很健康。因此得到一些女生的青睐。英文系的一位南方籍女生，几次故意地出现在他的周围，有意地找他搭讪，这方面他反应比较迟钝，在同班女同学的提示下，方才意识到。但他立刻警觉起来：大学时只能好好读书，不能因别的事而影响学习。父亲的嘱咐不容他有非分之想，尽管她是个很优秀的女生，可是同班女生，大有“肥水不流外人田”的想法，不让班长为其他班级同学占有。于是，轮流盯梢，本来就比较忙的古云，私人空间还被盯梢，那位别班女生哪能近身古云？只能知难而退了。古云更是一副好好学习、天天向上、不近女色的清教徒样子。所以，本班女生也无计可施，这么优秀的学生，大学四年竟然没有谈过恋爱，好生令人诧异……

毕业前两个月，正在忙着准备毕业论文的阿云，被辅导员喊到办公室谈话：“毕业后有什么打算？”

“父亲原来是要我到美国留学的。现在我国已和美国断交，到国外留学是不可能的事了，唯一的出路就是读研了。”

辅导员点点头。“很好，我们也是这样想的。你的学习成绩这么优秀，又很刻苦，留校读研吧。”

次日，系党委书记又找古云到办公室谈话，对他说：“你想留校读研很好。我们想在学生中发展党员，你的家庭情况我们已调查过了，你的父亲现在是个工人，符合发展条件。”

“不是，父亲原来是个小业主，他建国后才当了工人。”

“对啊，小业主也是自食其力么。他现在就是一名工人了，对吧?”书记面对如此坦诚的学生，暗暗赞许。就这样听了几次党课，填了几张表，毕业前，古云被发展为一名大学生党员，老师同学们都为他庆贺。

转眼到了大学毕业分配工作的时候了，有的同学分配到了北京，有的同学分配到了浙江，有的同学分配到了天津，有的同学留在本校，有的同学分配回原籍。有的欢呼雀跃，有的痛哭流涕，有的甚至责怪古云不帮忙。(为此，有的同学甚至恨他一辈子。)古云留校当研究生，做了系里的秘书，他是分配小组成员之一，作为来自学生中的唯一一名党员，他只能够提供一些情况，他没有任何决定权，基本上是属于被询问了解之列。当时是国家统一分配，许多分配方案，他根本一无所知，对于同学们的指责抱怨，他一直隐忍着。因为他觉得同学们读了四年书不容易，何况有的同学家里的经济状况比较差，读书就是为了渴求一份好职业，改变家庭经济情况；有的同学是从农村来的，读大学就是为了能离开农村到大城市里来，有个体面的工作，好光宗耀祖；自己不是也想更好吗！所以对待同学们的抱怨他都能理解。乃至日后，同学们聚会时，谈及当时工作分配的事情，对待某些同学的抱怨，他解释说：“那时候，我哪有那么大的权力呀?”泰然一笑了之，倒使得有些同学，反而为了误解他而感到羞愧……

当初的南京大学，中文系的名声是响当当的，一则，此校是国民党时期首都的高等学府，历史悠久；二则，当时国内知名人士胡小石，是南京大学校务委员会成员兼任中文系主任，他于篆、隶、真、行、草全面钻研，书法博采众长，自成一体，世所公认。

胡小石一生所写诗词甚多，尤以七绝居多，皆妙趣横生，风调隽美，有直追中、晚唐之力。

有这样的教授，严谨治学，当然学生也就随之水涨船高了。古云大学毕业后，有幸成为胡小石教授的研究生，当古云把这一喜讯告知阿爸时，阿爸开心得不得了，真为自己的儿子自豪不已啊。

古云对胡教授崇拜至极，胡教授对学问的精益求精，对知识的严谨，乃至胡教授的书法字体，都成为古云效仿的楷模。

看看古云的书法中，含有胡教授之体；再看看古云写的诗词中也含有胡教授之魂；就连待人接物，也有胡教授待人接物的那种低调谦和之风度。

胡教授的学识较广，他是国学大师、文字学家、文学家、史学家、书法家、艺术家。他和陈中凡、汪辟疆并称为南京大学中文系的“三老”。

同事们至今仍这样说：“胡小石教授是古云的研究生导师啊！那还了得。难怪古云的水平如此之高。”赞叹中透着无比的羡慕。

正当古云在孜孜不倦求学之时，突然接到父亲来信，阿奶病故了。

古云向教授说明情由，教授让他速回上海。古云直奔浦东川沙阿奶家，只见大家都在焦急地等待他这个长孙的到来。一般，逝者在家里待三天就要出殡的。

阿奶是夜里突发哮喘病而去世的，临走时，阿奶身边没有一个人。古云和阿爸痛哭不已，这祖孙三人的感情最深。隆重地安葬了阿奶后，无法为阿奶过头七了，古云匆匆要赶回南京。

临别时，古云对阿爸说："您别太难过了，要注意身体，您对阿奶的好，我都知道。我会记住阿奶的话的，一定好好学习，你放心吧！"此时的古云知道，阿爸内心深处一定很自责，阿奶去世前没人守在她身旁，阿奶一定非常痛苦，非常孤单地离世的。父亲无法原谅自己的不孝。

这以后每每谈及此事，父子俩都很痛苦。父亲安葬完阿奶以后，过了头七回到了浦西。从此父亲经常喝闷酒，不知何时又开始抽上了烟。建国后，父亲的工程队被政府收归为国有企业，父亲就成为国企的一名工人，收入明显减少。当然，母亲的唠叨随之更多。父亲的苦闷也更多，越苦闷越要喝酒、抽烟，因此身体也随着年龄的增长越来越差。

古云知道家里的经济情况后，边读研究生，边在学校打工。当时大多数的研究生都是这样过来的，学校也需要人，这些学生正好是有用之才，打工的收入基本上就可以维持自己节俭的学习生活了，不再需要家长供养了。

古云研究生读完后，留校当了系办人事秘书，负责整理师生文档等工作。因为他工作认真，经他手整理出来的文档，条理清晰，书写漂亮且文笔又好，因此深得领导赞赏。

时值"反右"斗争时期，在整理材料时，他发现有的老师和学生的上报资料中夸大其词，够不上右派的条件，他认真核对了事实，实事求是地将材料整理好上报上级。因此某些师生本来"右派"的头衔改为了"右倾"分子，从而免去"右派"所遭之苦。

八十年代的一天，古云和妻子在马路上偶遇一位知名教授，他紧紧地握着古云的手说："谢谢你！谢谢你！没有你当时的相助，没有你为我核对了事实，我就得去坐牢、去劳改，那得遭二十多年的罪呀！也就没有了我今天的一切啊！"

古云回敬师长说："我是实事求是嘛，不用谢。教授，这是我应该做的。"

事后他对同行的妻子说："做人、做事就要实事求是，就是要诚实。能帮人处且帮人。这位教授出版了不少学术书籍，现在在南大，是著名学者，否则就是埋没了人才呀！"

当时还有一位类似情况的学生，是从外地来南大当研究生的。也因为古云的实事求是，后来成为某师范学院的教授，著书若干，培养了一批又一批的优秀教师，为教育事业做出了杰出的贡献。

后来省委宣传部通知学校，想抽调古云去北京中宣部创办一个杂志或者去江南出版社筹建分社。

古云考虑到父亲已年迈，身体又不好，所以选择了留在离家近一点的江南出版社工作，因此，古云奉命来到了江南人民出版社文学编辑室任副主任。

至此，古云结束了他七年多的大学生活。

第四章　走向社会

第一节　编辑工作

古云来到了江南人民出版社文学编辑室，担任编辑室副主任和党支部书记。当时正值国家三年自然灾害时期，按照国家计划供应标准：事业单位每人每月的基本口粮二十八斤，油半斤，糖半斤，猪肉半斤。

正值青年时期的古云在出版社食堂吃饭，每日不到一斤的主粮，虽然吃不饱，工作得照常干，因为是年轻干部，还得带头干，工作的责任和压力，都挺大的。

工作一向认真负责的古云，加上他有在大学里当班长的管理能力，工作也还顺手。编辑室在他的带领下就像是一个大家庭，同事们相处得亲如兄弟姐妹（当时编辑室的男生为多），虽然生活清苦，但是，大家工作的热情还是很高的，出了不少好书。

一天下午，出版社的党委王书记来电话，让古云到他办公室去。当时还没有出版大厦，古云所在的文学编辑室离人民出版社还有一段距离，古云把办公室的工作安排好以后，骑着自行车来到了出版社，进了王书记的办公室。

王书记见古云来了，让他坐下，倒了杯水。王书记很喜欢这位有水平、有能力、谦和的、尊重领导的年轻干部；古云也很喜欢这位平易近人的领导，两人平时相处得很随便，古云在他面前也无拘无束。可是，这一次王书记一反常态，很严肃地又很神秘地对古云说："我现在是以出版总社党委书记的身份，对一位文学编辑室的支部书记，交代一个任务：你们编辑室马上要来一位女编辑，她是个美术编辑，毕业于上海美专。原来任职于上海美术出版社。她是个身份特殊的人物。

"她的丈夫以前是个国民党军官，和国民党政府的高层联系密切，后来被我党策反了，作为情报人员，秘密地跟随国民党政府去了台湾。后来为了配合丈夫的潜伏工作，上级领导派她带着孩子去香港，培训三个月后赴台湾。她原来也是个积极要求进步的青年学生。

"可是，正当她在香港培训期间，台湾那边，国民党政府进行了清党运动，在国民党内部的一些我党情报人员，被查出被杀害；因为她的丈夫潜伏在国民党的高层，作用极大，国民党政府恼羞成怒，判处他绞刑。

"所以她无法再去台湾也无法再回上海工作了，因为这是国家机密，上级领导把她安排到了我们出版社。

"这位女同志名叫单宁。下个星期一就来报到了，关于她的身份，你要保密。我也是今天上午，省委宣传部党委书记喊我过去才知道的，整个出版社就我俩知道她的身份，上级领导再三叮嘱：我们对她的身份，一定要绝对保密。"

"哦，真够神秘的！"古云笑了笑。

“另外，单宁同志有三个孩子，大儿子和女儿在上海已有了工作，而且也成了家，他们就留在上海了。单宁同志，一人带了个小儿子来到南京，他的小儿子正在南京工学院读书。

“鉴于她是烈士的家属，享有国家级烈士家属的一切待遇，各种计划福利的分配额度也较大。出版社还分了她一套房，她的生活肯定是没有问题的。

“但是，作为党支部书记的你，在精神上要多关心关心她。一位女同志，才死了丈夫，又调到了一个陌生的生活环境，肯定有诸多不便，你要多和她沟通，疏通她的思想，尽量不要让她在精神上太痛苦。

“这就是党组织交给你的特殊任务，你必须认真对待，必须认真完成。”

古云照例点头接受任务，对他来说，这可是个陌生而又新奇的事情。

首先，她是个比自己大十几岁、有三个孩子的母亲，怎么和她沟通，又怎么疏导她的思想，还不要让她精神上太痛苦？对于没有学过心理学的古云来说，这真是个大大的难题。

古云把顾虑向王书记提出，王书记两手一摊：“这个嘛，说实话，我也不懂。今天上午，同样的问题问了省委宣传部的党委书记。他回答我：边做边学边研究！我也只能这么回答你了。对不起啦，以后有什么问题，你再来找我，我们再商量着办。”

领旨！没得商量。

周一上午十时许，办公室的门被敲响的同时被推开，进来一位女同志。“请问古主任在吗？”

古云一抬头，一位四十多岁的女同志，知道是单宁来报到了。

古云接过介绍信，把她领到美编室，如此对大家介绍：单宁，新来的美术编辑。丈夫曾任国民党师一级机要文书，解放初期跟随部队起义投诚后，成为解放军师级文职军官，后来在抗美援朝战争中牺牲。是烈士家属，请大家多多关心。

这就是各级领导和单宁都统一好的口径。

当时古云是编辑室的领导，当然得起表率作用。上班时早到，下班时晚走，一个人吃食堂、住宿舍，独立生活能力也比较强。父母家在上海，自己还未成家，也没谈恋爱，因此，没什么太多的事，一心扑在工作上，当然，在办公室的时间比在宿舍的时间多。

单宁，孩子读大学住校，只有周六晚上才回来，周日晚又回校，也就一个人。因为家境富裕，所以，婚前婚后，都有保姆照顾着，一直过着比较优越的生活。她不会做饭，不会做家务，但是对家里的布置、卫生清洁等要求比较高，上海人对穿着也比较讲究。

到了南京后，住在湖南路附近的出版社家属宿舍，宿舍离工作地点很近。当时，湖南路附近的马台街和百子亭的小巷子里的小吃店还是有的，所以，她经常光顾小吃店。但是，她是要吃上海菜的味道，而这些小吃店，大多数是苏北人开的，不对她的胃口。自己又不会做饭；长期下来，对她来说，吃饭成了个大问题。

刚来出版社报到时，出版社的王书记对她说过："有什么问题就去找编辑室的古主任解决，出版社就他知道你的真实身份，他会代表组织帮助你解决一切问题的。"

于是，她找到了古主任，把自己的实际困难告诉了他。古云是有求必应，因为这是党组织交代的工作任务。

首先，古云找到了办公室的老丁，请他的老婆——刚从农村上来没多久的一位勤劳、善良的农村妇女，帮忙到单宁家做卫生清洁工作，正好挣点钱补贴家用，老丁和他老婆一口答应了。老丁的老婆是个勤快人，不但打扫卫生，还捎带着帮助单宁洗衣服被褥等，单宁很满意。可是因为老丁的老婆是苏北人，不会烧上海菜，所以吃饭问题仍然无法解决。

古云告知单宁，有两个办法：

一、在食堂吃。出版社食堂的饭菜，还是不错的，因为出版社南来北往的人多，大多数苏北菜中，有时也会有些南方菜的味道，遇到合适的菜，多买点，吃两天。

二、可以到南京的一些饭店，选上海菜吃。

古云帮单宁写下了几个饭店的名称：绿柳居、马祥兴、刘长兴、三六九、大三元、福昌饭店、南京饭店、江苏饭店……

那时饭店人少，价格也较高，必须花不少各种计划用票才能在饭店吃饭，那是个很奢侈的事。单宁，有时去饭店，多买些菜，和儿子周末回来一起吃。

两个大问题解决后，单宁还是觉得精神空虚，寂寞，孤单，常常苦于没有人诉说。不像在上海，可以和亲友们在一起聚聚聊聊，倾诉自己的喜怒哀乐，可是在南京，自己的真实身份无人知晓，自己平时讲话，还得特别注意，恐怕一不小心说漏了嘴，暴露了什么……

寂寞、无聊、孤单，让这个小资产阶级情调十分严重的人，常常失眠……

有时为了打发时间，单宁就在办公室看看书、画画画，此时，她发现古云也是经常独自一人在办公室，知道出版社里，只有他一人知道她的真实身份，所以有时无聊之极时，就会到古云的办公室，对古云讲讲自己的身世。

单宁和自己的亡夫，相差十六岁。单宁的父亲是杭州当地知名的资本家，亡夫的父亲是同地方的官僚资本家。当时的家长，认为婚姻应当门当户对，于是就把正在读书的刚满十六岁的她，和一位年轻有为的三十二岁的军官，在媒人的撮合下相了亲。因为那位军官事业心较重，要求也高，一直未选中满意的结婚对象，婚姻问题一直没有得到解决。可是这次，他却看中了单宁：正值青春年华的单宁，皮肤白皙，一对双眼皮的大眼睛，亮晶晶，水汪汪，传神动人；圆圆的脸蛋，白中透红；浑身上下，透着少女的青春活力，楚楚动人，冰清玉洁，宛如出水的芙蓉。此时的年轻军官甚至觉得，这是宛如上天特别赐予他的特殊女人，他简直是一见钟情。

单宁看到的这位军官，黝黑的皮肤上刻画出清晰的轮廓，大眼睛浓眉毛，高挺的鼻梁，一米八的个子显得威武挺拔，气宇轩昂，英俊帅气，让人觉得他是一个有责任感的能信得过的男人。但是，单宁觉得他年龄太大，而且又在部队工作，平时照顾不了她，所以，不想再接触了。并把自己的想法告诉了父母。娇惯她的父母，同意了她的看法。

但是，年轻军官再三托媒人来提亲，并且告诉媒人：非单宁不娶！意志坚定不移。如此感动了单宁的父母。在年轻军官不断的坚持中，在父母的再三地劝说下，单宁勉强地嫁给了年轻的军官，时值十七岁。单宁的大儿子是在她十八岁时出生的。因为是父母之命，媒妁之言，完全是两个陌生人结成的姻缘。本来两个人年龄相差就比较大，两人的生活环境不同，共同语言不多。婚后又先后生育了三个孩子，自己还是个孩子的单宁，过早地成为了人母。幸亏，家里有前呼后拥的保姆，所以，单宁在家里是标准的阔太太，什么事也不过问，什么事也不必去做。她在生孩子的前后，仍然在学校上课，她想干什么就干什么。年轻的军官，无条件地满足她的吃、喝、玩、乐，简直就把她捧在手掌心里，宠她爱她，只是遗憾自己没有较多时间陪伴她。战争时期的军人，是以服从命令为重的，年轻军官是个事业心很强的人，因此，住在部队的时间，远远地超过住在家里的时间。单宁浑然不知这一切，她只是需要人疼她爱她，需要丈夫的陪伴，当这一切满足不了的时候，单宁感到孤单寂寞，于是结交了一些朋友，经常在一起吃喝玩乐，打发孤单的日子。

单宁结交的朋友中，有一些，和单宁一样生活在比较富裕的家庭；有些是生活在平民家庭；也有的是生活在比较贫困的家庭；他们都是因为喜欢画画，而聚集在上海美专的。单宁家庭优越，性格开朗，为人善良，助人为乐，看到别人有困难时，她会非常仗义地帮忙；她天资聪明，学习成绩较好，她擅长画仕女画，画画水平较高，深得老师和同学的赞赏。当有些同学经济上有困难时，她总是很同情他们，并慷慨解囊。她的乐善好施的品德，深得朋友们的信任。

在她结交的朋友中，有一些进步青年，他们有时在一起谈论着国家的命运，个人的前途，社会的问题，政府的作为……这些从未听说过的事对她来说很新鲜、好奇。开始她只是猎奇，听他们在陈述某件事时，有时兴奋，有时痛苦，有时泣不成声；后来她也参加了他们之间的议论，开始发表自己的一些看法，也还是以咨询为主，有时也被他们慷慨激昂的演讲所感动。她开始模模糊糊地知道了一些有志青年要拯救国家，国家兴亡匹夫有责的道理，开始有了一些激进思想。当时的上海青年，有不少人受到了西方思想的影响:国家要解放,民族要独立。尤其是在抗日战争胜利以后,这种思潮,越来越影响到中国青年学生。也就在此时,单宁逐渐地成长为一位爱国青年,她开始热衷于参加青年学生的爱国活动,也经常愿意和爱国青年学生在一起,谈论国家的兴亡……

她的爱国热情,她的正义激情,她的特殊家庭,她的国民党军官丈夫,引起了当时上海地下党组织的注意。

一天,一位和她比较要好的女同学,约她下午到坐落在静安寺愚园路上的"水竹咖啡店"坐坐。单宁应邀来到了这家咖啡店。刚走到门口,浓浓的咖啡香扑鼻而来,咖啡馆里的灯光很暗,舒缓低回的音乐,酝酿了一种甜蜜的氛围。那位女同学,独自斜坐在咖啡馆最里面的一个角落里看书。单宁走到她的身旁,她抬起头来,冲着单宁微笑。服务员跟了过来,单宁要了一杯她最喜爱的摩卡。摩卡咖啡是意大利一种最古老的咖啡,其历史要追溯到咖啡的起源,它是由意大利浓缩咖啡、巧克力酱、鲜奶油和牛奶混合而成,摩卡咖啡的名字起源于也门红海边小镇摩卡,这个地方,在十五世纪垄断了咖啡的出口贸易,对销往阿拉伯半岛区域的咖啡贸易影响特别大,也门摩卡,是各咖啡主要输出的一个商港,当时咖啡主要是集中到摩卡港,再向外输出的。所以,非洲咖啡都被统称为摩卡咖啡。它质量上乘,华丽芳香,受到许多人青睐。

单宁坐在那位同学的对面,两人边喝咖啡边聊起来,那位女同学对单宁说:"现在有一件非常重要的事想请你做。"

"好啊!你说。只要我能办到的,我尽力而为。"

"下面我说的话,你先不要问,只要认真听,听完后再问。"

单宁点点头。

"听说,你的丈夫是国民党高级军官?"

单宁又点点头。

“我是上海中共地下党党员。今天，我代表党组织，交给你一个任务：共产党马上就要解放全中国，国民党正在节节败退；蒋介石正在逃往台湾，这已经是大势所趋。我们希望你，尽力说服你的丈夫，让他能够为我们共产党服务，为中国人民服务。让他跟随蒋介石国民党撤往台湾，在国民党政府高层收集情报做潜伏工作。这个任务很重要，也很艰巨，而且十分危险。你看你能行吗？”

单宁听了她的话，心脏激烈地跳动起来，她紧张、害怕、担心，一时间不知所措。她从来没有和丈夫探讨过关于国家的大事，虽然，平时，在丈夫的言谈中，感觉到了他是一个有良心的爱国军官，也曾经忧国忧民。但他毕竟是国民党的军官，当然他爱的是国民党口中的国家。让他背叛他效忠了大半辈子的党国，他肯吗？他愿意吗？而且还让他收集情报，潜伏在他效忠的党国的高层，这好像是天方夜谭……

看到单宁的犹豫，沉思，甚至是彷徨，女同学语重心长地对单宁说：“这件事，事关重大，你先不要急于回答，好好考虑考虑，考虑好后，我们再谈。今天这件事你不要跟任何人讲，也不要和你丈夫谈，你先考虑好你的决定，告诉我以后，我们根据情况，再做下面的决定。记住，我跟你讲的这件事要绝对保密，否则，我们将会有生命危险。千万记住！”

单宁回到家里，坐立不安，彷徨不定。思考再三，她认为，丈夫肯定是要跟着国民党撤退到台湾去的，如果她要是跟随他去，必须是举家迁移，离开这个生她养她的城市，离开一切亲友，到一个陌生的地方去生活，什么同学亲友都没有。而她的丈夫肯定是住在部队比住在家里的时间更长，她依然是要过着和丈夫聚少离多的孤单寂寞的生活，会比现在还要痛苦。如果丈夫能被策反，那他们就可以不要举家迁移，离乡背井了，丈夫还有可能回到大陆，那不是两全其美的事吗？

思考了几日后，单宁找到了那位女同学，说出了自己的决定。那位女同学高兴地说："我们没有看错你，你真棒！你为共产党、为祖国、为人民做出了一个重要的决定，我代表党，代表祖国，代表人民感谢你！"

说完紧紧地握住了单宁的手，然后如此这般地，告诉单宁下面的工作进程……

后来，由于上海地下党的再三说服，单宁的软缠硬磨百般耍赖——当然，最重要的还是军官原本那一颗爱国之心。如此，策反成功。在依依惜别中，丈夫随着国民党政府到了台湾。单宁，只身带着孩子在上海生活。因为身份特殊，夫妻间联系甚少，有时，几个月都得不到对方的消息，乃至死活都不知道，整日在担心、焦虑之中生活……

守寡这么多年不说，还得提心吊胆，不知丈夫随时会遇到什么问题，搞潜伏工作的人随时都有生命危险的，何况，他还是在国民党的高层工作，危险系数就更大了……后来，组织上通知她，到台湾去配合丈夫工作，她惊喜交加，终于能和分别了好几年的、日思夜想的丈夫团聚了。她被带到香港集中培训时，本来就聪慧的她，为了能更快地配合丈夫的工作，更快地适应潜伏工作，强化学习了情报工作的知识。就在她满心欢喜，急切期盼中，却得到了丈夫牺牲的消息！晴空霹雳，山崩地裂，她的精神被彻底摧毁了……

古云一开始对单宁的讲述，觉得要耐心地听，让她压抑的心情能得到释放，大概这就是思想沟通吧。后来，古云觉得单宁的身世，不像外表那么光鲜，日子过得并不舒畅；虽然经济条件比较好，但是，精神生活还是比较欠缺的，个人经历也比较曲折。

真可谓，每个人、每个家庭，都有各自的不幸和痛苦，快乐和幸福……

古云有时也会向出版社王书记汇报单宁的情况，王书记赞同古云的做法，希望他继续。古云在王书记的认可下，更加耐心地对单宁做思想疏通工作。单宁也觉得，古云能够耐心地听她讲述，她很欣慰，终于找到了一个倾诉的对象。

久而久之，单宁对古云的依赖越来越大，不管大事小事，不管过去的事、现在的事，不管出版社内的事、出版社外的事，工作以内的事、工作以外的事，她都想和古云说。有时，古云出差几日，单宁就有一种期待，期待古云早点归来……

单宁，越来越离不开古云，一种奇怪的感情油然而生。

古云，忙于日常的工作，对待单宁的感觉，浑然不知……

单宁越来越欣赏古云那超强的工作能力：那在书稿上批阅的秀气而有力的小楷；那写通知在小黑板上的漂亮的粉笔字；那在文件上批阅的秀丽的钢笔字；在工作会议上，稳重而条理性特强的讲话；出版社乒乓球比赛、篮球比赛场上的矫健的身影；新年联欢会上和别人合作的越剧《红楼梦》中“哭灵”的对唱，大段唱词，一字不差，那唱腔惟妙惟肖；舞会上，交谊舞跳得那么潇洒，和舞伴配合得那么默契；苏州评弹、昆曲、京剧，都能唱得那么好，大段唱词，竟然能一字不差地唱出，如此超强的记忆力博得全场喝彩……

单宁，这个四十三岁已有三个孩子的母亲，对这个比自己小十三岁，又是自己领导的男人，产生了一股抑制不住的感情。爱上他了吗？

古云到盐城去和一位当地的作者切磋一部书稿的出版之事，那时去盐城坐长途汽车，单程就得八九个小时。一星期后，古云才返宁。在古云返宁后上班的第一天下午，那是星期四，古云忙完日常工作后，离开办公室时已是晚上八点半了，他路过单宁的办公室，见灯还亮着，只见单宁坐在办公桌前看书，关心地说："时间不早了，还不回去休息啊！"

"我在等你呢！"

"等我？有什么事吗？"

"我想和你谈谈。"

"今天我有点事，想早点回去，明天吧。明天下班后，你到我的办公室来谈，好吗？"

"好，明天再谈。"

古云以为，单宁又像往常一样找他说说一些事而已，出差回来忙了一天社里的事，晚上回宿舍还要洗一大盆衣服呢。

单宁以为古云出差才回来，可能比较辛苦，想早点回去休息，这样也好，约好明天再谈也行，这样他的时间和精力都会更充足些，也便于谈话，那样效果会更好。

第二天的下午，单宁确认编辑室只剩下她和古云两人在时，单宁拎起一个包，关了自己办公室的灯和门，来到了古云的办公室。

古云抬头看了她一眼，示意她先坐下，又低头处理公务了。大约十分钟后，他抬起头，一边收拾文件，一边对着单宁说："好啦，说吧，有什么事？”

单宁从拎包里拿出一瓶葡萄酒，两个小碗，两双筷子，又拿出两个铝制饭盒，饭盒里装着划分整齐的四样菜：干切牛肉、烤麸黑木耳、笋干黄豆、梅干菜烧五花肉，都是上海人喜欢吃的菜。单宁知道古云也是上海人，也喜欢吃这几样菜。

古云惊讶地看着这一切，问单宁：“你这是干什么呀？”

“领导出差辛苦了，略备薄酒小菜，为您洗尘。”

“不，不，不，你别这样，不敢当，你赶快收拾起来带回家去。”

“给个面子嘛，感谢你一直以来对我的关心、照顾。”

“组织上交给我的任务，关心你是我的工作，你别客气。”

“什么工作不工作的，哪有你这么认真工作的。你那么耐心地听我讲述，那么不厌其烦地帮我解决工作中生活中的困难，还那么真诚地安慰我。我太感谢你了。来，来，来，喝点酒。”单宁边说边自顾自地打开了酒瓶，倒了两杯。

“在办公室喝酒不好。”古云仍在推脱。

“办公室里没有别人了，他们都下班了，就剩我们俩了，没事的，我先敬你一杯！”单宁端起酒杯，一饮而尽。

古云天生是个老好人，一般情况下，他都是有求必应的，向来不愿为难别人，或是得罪别人，宁可自己受委屈，这是他性格中的一个欠缺还是长处？

见此状，古云无法拒绝，怕单宁难过，恭敬不如从命了！

古云只好接过单宁递来的酒杯，也一饮而尽！两人就这样，一杯一杯酒地喝着，一句一句话地聊着，当然主要是单宁在讲，古云在听。单宁还不断地往古云的碗里夹菜。

单宁曾经以为，丈夫去世后，又有这三个孩子，也已经四十多岁了，她人老珠黄了。那种浪漫，那种对美好生活的憧憬，都已随着生活的磨砺而消失殆尽了。没想到这些日子，她那颗已经死了的心，正在慢慢地复活。她觉得，自己还是个正常的女人，久违了的那种对异性的渴望，加上酒精的刺激，撩得她两颊绯红。忽然，她渴望眼前的这位异性，这位呵护她、关心她、懂她的异性，能给她更多的关爱，那种异性的爱。

但是，古云是自己的领导，是比自己小十三岁的未婚男子。她想向他表白，她不敢，她怕自己的唐突会吓住他，从而中断了现有的关系。到嘴边的话，她又咽了下去。她极力控制住自己的情绪，尽力平静下来。约一个小时左右时间，结束了晚餐，各自回家。

单宁回到家，酒精的刺激，已被秋风吹散，睡在大床上，倍感孤单，一次次的伤感，一滴滴的眼泪，一声声的呻吟……就这么昏昏沉沉地睡去……

次日，她头痛，昏昏沉沉地去上班，中午，她向同编辑室的同事请了假，回家休息了。当单宁生病的消息传进古云耳朵时，他认为他下班后应该去她家看看她。因为，她自从在出版社工作以来，就没有请过假。下班后，古云不想打扰别人，大家的工作都很忙，记下了单宁家地址。晚饭后，古云买了点苹果，来到了单宁的家。

进了单宁家，两室一厅的房间收拾得干干净净，房间布置得很雅，不愧是学美术的，审美观特强。单宁没想到古云会来看她，一时间不知所措。披头散发的，没想出门，更没想到会有人来访。请古云在客厅坐下后，先到卧室装扮了一下，然后赶紧倒了杯水，端给古云。

古云看到单宁很憔悴，关心地问她怎么了。不问还罢，这一嘘寒问暖，感动得单宁立刻泪流满面。

古云有生以来第一次与女同志独处在女人家里。她这一哭，弄得古云不知所措，以为她身体不舒服，忙对她说："你别哭，我马上带你上医院。"

"不，不，不，不用，我没病。"

"你晚饭还没吃吧？"

"不想吃，没胃口。"

"那就煮碗面条吃吧。我来给你煮碗上海口味的阳春面吧。"

在单宁的引导下，古云来到厨房，单宁拿好面条和调料后，就回到客厅沙发上半躺着。

不一会儿，古云端着一碗面走进客厅。客厅里，立刻弥漫着一股麻油的香味，一下子勾起了单宁的食欲，这时才知道，自己已经两顿没吃饭了。正宗的上海阳春面的味道。单宁情不自禁地夸着古云的手艺，一边了解古云的情况。

至此，单宁才知道，古云是上海浦东人，南京大学的研究生，大学生党员。单宁对古云更是从心底敬佩，真是不可多得的人才啊！从而，又凭添了一份爱慕。

见单宁吃完面条，精神好多了，古云起身告辞。单宁恋恋不舍地送他到门口。

古云走后，单宁躺在床上，古云的影子，一直在眼前晃悠。在单宁的生活中，已记不清，哪年，哪月，哪日，曾经有过这么一个异性，为她煮饭，为她排解困难，给她带来温暖，她似乎感到了久违的家庭温馨，多么美好啊，多么向往啊！

她曾经有多少次的渴望，有一个男人陪伴她，有一个温暖的家，坐在阳台上，喝着葡萄酒，听着音乐；灯光下，在优美的音乐声中，跳着舞，紧紧地相拥着；一起到外地去旅游，在沙滩上嬉戏，在水中畅游，到咖啡店一边慢慢地品尝咖啡浓浓的香味儿，享受那浪漫的氛围，欣赏着优美的音乐……她幻觉中的异性，就应该是古云，可是该怎么向他表白呢？

她在无穷无尽的遐想中昏昏沉沉地睡去……

第二天清晨醒来，思来想去，决定去找出版社的王书记，把自己想和古云好的想法告诉领导，希望组织上帮着做做古云的思想工作，能支持自己。

当王书记听到单宁的要求，很是吃惊不小，虽已五十多岁的他当政工干部多年，但是这种事还是第一次遇到。他不想得罪面前这个值得同情的，值得照顾的烈士遗孀；但是，他更不愿让他欣赏喜欢的部下古云受任何委屈。太让他纠结了，竟然脑子一片空白。

他沉思了一下，对单宁说："有共同的爱好，又都是南方人，又能互相交流，这很好。但是，古云今年才三十岁，没有结过婚，听说，在大学里就有不少女同学追求过他，他要求比较高，至今还没有选中合意的女朋友，他把心思都放在工作上面了。"

王书记想用这个"要求高"来暗示单宁，让她知难而退，单宁却说："就是因为他还没有女朋友，所以我才有机会呀，否则我想都别想了，对吧？"

王书记又对单宁说："你再嫁的话，你的烈士家属的一切福利待遇，都得取消了，现在正是自然灾害时期，你的生活水平会因此大大地降低的，你考虑过这个问题吗？"

单宁回答："我有考虑，只要孩子们还享受就行，我苦点不要紧。”

王书记又说:“如果古云不同意呢?你怎么办?”

“所以,我就是想请你去找古云谈谈,看他有什么想法。还请你做做他的工作。”

王书记沉默了一会儿:哟!兵来将挡,水来土掩啊。她已深思熟虑过了。王书记不置可否地摇摇头:“婚姻是两个人的事,我可以找他,你呢也可以找他聊聊,看看他有什么想法。还有,你还要考虑你们两人的家庭,还要考虑你的孩子,你再认真地、好好地考虑考虑。”

单宁走后,王书记头痛不已:怎么和古云谈呢?一个童男子,找一个有三个孩子的女人,是我的儿子,我也接受不了。这个女人太不靠谱,工作不好做啊!难道要向省委宣传部的领导反映吗……还是先找古云谈谈,听听他的想法再说吧!

过了几日,王书记来到文学编辑室,走进古云的办公室。古云起身迎接,倒了杯水,笑着对王书记说:“领导有何贵干,还得劳您大驾亲自跑来,来个电话,喊我过去不就行了吗?”

“来向你了解了解情况。”

“哪方面情况,我一定如实汇报。”

两人虽是上下级的关系,但是又如同兄长关系。古云非常尊重这位领导,有能力,有魄力,对待下属亲切和蔼,从不摆谱,虽是政工干部,但是文笔相当厉害,内行领导内行啊!

王书记非常看好这个有水平、有人品的年轻干部,是出版社内部重点培养的干部。

聊了一些有关编稿出版工作后,王书记慢慢地切入了正题。“怎么样?单宁的工作做得还好吧?”

“怎么说呢，女同志，婆婆妈妈的，经常来向我讲她的家庭身世。资产阶级小姐的做派真不小呢。”

“怎么讲？”

“帮她找人打扫卫生，还要解决吃上海味道菜的问题，实在是养尊处优的阔太太。我按照您的要求，尽量替她排难解忧了，耐心地听她倾诉呗，尽量地帮她呗。浪费了我好多时间，少看了好多书，要不是为了完成组织交给我的任务，哪有耐心听她唠叨！”听着古云的讲述，王书记彻底明白了：单宁纯属单相思，他暗自为古云庆幸！

“难为你了啊。一个未婚男青年，听大自己十几岁的老妇女唠叨不容易啊。就是我这个五十多岁的老男人，也不愿意听这些鸡毛蒜皮、家长里短、婆婆妈妈的事，很好，你工作做得很到位啊。听说前几天她生病了，你到她家去看望她，还煮面条给她吃，令她很感动啊！”

“没办法，她生病没来上班，家里就她一个人（那时，家里面没有电话，更没有什么手机），所以下了班去看看她。她还没吃晚饭，于是煮了碗阳春面，后来才知道，她连中午饭都没吃。”

王书记话中带话地说：“以后她家的事，你别去干了，你一个单身男人，单独到一个单身女人家里，不太方便。有什么事，喊上两三个人一起去。下班后两个人单独相处的时间也别长，做好工作的同时，还要注意周围人的看法，不要让别人产生误会。我们生活在人群中嘛，要注意影响，对不对？”

古云是个绝顶聪明的人，自以为已经领悟了王书记的意思。完全领悟了吗？他只领悟了其中的一部分。而王书记呢，也只能点到此为止了。单宁看到王书记来到出版社，聪明的女人以为古云已经知道此事了，就在等待观察古云对自己的态度。

古云对这一切浑然不知。他一如既往地工作，编辑室工作很忙，他又是那么追求完美的人，所以经常累得够呛。虽然有时在办公室内加班到很晚，因为王书记的话，古云几次借口工作忙而推迟和单宁的独处。有时单宁等同事们走后到古云的办公室来，古云放下手中的活儿听她讲，半小时后，古云就会很有礼貌地说："今天就讲到这儿吧，我手上有部稿子要编，急着发稿，对不起了。"

有时单宁在她的办公室坐等古云，因为古云下班，必须经过她的办公室。她就开着门，手里拿本书，只要听到古云关灯、关门，向她走来的脚步声，她的心就怦怦直跳，两颊发热，犹如少女初恋般的感觉。然而经常是，古云的脚步声，在她的办公室门口停住的同时，只有一句"还在忙啊，不早啦，赶快回去休息吧"。随着话音渐渐远去，单宁怅然若失地坐在椅子上，竟然讲不出一句话来……

有时遇到上述情况，单宁会说："这就走，你等等我。"关灯关门准备和古云一起走。因为他们回家的路是同一个方向，可以同路十分钟呢。但是，每当走到门口，和传达室老张招呼后，古云会突然地说："我有一封信落在办公室了。"

单宁有时在路上等他，有时能等了半个多小时都不见他的人。古云有意在回避她，尤其是晚上。白天到古云办公室，在他不忙的前提下，他会放下手上的活，仍然和以往一样耐心地听她讲，但因为是上班时间，同事们经常到主任办公室谈谈各方面的工作，单宁也无法长时间待在古云的办公室内，只好悻悻退出。

单宁觉得古云和往常一样在关心她，在帮她解决一些工作上生活上的问题的同时，明显地是在减少和她单独接触。单宁几次曾热情地邀请古云到她家去做客，古云都婉言谢绝了。古云这种若即若离的态度，让单宁丈二和尚摸不着头脑，因为单宁有家族病——高血压，所以，情绪一波动，睡眠不好就会头晕、头痛。

有一天中午，单宁请假回家休息，下午没有上班。五点钟左右，有敲门声，单宁很开心，以为古云来看她了，赶紧开门，看到编辑室的小张和古云一起来的，还拿着一个饭盒。小张对单宁说："单大姐，这是我们家附近小饭店做的上海大馄饨，味道可好了，趁热，快吃啊！"

古云也附和着说："这家馄饨味道是正宗的上海味。我以前吃过，肯定合你的口味，快趁热吃。"

"谢谢，谢谢！"

小张是个女同志，说话间径直走到厨房，把馄饨倒到一个奶锅里，随手又拿了把汤匙放在锅里，端到客厅，放在单宁前面的茶几上，催促她快趁热吃，两三分钟的事，紧接着又到厨房拿出自己的饭盒，然后又再催单宁赶快吃。

这边单宁推托着："嗯，肯定好吃，我已闻到香味了，但是我还没洗漱，等洗漱完后再吃。"

古云问："要不要让小张陪你到医院去看病啊？"

"不用，不用，老毛病了，一失眠头就晕，吃点药，休息休息就好了。"

"那好，就这样，你抓紧时间赶紧吃，中午饭也没吃吧，饿坏了。没事的话，那我们就先走啦，明天不行，再接着休息，不急于上班。有事再联系我们。小张，我们走吧。"

单宁把两人送到门口，关上门。她没胃口，又躺到床上，又在胡思乱想……

古云，是她一生中遇到的第一个让她怦然心动的男人。古云待人真诚，能力强，水平高，品性好。长得又英俊潇洒。各方面的条件都那么好，为什么还不找女朋友？说明他是一个不轻易言爱的人，那么，成熟的男人都是这样，只要他爱上了一个人，那肯定是坚定不移地忠于爱情，可以为爱情而赴汤蹈火，牺牲自己的一切，在所不惜的。

我国南宋诗人陆游为唐婉所著绝等伤心之词《钗头凤》，隋文帝和独孤皇后的形影不离，南宋时期的赵明诚和李清照和他们的《醉花阴重阳》，现代著名人物张学良和赵一荻的长相守，著名革命党人李大钊、徐特立和他们各自的结发妻子的不离不弃……德国的《资本论》的著作者卡尔·马克思和燕妮的伟大爱情，俄罗斯著名诗人和文学家普希金为爱情而献身……

这些中外名人，把爱情看得如此高尚，都是古今中外的典范啊，是男人们中间的精英啊！而古云就是和他们这些典范人物是在一个层面上的。

就这样在单相思中，一天一天地过着，煎熬着，只要每天，在办公室能见到古云，她就开心、放心，两天不见，她就担心、不悦。如此过了三个月。

已经有十天了，单宁没有看到古云了，她在焦急的等待中，询问办公室主任后，方知古云的父亲生病，他回上海了。正好，有一个图书展在上海举行，他顺便去参加图书展工作，估计一共要二十天左右。还要有十天左右，单宁，实在是思念心切啊，但是鉴于自己的身份，又不便去上海，她只有忍，“忍”是心上一把刀啊！其中的滋味不是有过此体会者，是难以知道其味之苦啊！但是怎么说呢？单宁想，这是自找苦吃，没人和她一起承担，根本就没有人知道她的苦，但是她心甘情愿地受这相思之苦的折磨。谁让她这么爱他呢！

难道她这是苦中作乐？难道这样才能排遣所有的烦恼？不得而知！但是她知道，既然自己愿意做就做吧，做到底吧，总比什么都不做，浑浑浊浊无聊之极的生活有点色彩吧。尽管有时是黑色的，但至少黑色中有时会出现红色——象征着爱情的红色。单宁是搞美术的，讲究这些色彩。

十三天过去，古云终于回来了。下班后，单宁在办公室等候，八点钟，古云终于关灯关门。

单宁站在自己办公室的内侧等候古云的到来，在古云的脚步声接近时，单宁走出来，把古云一把拉进办公室，关上门。古云对这一突袭，猝不及防，吃惊地问单宁："怎么啦？什么事？"

单宁冷静地对古云说："你先坐下，喝口茶，慢慢地听我说。"

看来单宁早已准备好了，古云只得坐下，喝了口茶，准备耐心地听她讲述。单宁旁若无人地开讲："今天，向你说清楚一件事，这件事已经憋在我心里快一年了，今天必须跟你说清楚。这一年和你的接触，我很感谢你为我做的一切。"

"那是我的工作，应该做的，你不要客气。"

"请你别打断我的话。这没有什么应该和不应该的事，这是老天爷安排的，我们的相遇就是缘分。上天把我分到南京，又分到了你所在的出版社的编辑室，为什么？全国那么大，那么多出版社，为什么偏偏会把我分到这？天赐良机啊！"

古云听到这觉得有点不对劲：单宁怎么这么说话？今天怎么

了？毕竟是学中文的，毕竟是文艺青年，三十岁的男生，开始敏感起来。“对，对，对，这是缘分，人世间只要相遇就是缘分。我们出版社，我们编辑室的人，在一起工作都是有缘分的。我们这次图书展会上，也遇到不少人，还有你曾经工作过的出版社同事，这都是缘分啊！”

“你别打岔好不好，打断别人的讲话是不礼貌的，你懂的。”

古云不置可否地摇摇头，只得硬着头皮听她讲下去。

“我是说我和你的相遇是缘分，是姻缘。你懂吗？姻缘！我喜欢上你了。你出差这二十几天，每天都在想你。甚至有几次，我差点要到上海去找你，但冲动终究因为我的身份而作罢。”

这样赤裸裸的表白，话语里充满着伤感和急切。

古云惊呆了，他无所适从。他对眼前这个女人，就没有过任何其他的想法，只是为了工作，仅此而已。

“古云，我知道你年龄比我小，你未婚，因为你未婚，所以才可以考虑，我们有共同的爱好，有共同的语言，从事同一性质的工作，又都是南方人，生活习惯也差不多。你是否可以认真地考虑考虑，你的年龄也不小了，也该成个家了。我一定会给你一个温暖的家的。”

古云听她一口气说完这些，突然想到王书记曾经对他说过的话。这会儿，他才完全理解了，王书记对他的暗示是对他的关心，原来这话中带话的玄机就在此啊！想到这，古云理智而沉稳的性格让他冷静地对单宁说：“单宁，因为忙于工作，当然也是因为还未找到一位适合的女性，所以我至今未婚。家里人很着急，当然我也想早点成家，让父母安心，尤其是这次回家，父亲身体不好，母亲催促厉害。你是过来之人，更懂得婚姻生活的重要，婚姻应该是基于两个人的感情之上的。说实在的，你别生气，我跟你的接触，纯粹是照顾、关心烈士家属，完成组织上交给我的任务，仅此而已。我对你丝毫没有那方面的想法，我们不合适，无论从年龄上、性格上，都不合适。你以前的婚姻，不是很圆满，希望你找到一个合适的人，过幸福的生活。我在这儿先祝福你了。才出差回来，一大堆的事情要做，我先回去了，你也早点回去休息。”

古云站起身来，开开门，急步走去。

对待古云的拒绝，单宁是有心理准备的，她曾经想到过无数次拒绝场面，唯独未曾想到，古云竟会如此地干脆，如此地直接。单宁沮丧无比……

古云认为，单宁太大小姐脾气了，自作聪明，想一出是一出，自己怎么会和她连在一起，简直不可思议。我已跟她说清楚了，她应该死了这份心了。过两天，请王书记再做做她的工作，自己以后注意一些工作方法，要让她清楚地知道：我对他的关心就是组织对她的关心！

很快到家后，古云整理了一下，就睡觉了。他这几天太累了，带父亲去医院看病，书展上工作的事，忙得他不可开交。今天晚上，本该好好休息的，还要应付这么一档子意想不到的事，筋疲力尽的他，无暇顾及地倒头就睡着了。

单宁在办公室待了一会儿，起身回家。她躺在床上，百思不得其解，觉得自己除了年龄有些差距，各方面的条件还是不错的。单宁自认为自己长得很漂亮，白皙的皮肤，光而滑。夏天皮肤是凉凉的，丈夫就特别喜欢摸她的皮肤。丈夫比她大十几岁，但是，她清楚知道丈夫是爱她的，倍加呵护她。尤其是为丈夫生了两儿一女后，丈夫更是对她疼爱有加。她本身就出生于商人家庭，从小衣食无忧，出嫁后婆家比娘家更富有，她又成了阔太太，还是一个军官太太，优越感油然而生。

父母宠，丈夫爱，自己傲，这些成就了她的骄横、傲慢的性格，只要她想做的事，没有人能挡得住她；只要她想要的东西，想方设法也要得到；一切都不在她的眼下。在单宁生下一儿一女后，闹着要从杭州到上海学美术，于是她就不管不顾地撇下两个孩子在杭州家里，自己一人到了上海，还要她丈夫托了不少关系，让她进了当时上海最好的美术专科学校学画画。

丈夫一有空，就从南京部队到上海来看望她。她不肯住校，——因为学校生活苦，丈夫就在上海给她租了一套房子，专门安排了一个保姆照顾她。这个保姆，还得陪她买东西、逛马路、吃饭什么的。遇到不开心，想发脾气就发脾气。丈夫对她是百般依从，有时一不满意还会朝他发火，他还得百般地哄她。

一个堂堂的七尺男儿，在外呼风唤雨的师级军官，在太太面前却是个唯命是从的绵羊。骄横蛮不讲理的她，仗着自己年轻漂亮，仗着自己为婆婆家生儿育女传宗接代，简直是为所欲为。

她的丈夫，大多数时间是在部队生活，所以每每回家都很宠她，也为息事宁人，夫妻床笫之欢，尤其是摸着搂在怀中的娇妻的肌肤，让他享受至极，毕竟妻子比自己小十三岁了嘛！

后来，单宁在学校接受了进步青年的影响，她喜欢新鲜事物，认为够刺激。她不管不顾地投奔进步，自己也成了进步青年，要投入到革命队伍中，她背叛了自己的家庭，忘却了她曾经多么享受给她带来的一切优越的生活条件的家庭……

她狂热的对革命的追求，她的家庭背景，她的军官丈夫，引起了上海地下党组织的注意。共产党不断地说服她丈夫，妻子也不断地对他软硬兼施，当然，他的爱国本质，让他顺从了娇妻的意愿——随国民党军队撤退前，被共产党策反作为情报人员，在国民党高层，不断地提供情报给共产党。单宁却因为爱国而留下，建国后安排她在上海某一出版社任美术编辑。因为她擅长画古代仕女画，刚刚解放的上海，对仕女画还不够重视，所以她的才能也无法施展，只能做个普普通通的美术编辑。

随着新中国的成立，阶级斗争的开展，单宁的一切都发生了巨变。只因为她曾经是个革命青年，她的丈夫是经她策反的，她对革命是有功劳的，党组织还是在暗中保护她的。但她的生活不再能那么奢侈了，她的脾气也大大地收敛了，没有人再宠她惯她了，她必须做个识时务者。但是她骨子里的那股傲气，是无法改变的。俗话说得好：江山好移，本性难改。现在她看中了古云，要和古云结婚，古云竟然拒绝了她。她变怨气为怒气，变怒气为志气——非要跟古云结婚不可！她的倔脾气，又上来了。

第二天，单宁找到出版社的王书记，非常直接地提出了要求："我的丈夫为国牺牲了，作为烈士家属，我请求组织能满足我一个要求：动员古云跟我结婚。"

王书记看她那个势头不再劝她，只好坦率地告诉她：结婚，是两个人的事，古云是否同意？于是单宁把昨天晚上的事如实道来，又补充说道："他要是同意的话，我今天就不会来找你了。王书记，当初，我丈夫也是不肯被策反的，我做了许多的工作，他才答应的，当时我可是起了主要作用的。现在，许多中央领导同志的妻子，不也是组织做了大量的工作才同意的吗？他们年龄差距也是很大的，他们不是也生活得很好吗？"

她的一大套歪理说得王书记直摇头："什么对啊，什么错啊？

那是男大女小，你这是女大男小，而且现在不是战争时期，我们做工作可以，但是不能强迫他啊！”

“男人大可以娶年龄小的女人为妻，为什么女人就不可以嫁给比自己年龄小的男人呢？这不是封建残余思想吗？”

这里，单宁头头是道地讲着，还振振有词。是啊，为什么不能呢？王书记一时语塞，沉思了一下，只好慢慢地开导她说：“别冲动，我们再考虑考虑，也要了解了解古云的思想，你回去先好好工作，不要想得太多，以免影响身体健康。”

单宁很气愤地对王书记说：“你这样对我不公平。太没意思了。”说完，狠狠地带上了门，走了。一路上，单宁越想越生气，聪明的她，已经知道王书记实际上已拒绝了她，不过没有像古云那么直接罢了。

单宁到了办公室，大家看到她的脸色不太好，关心地询问她，她说老毛病发了，请假回去休息。那时的编辑工作，伸缩性较大，有时清闲些，有时要忙得加班。再说她的稿子不多，尤其是在那个时期，哪有什么画仕女像的啊，所以她请假，大家也都没有什么想法。

单宁没吃中饭，一是食堂的饭实在是乏味，没胃口，二是心里堵得难受，吃不下，还是回家休息吧。自从没有了上海那套舒适的大沙发，她就爱上了床，床是她最依赖的地方。躺在床上，可以让思绪无拘无束地飞扬起来。

她经常怀念父母对她的呵护，怀念亡父对她的爱，怀念亡夫对她的百般依从，拥抱她时的温暖，抚摸她那肌肤的舒适，怀念亡夫对他的大方花钱，怀念对她的包容；甚至觉得自己没能好好地珍惜亡夫而后悔，对亡夫的愧疚感袭上心头：要不是自己任性，丈夫不至于走上黄泉路，自己的生活也不至于这么孤独、痛苦……

这样想着，泪水无止尽地往下流着，迷迷糊糊中，似乎觉得自己是在亡夫的怀抱中——她抱着枕头睡着了……

在梦中，她仿佛觉得，她在下跪，在向古云求婚，而古云甩手而去，周围的人都向她投来鄙视的讥讽：老女人了，三个儿女，大儿子都二十多岁了，还向一个才三十岁的单身男人求婚！找丈夫，还是再找个儿子呢？想男人想疯了吧！想到自己领导身上去了。四十岁的女人如老虎……

气急败坏中的她，突然惊醒——原来是场梦，但，梦中的情景，深深地刺痛了她：

这就是现实，就是残酷的现实！

没有人为她做后盾，父母早已亡故；没有丈夫为她遮挡，他已离她而去，原来寄予的一点点依赖，随丈夫的亡去而逝去矣……

她的孩子们业已成人，不需要她为他们做什么了，实际上，身为母亲的她，平时管他们的时候不多，她不是一个好母亲，他们如果要是知道母亲要为他们找一个和他们年龄相仿的继父，肯定不会同意的，可能会鄙视她，更看不起她了。

孤独脆弱，力不从心了，骄横跋扈的日子已经一去不复返了。剩下的只有独守空房，寂寞难耐，孤老而死……

泣不成声的她，越想越无助，越想越绝望，无法面对这残酷的现实，她认为的“残酷”是和过去相比，是她眼中的感受。

她越想越难受，越哭越乏力，连续十几日的痛苦的思念，痛苦的表白，被痛苦地回绝，痛苦的挣扎。恍惚中，她觉得亡夫，在不远处，向她微笑，那么亲切而又那么疼爱的目光，在向她呼唤着，仿佛觉得，只有在亡夫的怀抱中，她才能得以解脱，才能有安全感，她不要别人的拒绝，不要别人的耻笑，更不要违心的孤苦伶仃的生活！

她冲动地走到了厨房，倒了一杯开水，然后打开床头柜，拿出一小瓶安眠药——因为经常失眠，引起头痛，血压升高，在医院开了一些安眠药。她把一小瓶安眠药分三次，用开水送下去后，换了一件平时喜欢的衣服，简单地化了妆。又写了份简单的遗嘱。打开门锁后，用一双皮鞋顶住微微虚掩的门——怕门被风吹开，她不愿被别人撬门锁，她的儿子还要回家呢！

一切准备就绪，看了一下表：三点整。五小时以后就可以和亡夫见面了。于是，怀着向往，闭上眼睛，等待着她向往的幸福的到来！

单宁走后，王书记刚开完了一个会，就直接去了古云的办公室。两人交换了一下情况。王书记问："有考虑的余地吗？"

"我对她一点感觉都没有。王书记，虽然我没有谈过恋爱，并不代表我不懂恋爱，我们这些文科生，看了那么多关于爱情方面诗词、小说，古今中外都有，我背几句给你听听呗。"

"好了，高才生。胡小石先生带出来的研究生，谁不知道！怎么想的？谈谈真实的想法。"

"王书记，我向往的爱人应该是：温柔、贤惠、聪明、机灵、喜爱文学、有气质、有修养、漂亮可爱的、比我小的女孩。"古云边想边讲。

"有目标了吗？"

"正在找。这次回上海，在父母的催促下，差点和上海的一位姑娘去相亲，我硬是借口工作忙推脱了。我还是想在南京找，在南京安家，省去旅途劳顿，也方便互相照顾。”

“想得挺周到的啊，不错，抓紧吧。真有女朋友了，也就没人惦记你啦。”

“好的，我要把找女朋友的事，提上日程记事了。不过，宁缺勿滥啰！王书记，你说对吗？”

“哈、哈、哈……”多么融洽的上下级关系，多么令人羡慕的兄弟情谊啊！

笑后，王书记对古云说：“今天上午，单宁从我那走的时候，哭了，还甩了一句话给我：活着没意思！下午请假没来上班，不要想不开，出什么事吧？解铃还须系铃人，我想陪你一起去她家看看，当面跟她讲讲你要找女朋友的标准。告诉她，也让她对你死心算了。”

既然王书记这么说了，古云当然也只好随同前往了。这种事情，不便让别人知道，所以也就只好他们两人去了。

当两人来到单宁家，喊了两声，没人答应。古云下意识地推了一下门，门开了。他们边进边喊，没人答应，客厅没人，走进卧室，只见单宁躺在床上。大步走进去，床头柜上的安眠药瓶提示了他们，同时王书记又发现了单宁放在书桌上的遗嘱：

> 我追随亡夫去了。我追随幸福去了！单宁，某年某月十五时整。

王书记一看表，下午四点整。还好，时间不算长。立刻叫古云到马路上，喊辆出租车来，三个大男人，把单宁送到只有十分钟车程的鼓楼医院。

王书记对医生自称是病人的家属，因为夫妻吵架，生气后误吃了安眠药，并把药瓶拿给医生看，告诉了医生大概吃药的时间。医生马上进行抢救——洗胃。

还好，瓶内安眠药的片量数不大，吃药时间不长，病人的吸收量也不大，加上病人的体质尚可以，折腾了好一阵子，抢救完事，半小时后，单宁醒过来了。

睁开眼，看到了医生、护士，又绝望地闭上了眼：没有上天堂！仍在人间！医生护士，告诉单宁、王书记：过一会儿，胃肠会很难过，不能进食。以后不能乱吃安眠药，否则会引起记忆力衰退，甚至失忆，对大脑不利。活着比死好啦，死了就什么都没有啦。再乱吃药会变傻的，那就更惨了。医生又交代了家属一些注意事项后就走了。

王书记把古云拉到病房外，对古云说："这件事最好别声张，否则，此事的性质会引起变化：

"一、上面领导会怪罪下来，他们也不可能来做详细调查，只会认为，我们的工作没做好。这可是一项很严肃的，机密的政治任务啊！（可见当时的政治气氛有多浓，那时的政工干部真不好当。）

"二、对单宁的影响不好，大家会怎么看她？唾沫星子都会把她给淹死，她还能再受刺激吗？还能再在出版社待下去吗？

"三、对你的影响也不好，工作没做好以外，还会有人误认为你先跟人家好了以后，又甩了人家。人言可畏啊！（别说婚姻了，就是谈恋爱，也不能换两个人，否则就会被认为作风不正派。离婚，那时是根本就不能碰的事。）"

"你认为呢？"

“我同意你的分析，那下面该怎么办呢？”

“让我再考虑考虑。我想先这样：你在这儿陪陪她，我想办法去弄点儿营养品，再和我老婆商量一下，让她晚上来照顾单宁，我们两个大男人在女人病房太不方便了。”

“好，你去吧，别着急！你别太累了，你慢点走啊。”

三十岁的古云，从小到大，女人病房没待过。母亲生弟妹时都在浦东的阿奶家，等他去时，母亲已经出院回阿奶家住了。阿奶生病时，古云是在家里照顾阿奶的。

这时，古云坐在病床旁看着单宁那苍白的毫无血丝的面孔，不免生出一丝怜悯。俗话说，可怜之人必有可恶之处。为什么要采用这种极端的方法来逼婚呢？

“逼婚”，怎么脑子里突然冒出这个词？多么可怕啊！古云不禁颤抖了一下，眉头紧蹙。一股怨气和恐惧，慢慢地由心底生起……

“你是他弟弟吗？”隔壁邻床的病人家属问。

“嗯？啊？跟我说话吗？”古云不知该如何答复。

“你给我倒杯水喝。”单宁突然睁开眼对古云说。

“你现在不能喝水，二十四小时后才能喝点温水。”

“那我就忍忍吧。好啦，没事啦，你走吧。”

“等一会儿王书记夫妇来了，我再走。”

“哦，那你更可以走了，现在就走吧。”单宁要将古云拒之门外的坚决态度，让古云无法再待一会，或许再待下去，人家再问起类似的话来，就太尴尬了，真话不能说，谎话编不来，太难为他了。古云没有办法，离开病房来到医院大门口等王书记，无论如何也得进行交接班啊！古云就是这么一个工作态度极为认真的人，所以领导和同事们都喜欢他。

两条长腿轮流交替支撑着一米七六的个子，古云在医院大门口，走走，停停，看看，盼望着王书记早点到来。

此时已是晚上八点钟了，华灯绽放，鼓楼是南京城的市中心之一，鼓楼医院地处鼓楼广场附近。鼓楼广场占地几百平米，广场中央鲜花正艳，几十个品种的鲜花怒放，无比夺目，两车道的马路上，车辆川流不息，在红绿灯的指挥下，井然有序。

“古云！”喊声打断了正在欣赏夜景的古云，一眼看去，王书记夫妇两人，提着大包小包正匆匆赶来。

“怎么站在门口？等谁呀？”

“等你！嫂子你好！”古云忙打招呼。

“我送你嫂子进去，你先在门口等我。我们一起回去，我有话要跟你说。”

“好的。”

十分钟后，王书记拉着古云到他家，两人边吃晚饭边聊。

“单宁也挺可怜的，孤身一人带着三个孩子过了好几年，刚要去和丈夫团圆吧，又突然获得丈夫去世的消息，女人最大的痛莫过于死丈夫的悲哀了，而且是那么突然。鉴于特殊身份，既无法为丈夫办后事，又不能回原单位工作，所有的亲友都不能再联系了，自己带着一个孩子，来到这陌生的环境工作、生活，的确是够孤单的。单宁心里的一切痛苦，也曾经向你倾诉过，在出版社里最最了解她的，就是你呀，对不对？”

看古云默默地点着头，王书记又若有所思地说：

“在这种特殊的情况下，你是在认真地完成组织交给你的工作，可是她却把这茬给忘了。不知不觉中，她把你当作她的知音、朋友，对你产生了好感、依赖，继而又悄悄地爱上了你。你呢，正好没有女朋友，光棍一条。也是上海人，又有水平，又有能力，人品又好，而且对她那么尽心尽力地帮助，她是情不自禁地爱上你了。

“她能这么大胆地向你表白，这么大胆地向领导提出，勇敢的女人啊！遭到你的拒绝后，她绝望了，心里的一丝希望破灭了。她是一个不会屈从于任何事物或任何人的女人，宁可用生命去交换爱情，说实在的，这一点令人敬佩！说明她感情充沛、爱情专一。”

古云听王书记这么说话，突然意识到了什么，沉思了一会儿：“王书记，你这是在动员我吗？”

“聪明！真是聪明！古云，你好好地考虑一下，认真地考虑一下。

“单宁，虽已四十多岁，但是皮肤白，漂亮、气质佳，长得像演员秦怡。也很有水平的。她的孩子都大了，不用多操心了，他们仍然会有国家补助的津贴。最大的问题就是年龄相差太大了点。但是哪有十全十美的事啊？天下的事哪一样没有缺憾呢？

“就拿我跟你嫂子来说吧，我们夫妻感情不错吧，她样样都好，但是没有文化。在农村老家没有读过书，我们缺乏共同语言啊，这不也是一大缺憾吗？

“当然这些都是次要的，主要的问题是为了组织交给我们的工作，我们得保护好烈士的遗孀，更好地完成上级交给我们的任务，为革命事业，为党的事业，做出一些贡献嘛。

“要让你受委屈了。你今天回去以后再好好地考虑考虑，利用她这次发生的事情，我们统一口径，就说她发老病在家晕倒了。这以后，你就好好地照顾她，慢慢地建立感情，然后就可以顺理成章地结婚了。

“现在，你别急着回答我，你考虑几天，再给我答复。这几天，我和你嫂子在医院看护她，你就不要来医院了。怎么样，行吗？我希望过几天，能得到你一个满意的答复。”

古云再也没有胃口吃饭了，带着满腹的心事，回到自己的宿舍。正好同室的小钱出差了，所以有足够的空间来让他思考。

王书记的话，一次次地在耳边响起，什么样的洞察力和概括能力，能在这么短的时间，如此迅速地给出这么多条理清晰的建议！不愧是一位又有能力又有天分的政工干部。

自己只是一个才走上工作岗位不久的青年干部，充其量不过是块璞玉，似乎还不够他这位雕刻大师来雕刻的段位，他突然产生了一些难过的情绪……

自己因为受父亲影响，所以一直在寻找自己理想的伴侣。因为自己力求完美，本该属于自己的感情，因为力求完美，错过了一次又一次的机会，乃至让一些人产生了误解。古云对自己要求比较完美，对女朋友的要求肯定也比较完美，自身条件比较好，对女朋友的条件要求自然也就比较苛刻了。

三十岁了，古云的婚姻大事，曾经引起过出版社上至领导下至清洁工的重视，曾为他介绍过女友。他除了表示诚恳的谢意，而且诚恳之态度，让介绍者都无法说他，只能是摇头微笑。所以古云到现在还没找到自己理想的女友。

残留的最后一点理智，清楚地告诉古云：人生最重要的选择，已降临在他面前，必须面对现实，做出选择。两条路摆在面前：

一、不同意

1. 不听从组织安排，面临仕途的终结。甚至调离出版社，还得背负处分，下到一个不知什么偏僻的乡镇去做文书工作，在那里组建家庭，终老至死。

2. 说不定单宁会第二次自杀，按照她的个性，当她知道古云是因为她而背负如此结局，她还会采取极端的手段。这样，让三个孩子失去了母亲，解体了一个家庭，毁掉了一条鲜活的生命，自己不就成了罪人了吗？

3. 如果自己因此遭遇不测命运的话，年迈的父母该怎么办？尤其是阿奶和阿爸对自己殷切的期待。

古云想到此，泪水夺眶而出，禁不住哽咽起来。男儿有泪不轻弹，那是未到伤心处。作为儿子，对父母有孝顺的义务，赡养的责任；作为男人，必须有事业，有养育家庭的担当；作为党员干部，必须有为党、为国牺牲的精神。入党时的誓词：

“我志愿加入中国共产党，拥护党的纲领，遵守党的章程，履行党员义务，执行党的决定，严守党的纪律，保守党的秘密，对党忠诚，积极工作，为共产主义奋斗终身，随时准备为党为人民牺牲一切，永不叛党。”

作为一名共产党员，古云的内心受到极大的震撼，坚守与放弃，于公于私，古云都别无选择。

而且，还会牵连到兄长似的王书记的仕途终结，不能这么对不起他啊！（那时的政治形势就是这样，不能因为自己而影响他人啊！）

二、同意

1. 父母绝不会同意，家里要闹地震，尤其是母亲的吵闹，父亲的失望。

2. 自己今后的婚姻生活将无幸福可言，对婚姻的美好憧憬，化为泡影。

3. 怎么承担和一个不爱的女人在一起生活，并抚养他的孩子，自己不曾结过婚，又如何担负起继父的角色？

4. 一切一切的人，对这桩婚姻，都将无法理解，自己将置身于人们的议论中而不可自拔。

5. 一切的一切，除了王书记绝不会有人知道真情，王书记决不会去告知任何人，古云自己也无可奉告任何人，只能独自吞吃苦果，独自承担一切。

痛苦、失望、纠结，而又无助……

这是古云人生经历中最难忘、最痛苦的一个夜晚！

这几天，日子过得太不踏实了，内心如履薄冰，表面仍得神色自若。三天后的一个凌晨六点钟，满眼血丝的古云，来到了王书记家，把自己的决定告诉了他，并说："我已决定了。我这就去医院，把单宁接回家，我来照顾她，你和嫂子就别太辛苦了。"

王书记怜惜地拍了拍古云的肩膀，感动得热泪盈眶："我代表组织向你表示感谢。并以我个人的名义，向你表示衷心的谢意，感谢你如此顾全大局，感谢你这种自我牺牲的精神。真的，非常地感谢你，古云。"王书记有些哽咽地说。

古云把单宁接出医院，送到单宁的家后，对她说："你先好好休息，我到办公室去，请小张来照顾你。晚上，我再来看你，有重要的事对你说。"

单宁看到古云对她的悉心照顾，体察到了古云对她的态度有些许改变，她内心又存有一丝希望，希望自己的真情，能打动这位她心仪已久的男人。

晚上七点半，在单宁的期盼中，古云来到了单宁的家。古云坐在床对面的椅子上，袒露了心声："我很感谢你这么看重我，这么信任我，为了我，竟然不惜你的生命，这让我很感动。以前我对你的一切好或者是叫帮助、照顾吧，那是为了工作。今后我会更加努力地照顾你，是以你的朋友的身份。这一切都要有个过程，请你给我些时间，让我来适应这个角色的转变。也希望你能理解我，配合我扮演好这个角色。但是你以后不许再有什么类似轻生的念头了。这次事情，只有王书记夫妇和我知道，不需要再让别人知道了。我就以照顾你为理由开始多接触你，我会力争尽快地进入你的生活。"

古云在紧张、慌乱而又忐忑不安中，讲完早已准备好的台词后，沉默了整整十分钟。单宁在慌乱、期盼、惊喜中，仔细地、认真地倾听着古云的话。此刻，不知是喜还是忧，内心极不是滋味，她深切地感受到了：

面前这位男人，为了她，在受着感情上的煎熬；他在为她的愚蠢行为买单；他被她的任性所屈服；这样的强求，让自己深爱的男人受到了伤害，她不愿意；他不爱自己，是在委曲求全，是在牺牲自己的情感；他痛苦，我为他的痛苦更痛苦。她心疼他，竟然情不自禁地流下了眼泪，竟然，泣不成声起来……

古云一口气像背完了一段台词一样，陷入了沉思之中，忽然听到单宁的哭泣声，惊讶地抬起头来，关切地问道："怎么啦？胃又疼啦，要不要上医院？"

"不是胃疼，是心痛！我让你委屈了，我让你痛苦了，我强求你了，对不起！"

"身体没病就好，你别自责了，也别想多了。别哭啦，倒杯水给你喝吧。"古云倒了杯水送到了单宁的床边时，给单宁带了一条毛巾过来。单宁感动备至，多少年来没有一个男人这么体贴入微地照顾自己了，她又情不自禁地流下了泪水……

“你别哭啊，有什么事说出来。”要不说男人最怕女人流泪，在女人的哭泣声中，再强硬的男人也会软下心来。

单宁不是那种有心机的女人，她任性不假，但她真爱古云，决不是要用泪水来骗取男人同情的那种女人。听着古云的话，她坚定地认识到了面前这个男人的善良和率真。单宁强忍抽泣，对古云说：“对不起，对不起，真对不起！我们一起努力吧，你放心，我一定会对你好的，一定会让你过上好日子的。”两眼泪汪汪地看着古云。

古云——从未谈过恋爱的他，从未和女人这么近距离地接触，而且是在谈着感情问题。他那原本善良的心，开始泛起一丝怜悯之情：这个女人生活得也不容易呀！古云怕单宁胃疼，给她煮了碗面条，单宁非要古云也吃一碗，就这样，两人友好地度过了算是美好的一个夜晚。

自此以后，邻居们、同事们发现古云会经常和单宁在一起，共同出入于出版社的食堂和办公室，乃至单宁的家。在人们的议论中，对古云的谗言居多：

“这么好的一个小伙子，给他介绍了那么多的女朋友，他都不要，偏偏喜欢上一个寡妇。”

“比她大十几岁呢，还有三个孩子，他是在找老妈呢还是在找女朋友呢？”

“真是鬼迷心窍了，口味够重的，喜欢老女人。”

“他怎么会这样的呢？令人费解，可惜啦，这个年轻有为的小伙子。”

“还不是图女方有房子、有钱，烈属有国家补贴的，听说补贴还不少呢。”

“他是那种贪图小利的人吗？他家里条件也不错呀，为什么呢？疯啦！”

“那个女人找比自己小十几岁的男人，是找丈夫呢还是找儿子呢？”

“向来是男人吃嫩草，这个女人反倒是老女人吃嫩豆腐，胃口够大的！”

颠覆了传统习俗的婚姻关系，掀起了当时一定范围内的波澜，在人们的讥讽、挖苦、轻蔑、诬陷，甚至鄙视的目光中，古云曾一度动摇：我干吗要背负这些恶言恶语，做一件自己都觉得十分荒唐、十分费解的事呢？不怪人们的谗言，自己又无法向别人解释，没有爱情、只有政治的婚姻，让古云痛苦万分，默默地忍受着，别无办法……

第二节　政治婚姻

他只有更加勤奋地工作，用工作的疲劳来占据他那颗无奈的心。作为编辑室主任的他，完全可以让一些年轻人去基层工作，他却经常亲力亲为，采访作者、跑印刷厂、和作者谈稿子出版问题、编辑多篇稿子。那一段时间，几乎每天工作在十二小时以上。出版社编的稿子出版率在大幅度上升，也丰富多彩，长篇、散文、诗歌、报告文学等等，工作的收获和愉悦，冲刷了他不少的烦恼和痛苦。

同事们在为团体工作的成绩感到喜悦的同时，看到了古云，本就有“竹竿”外号之称的他，更加消瘦、憔悴、疲惫，实在让同事们看着心痛。但是这一切无人可代替，只有王书记有空时会打打电话，关心地询问一下或是偶尔请他到自己的家里小酌，让老婆为他做几样他喜欢吃的菜——给他加强些营养，也在表示自己的愧意……

单宁一直沉浸在古云对她的照顾、关怀中，她享受着这一切。哪怕是古云出差，或是工作忙，无暇来到自己家，她也不以为然，只要能经常感受到古云的存在，哪怕远远地看他一眼，哪怕是因思念而失眠，对她来说也是痛苦并快乐着，是一种享受。

长期过度的身体透支，导致古云自身的免疫力大大地下降，这一切，古云全然不知。一天，从苏州回南京的路上，因为去采访一位记者，耽误了火车开车的时间。半路上又遭遇了一场突如其来的暴雨，全身上下淋了个透湿，没有办法换衣服的他，用自己的体温焐干了里外两层衣服。回到南京，就直奔办公室工作了一个晚上。第二天，全身酸痛，发烧了——三十九度。他还不以为然，以工作为重，又忙了半天。他认为自己身体好，不在乎。下午，全身酸痛的感觉越来越明显，他和同事打了个招呼，就回宿舍休息了。

古云在全身酸痛中惊醒。当他睁开眼，看到自己正躺在医院的床上，正在输液。正奇怪时，单宁走了进来。

“你醒啦，太好了。”

“你怎么在这儿?”

“你生病了，发烧四十度，同宿舍的小谢发现你昏迷了，把你送到了医院，又通知了我。你已经睡了一天一夜了，吓死我了。”

“谢谢!”

“不客气，同事们回出版社了，留下我照顾你，这是领导交给我的工作。”

“为什么我全身这么疼呢？”

“发烧的时候就会这样，等你烧退了以后全身就不会这么疼了。”

三天过去了，热度未减，疼痛未减，连医生们都觉得纳闷。领导同事们都很关心他，但是医生也束手无策。王书记请示了上级领导，带着他到北京协和医院治疗。时值古云的一位大学同学在卫生部下属的一个杂志社工作，因为他的关系，协和医院的医生，通过多次的化验检查，为他下了诊断：强直性脊柱炎。这是一个不治之症，无法治疗的病症，仅次于癌症。只不过拖延的时间长，在今后的日子里，身体的各个关节都会僵硬，慢慢地背会驼，甚至于头不能转动，腰不能转动，全身每个关节处都会疼痛不堪，直到僵硬……

查看了医学书后，古云彻底地绝望了！才三十二岁的他，在今后漫漫的日子里要备受煎熬，直到离世的那天，才能解脱。如此说来，与其这样痛苦地生活，不如……虽说，古云是个稳重、有毅力的男人，但也不能接受给他的这个无期徒刑的判决！古云在得知诊断结果后，立即决定回宁，到当地医院治疗——把死马当作活马来医吧！买好火车票的当天晚上，王书记去王府井百货商店买点礼物带回家给妻儿。古云邀请老同学张胜，来到酒店附近的一家饭店，两人要了瓶二锅头，要了盘北京烤鸭，鱼香肉丝，大白菜炒肉丝。

两人对视而干了半瓶酒后，古云对张胜说：“差不多是被判死刑的人了，今后的日子再苦，我也还能忍受，肉体上的痛苦远没有心里的痛苦大啊!”喝干了刚斟满的一小杯酒后,古云继续道,“这么多年来的父母期望,这么多年来的勤奋学习,这么多年来的辛勤工作,什么理想、抱负,全都成了泡影……”他又自己斟满一杯,咕咚一下,全干了。

张胜看着眼前这位老同学,这位才华横溢,被老师宠爱,被同学羡慕的学友,心痛不已,陪着古云干了一杯又一杯,嘴里喝着酒,心里流着泪。

酒与男人,构成了这世界的阳刚之美。因为喝酒,男人的帅气、豪气、霸气统统迸发,仗义干云、肝胆相照、毫无芥蒂。话匣子一打开,海阔天空,古今中外,滔滔不绝。因为酒,男人也就有了“风萧萧兮易水寒”的豪情,有了赤手空拳斗恶虎的勇气,有了拳打镇关西的痛快淋漓,有了铁肩担道义的责任。

在唐诗宋词中,如果把男人的激情比作燃烧的烈火,那么,酒就是点燃这烈火的火星。这火星燃出了百篇诗歌的旋律,燃出了龙凤飞舞的狂草。

而此时的两位男人在酒精的燃烧下,回忆了各自儿时的嬉戏,回忆了大学生活的点滴故事。美丽的南大校园;汗牛充栋、浩如烟海的图书馆,让他们花去了多少青春时光,沉浸在知识的海洋中;教授们的点拨,让他们驰骋在理想的天空中;同学们的友情,乃至大学生活中,踢足球、打篮球、郊游、班会……

喝着,笑着,任思绪像野马奔腾……

喝着,说着,酒逢知己千杯少……

喝着,喝着,心中酸楚,黯然泪下……

当王书记找到他们两个时,两人已醉眼蒙眬……

次日，古云回到了南京后，没有听从王书记的话，直奔出版社，他要在病情恶化前，尽量地工作，只有工作才能让他排解一切。

他带病出差，坐在长途汽车上，车上的每一次颠簸都会让他疼痛得咬紧牙关才不至于发出呻吟。夜晚，经常被疼痛惊醒，于是，干脆起身，改稿子，让自己置身于作者小说书稿的动人情节之中，减轻疼痛感。拼命地工作，原本外号“竹竿儿”的他，更“竹竿儿”了。

他没有跟家里人说，怕他们担心；他没跟任何同事们说，怕同事们照顾他；因为有炎症一直发低烧，他为自己准备了一个大茶杯，不断地喝水，补充水分，免去干渴，可是因为这样，饭量减少了，胃口差了。

这一切，单宁看在眼里疼在心里，她从古云的口里问不出个所以然，就去找王书记。王书记把一切都告诉了她，她边听边落泪，为古云惋惜，为古云心痛。

单宁对王书记说：“王书记，你放心，我来照顾他，我不相信，才三十几岁的他，会如此痛苦下去，什么疑难病症，竟然会无法治愈？起码先得控制病情的发展，起码先不要这么痛苦啊！”

王书记看着面前这位烈性女子，频频点头，看来，古云有希望了。他对单宁说：“你照顾他，我放心。可是，你要做好一切思想准备，他的病，目前在国际上都无法治愈，而且发展下去，他的关节都会僵硬，背会驼，会弯到九十度，行走都会困难，而且只会越来越严重。”

“没关系，我会去查找一些有关的医学书籍，懂得一些医学知识，了解一些营养食物和护理常识，我会尽力而为的，你放心。”

王书记欣慰地送走了单宁，想：这是缘分吗？老布尔什维克，面对眼前的一切——费解！

下班前，古云看到了单宁留在他办公桌上的一张便条：今晚八点，请来我家，有要事请教，请一定来。

他如约前来。

单宁请他入座后，对他说："我遇到了人生的又一个大问题，请教你，并请你指导我。"

看着严肃的单宁，古云笑了："什么事，这么慎重？说来听听。"

"我的一位好朋友得了重病，他很悲观，我想帮他，他又不领情，你看怎么办？"

"你们是好朋友？得了重病，应该帮助他，他不领情，无非是怕给你添麻烦，你不能责怪他。生病的人，心情不好，你要多多包容。"

"可是他刻意地躲避我，这让我很难过，我得怎么做，才能让他接受我的诚意呢。"

"你尽量地去找找他，和他聊聊，解开他的心结，接受朋友的帮助，他心情好了，病也会好的。俄国的著名生理学家巴甫洛夫曾说过：严格地说，肉体上的痛苦，是不存在的，这里包含着某种神经意识上的反应。原话我记不住了，大概的意思就是这样的吧。人的精神状态，会对病痛有影响的。"

听完古云的一番话，单宁笑了："大家啊，博学多识啊，大编辑连生物学家的事也知道。"

"过奖！过奖！"

"哪里，哪里，你讲的，很有道理，你等一下啊！"单宁到厨房里端出一碗早已做好的汤——黄豆骨头汤，放在古云的面前说："谢谢你的指教，表示感谢，请笑纳！"

古云谢绝道："别客气，只是随便一说，你参考而已，别当真。"

单宁对古云说："你看着我，你听仔细：我们结婚吧！让我来照顾你，你的病一定会在我们的爱情中，得到心理上的治疗；你的病，在我的爱抚下，一定会逐渐痊愈的。"

古云看着单宁：这个女人不简单啊，真是煞费苦心，导演了一场戏啊！我，成了戏中的主角！

"单宁，你很真诚，更是很善良，我感谢你的一番苦心。我们的感情还未到要结婚的地步。正好，我们不要再发展下去了。我不能拖累你……"

还未等古云说完，单宁一把抱住了古云："你别说了，我都了解，我愿意！我不能让我爱的人孤独地承受病痛，相信我，我要和你同甘苦共患难。答应我，结婚后，我就可以名正言顺地照顾你了。相信我，相信你自己。你会好的，你一定会好的！"

古云听着耳边温柔、真挚、坦诚，甚至于带着弱弱的泣声的细语，又被单宁抱着，大脑一片空白，他下意识地想推开单宁，但是，有一股莫名其妙的力量，使他不忍心推开，却情不自禁地抱紧了单宁……

这一晚单宁没有放走古云。他们坐在一张床上，互相拥抱着，互相倾诉着，两颗孤独的心，两个受伤的人，得以互相慰藉，就这样，他们坐了一夜。他们恪守着，不领结婚证书，不做违反传统观念的事。在当今开放的年代，这是多么不能让人理解的行为啊！

第三节　先结婚后恋爱

次日，递交了报告，得到单位领导批准，拿着证明，到街道办事处，登记，拍照，领结婚证。

第五天适逢星期天，古云用自行车载着自己几件简单的行李，住进了单宁的家——两人的家。几经波折坎坷，两人终成眷属。

从此，在单宁的精心照顾下，古云为了单宁，一个一个大医院地去求治，最后到了肿瘤医院——像对待肿瘤病人那样，进行关节病灶的照光、放疗，用 X 光治疗机和各类加速器产生的不同能量的 X 线。

如此放疗，需要均衡营养，多吃易吸收的、蛋白质含量多的食物，多吃新鲜水果、蔬菜。

放疗后，不要吃新鲜海鲜和羊肉等发物，可以吃鸭子鸭汤等补充营养，还可以吃海带和冻肉（海带和带皮猪肉煮熟、煮烂后放在冰箱冷冻），可每天吃几瓣糖醋蒜头，可吃西红柿、花生、小枣粥（大米或小米都可以）。

还要注意局部的保护，避免物理和化学的刺激。照射过的部位，特别要保护好不能出现感染。

还要利用中药进行免疫疗法，以提高机体的免疫功能。

古云被单宁为他治病，这么精心地照顾他，为给他补充营养，亲自下厨做饭，深深地感动；单宁被古云这种为了治病，忍受着种种治疗痛苦的顽强毅力，深深地感动。

感动之后，就是爱！彼此为对方付出了爱！如此的充满爱的感情生活，真的是出现了奇迹。虽然，古云的头发早早地谢顶了；虽然，古云的背驼了些；虽然，由于疾病的折磨，古云苍老了些许，三十几岁的人，从外表看上去，却像四十岁的人。但是，全身关节不痛了，病情发展得以控制了；发展的速度，几乎是可以忽略不计了。

单宁原本就长得比实际年龄年轻，古云，这一病，谢顶驼背，走路又慢，老了些许。从外表上看，两人的年龄差距在明显地缩小。

“这不挺般配的嘛。”人们又如此议论。

正当一切生活都在正常进行时，时局发生了巨大的变化。一九六六年的六月，一场史无前例的“无产阶级文化大革命”爆发了。这令单宁终日处在焦灼不安中——她是资本家出身，是被专政的对象，虽然古云多次安慰她：“你是烈士的家属，又是我这个共产党员的家属，你别担心，有什么事还有我呢，放心吧！”

随着当时事态的发展，有一天，一位戴着红袖章的造反派成员，偷偷地告诉单宁：“听说，要抓你批斗了！”

单宁实在害怕被揪斗。她是个注重外表、注重自尊的女人，决不能将自己披头散发的污秽形象，暴露在大庭广众之下。于是，以死相逼，非要古云带她到外地去避难。

古云拗不过她，只好联系好印刷厂的一辆运纸货车，把他们带去上海。正值酷暑八月份，这一路上，躲在车厢里的帆布下面，闷得透不过气来，不用帆布挡着吧，太阳晒得也吃不消，里外两难，实在遭罪。那时还没有高速公路，在国道上跑，跑了六个小时，才到了上海。没想到，古云的母亲，不认这个比儿子年长十几岁的媳妇，怕丢人，连家门都不让进。

两人只好找了个小旅馆将就住下了，因为身上的钱不多，夫妇俩又急，又气，又饿，又累，天气又热。尤其是单宁，第一次上婆婆家，竟遭到如此的冷遇。多日来的焦虑，精神压力过大，情绪烦躁，前一天路上折腾，又被婆家拒之门外。住旅馆，在外面吃饭，钱不多，能维持几天呢？很快就会捉襟见肘，怎么办？真是倒霉透了，有家不能回，在外逃难又逃不起。屋漏偏逢下雨天，自己又生了病，因为是来投奔婆婆家的，所以随身带的衣物极少，实在是让人走投无路啊！

古云安慰单宁说："你别担心，上海是我的大本营，我会给你安排好。你好好休息，我去给你买药，你不要着急啊！药房离这比较远，来回时间要长一些，可能得两三个小时，我尽量早点回来。你多喝点水！"

看着匆匆离去的古云，单宁一阵心酸，是自己害得他有家不能回，身体又不争气，还生病，还要让也病着的古云为自己奔波；又想起了自己的身世、婚姻；可是自己的现状，无法去找以前的同事，也无法去找住在上海的儿女，恐怕他们也不会好过，别给他们添乱了……想着这一切，单宁禁不住哭出声来，越哭越难过，泣不成声，怕哭声被人听见，就用被子蒙着脸哭，哭着哭着，不知什么时候，悲伤地睡去了……

古云加快脚步，他今天一定要见到父亲。母亲昨天的举动，让他始料未及，太伤他的自尊心了。这样的母亲太不可理喻了，怎么能这么无情，怎么会这样对待正在困难中的亲生儿子呢？难怪父亲是那么地不满意母亲。父亲这辈子过得真不容易呀，真是为他扼腕痛惜呀！

越想着父亲脚步也越快，当走到自家院门时，父亲正好往外走，看到了古云，就拉着他进屋，边走边说："我正要去找你，刚才我说了你妈妈。"说着话，他们就来到了屋内，妈妈尴尬地看了看古云后低下了头。

"有你这样当妈的吗？儿子病得那么厉害，你都没去南京看过他。儿媳妇虽然比儿子大，那你儿子生病的时候不是你儿媳妇照顾的吗？才让你儿子好得这么快！你怎么这么不讲良心啊？几年都过去了，木已成舟了，你还不认这个儿媳妇？现在他们俩遇到困难了，回家来找我们父母，我们怎么能不管呢？乡下亲戚、门口一个邻居来求你，你也应该帮帮别人吧，何况是你的亲生儿子？太不像话，太没良心！古云自打工作以来，寄回家多少钱啊？帮助我们抚养他的弟妹。你呀，你呀，让我说你什么好！"

父亲气得跌坐在椅子上，脸色苍白。

古云赶紧倒了一杯水递给父亲，对父亲说："阿爸，你不要生气，更别为了我而生气，你要注意身体啊。"

父亲喝了两口水平息了一下，对古云说："你们赶快搬回来住，昨天晚上听你妈说了你的事，但是太晚了，我腿脚也不方便，这不，一大早我就想去找你们，想接你们回家住。"

古云的母亲被丈夫数落了一顿，不好立即发火，很不高兴地耷拉着脸，一句客气话也不说。古云见状，忙对二老说："阿爸，姆妈，我们是遇到了一些小麻烦，本来想回家住几天的，没想到倒给你们添麻烦了，是我想得不够周到，惹你们生气了。我们昨晚就住到我的一位朋友家了，他家房子大，我们以前关系比较好，他们对我们也比较客气，你们放心。我们住不了几天就回南京了。这次出来时比较匆忙，没有给朋友家带什么礼物，在人家家里总归要给人家一些伙食费的。可是我钱带得少，拿不出手，所以想请你们，借点钱给我，以后一定还给你们。”

“还什么还，这些年你自己省吃俭用给家里寄钱，现在你有困难了，理应还给你。拿三百块钱给阿云。”父亲冲着母亲说。

母亲是掌握家里财政大权的人，听了父亲的话，站起身到里屋去拿钱，古云说只要一百块就够了。

父亲高声说：“穷家富路，在外面遇到了个什么事，没钱怎么办？拿三百块钱。”

古云在母亲递给他钱的同时，把刚写好的一张三百元的借条，偷偷地递到了母亲手里，母亲会意地点了点头。古云知道只有这样做才能让母亲踏实，才能让父亲日后免去母亲的唠叨，古云太了解自己的母亲了。他也深知父母的生活也很拮据。

父亲送古云出了弄堂口，还叮嘱古云：“阿云啊，一场病，看把你折磨成这个样子，你要注意身体啊！好在你老婆对你还不错，你要珍惜她啊。还有什么难处就来找我，我会尽力帮助你的，你别生你姆妈的气，她就是那样的人，你晓得的。”

“你放心，我有什么困难，第一个想到的人就是你。你也别跟姆妈生气了，大半辈子下来了，知道她的为人了，别真生气，最后他还是要听你的话的。你的年纪也大了，我不在你身边，无法孝敬你。有机会来南京住住，我带你玩玩南京的名胜古迹。不过，你得保重身体呀，否则没有劲玩啊。你留步吧，我走了，谢谢阿爸啊！”

父子俩互道保重后，都赶紧背过脸去，不愿让对方看到自己眼中的泪水，害怕对方难过……

古云加快脚步往回赶，顺路又买了几样单宁喜欢吃的糕点、小吃：豆沙条糕、粢饭团、豆沙馅的麻团、上海小馄饨和上海小笼包等。

一进旅馆房间。古云就大声喊："单宁，快起来！看我给你买什么来了！"昏昏欲睡的单宁听到喊声，睁眼看到古云一脸的高兴，怔住了，莫名其妙地盯着他，赶忙坐起身。古云放下手里的东西，倒了一杯水，先把药给单宁吃了，然后又打开一个盒子对她说："上海小馄饨，赶快吃。"

"你，你……"

"别激动，更别诧异，夫人先吃着，听我慢慢道来。"

在古云的叙述中，单宁吃完了一碗香喷喷的小馄饨。古云又夹了两个小笼包给她，她忙说："行啦，想撑死我啊，小笼包可是你的最爱呀！"看着古云津津有味地吃着，单宁觉得，这个老公虽比自己小，却完完全全是个值得依赖的人，值得托付的男人，心里不免更生爱意……

看着因为哭后又睡的惺忪而又有些浮肿的大眼睛，流露出了近日来很少有过的笑意，休息了一夜，又吃了药，又吃了点心，脸色开始泛红的妻子，古云深感自己能为妻子在困苦中解除她的烦恼，尽了做丈夫的责任，而感到欣慰，心里不免多了些怜爱之意……

他们在旅馆休息了几天，得知南京方面的"警报"解除，于是，就到南京路上的上海食品商店，买了些上海特产。当时的钱，是比较值钱的，豆沙麻团四分钱一个，小笼包子，六块钱一笼，八宝饭，五块钱一个；那时的一张上海到南京的火车票才十几块钱，不过那得坐五六个小时的硬座，当然，那时的工资也只有几十块。

父亲的厚爱，解了古云的燃眉之急。父亲是古云心目中最崇拜的人，父亲深深地影响着儿子的一生，家里的亲友都说古云是父亲的翻版，连古云自己也如是说。

回到南京，单宁极为小心地过日子，做任何事都非常低调，真怕哪一天，再会有什么事情发生。她很珍惜现在的平静生活：夫妻一起上下班，谈论都了解的事，恩恩爱爱；经济条件，虽然没有以前那么好，对精神生活的追求，远远地超出了对物质生活的需求，虽不富裕，但也还过得衣食无忧。平平淡淡就是福。单宁很享受这种平淡的生活。

第四节 离 别

单宁的小儿子大学毕业后结婚生子，提出请母亲来照顾孩子，为了方便，小两口搬来和母亲住在一起。虽然经历了一场历史的变化，虽然经历了一场生活、思想上的变迁，吃了不少苦，但是带孩子的辛苦，单宁从未经历过。她的三个孩子都是保姆带大的，俗话说：宁挑千斤担，不带屎娃娃！可想而知，带孩子之辛苦。

伺候媳妇坐月子，还有古云的买、洗、烧来帮忙，五十六天后媳妇要上班了（那时国家规定，产假是五十六天，到时间就得上班），于是带孩子的任务就落在了单宁的身上。显然，要应付这一大摊的事，像保姆一样地干活，对她来说，实在是力不从心啊！

没人可以帮她忙，请保姆的费用也没有，除了自己，其他三人都是早出晚归。古云和儿子还经常加班出差；单宁硬撑着每日的生活；两个年轻人，不太懂事，认为母亲不工作了，闲在家里自由得很，时间由自己支配，似乎很舒适。于是，夜里孩子哭闹也懒得起来，而单宁一听到孩子哭，马上爬起来，怕吵醒工作了一天的亲人。

就这样昼夜兼顾，疲惫不堪的单宁，一天夜里，听到孩子哭，立刻起床，一阵眩晕后，摔倒在地。孩子的哭声，摔倒的声音惊醒了古云，喊醒了儿子，救护车送往医院，急救过来后医生告知：有高血压病史，长期劳累导致脑梗，幸亏抢救及时，否则，会有生命危险。现在右手和右脚活动有些不便，还得住院观察。住了半个月的医院，单宁的身体基本痊愈，回家静养了一个月，降压药、疏通血管的参三七粉等，再加上古云经常为她按摩，还算好，四肢活动基本恢复。

单宁生病之后，孩子就送到苏北农村的亲家家里，身体好后，单宁很是想念孙子，小两口也惦念不已，而且还十分担心孩子的生活环境差，农村卫生条件差，亲家母没文化等委屈了孩子。单宁和儿子们萌生了将孩子接回来的念头。古云坚决反对，责怪单宁是好了伤疤忘了痛，再三叮嘱他们打消这个念头。可是单宁和儿子儿媳反而认为，不是自己亲生的孩子不知道心疼，况且，孙子是让他们很累，但很可爱，真可谓是，隔代的孩子格外疼，爷爷、奶奶、外婆、外公，对第三代的宠爱，甚至是溺爱，不亲身体会绝不会有此感受。自己生的孩子，因为那时年轻，因为工作忙等等，有时也无暇顾及；第三代那就不同了，有时间了，能够想得周到些了，还有极大的耐心去照顾；有的老人，还想在孙辈的身上，弥补对子女照顾不足的念头，可怜天下父母心啊！

单宁骨子里的执拗劲又上来了，在儿子儿媳多次的念叨中，不顾丈夫的反对，毅然决然地把孩子接到了家中。于是辛苦的日子，从此又开始了。

一段时间后，单宁发现自己的头皮屑越来越多，而且呈小片状，经常洗头也无用。后来，又发现自己的两个小腿部分别有一小块皮肤发红，而且很痒，忍不住用手去抓，越抓越痒，而且还由原来的小块逐渐变大，从大拇指盖大变成了半个手掌大，表皮上层，还生成了不少皮屑，每天床单上都有许多的皮屑。

实在忍不住了，单宁告诉了古云。古云因为近来工作十分繁忙，大家都在拼命地工作，以此来弥补十年动乱所失去的一切，所以无暇顾及单宁的病情，只是关切地说："你抽时间去医院看看。"可是哪有时间呢？带孩子是没有闲暇时间的，单宁也就只好忍着，实在痒得难忍，就擦点清凉油暂时缓解缓解。

古云正处于事业的巅峰期，似乎被压抑很久的工作激情像火山那样喷发。一批年轻作者的情感通过文字在往外喷着：他们把自己对祖国的命运、对个人的前途、对个人的工作、对个人的恋爱、婚姻……所有的情感，都借助于文字喷洒着。因为大多数都是真实情感的流露，是自己的亲身经历，所以文字的真实性、感染性都极强。担任现代文学编辑室负责人的古云，更是被年轻作者的这种写作激情所感染。他可以拒绝一些托关系送来的书稿，哪怕是些知名人士、各方领导，只要是书稿不达出版标准，在他这就不能通过出版。为此得罪过一些人，为他今后的仕途，埋下了一些障碍，但他全然不顾。只要是好作品，好题材，是名家，是教授，是有关领导还是无名小卒，他都会全力以赴的，去帮作者修改。做幕后的导演，为他人做嫁衣，他乐此不疲。他认为：一个好编辑就是一个好的幕后导演。

有的时候，作者在工厂、农村、农场、部队的最基层工作，他会想方设法，和他们的有关领导沟通，尽可能给予时间上经济上的方便；有时还会亲自下基层，和作者面对面地商讨书稿中的问题；甚至，还会用自己的钱，接济一些比较贫困的年轻作者，尽量创造条件，让他们的创作有保证。古云一直倡导：为名作家“锦上添花”的同时，切记，更要为青年作者们“雪中送炭”，因为他们代表着未来。

古云不仅要求年轻编辑们这样去做，更是身先士卒！

正当古云和同事们的事业如日中天时，单宁的超负荷劳累，促使她的病情在逐渐加重。一天下午正在烧晚饭的单宁在厨房中，听见孩子的哭声，她急忙往卧室跑去，突然头晕，倒在地下……

正好出差回来的儿子，看到母亲这样，赶紧喊了救护车……最后，虽然保住了条命，但是，因为中风复发，因为错过时间，单宁瘫痪了……

孩子送走了，儿子儿媳也搬走了。只剩下古云一人照顾单宁。那真叫苦不堪言啊！吃、喝、拉、尿全在床上。说话也口齿不清，常常是词不达意，领会错了她的意思，她会发脾气——生病的人，心情不好，完全可以理解。累些、苦些、忙些，都是为了自己的爱人，看着都心疼的爱人。这一切的一切，古云都能承担，毫无怨言。但是，单宁这种情况，不是短时间就能好的。他不能不上班啊！何况，出版社工作这么忙。于是，经济上再怎么困难，也得请保姆来照顾单宁了。

朋友们、同事们都想了许多办法，终于从苏州农村找来了保姆。就这样，古云才得以正常上班了。但是，才十几岁的小姑娘，本想来南京玩玩的，自己还没玩够呢，却要来伺候一个病人，她哪里会啊！笨手笨脚的，更别指望她烧饭了。而且，晚上一切事情还得古云来做。那时的古云，真叫苦不堪言啊！

白天，出版社一大堆的事要处理，下班后，家里面一大堆的事要做。久而久之，古云也病倒了。又累又急，扁桃体发炎，发烧三十八度，在医院输液后，没法休息，还得赶回家照顾单宁。扁桃体化脓，高烧四十度，才不得不休息了两天。就这样，持续了五年。有一次，一部稿子出了点问题，必须由古云来解决。古云安排好家里的事后，就到盐城去了。四天后急忙赶回（那时，从南京到盐城，来回路上就得花两天时间，一天再谈事），结果，由于小保姆没能及时为单宁擦洗、翻身，单宁身上长了褥疮。后来，虽然不断地擦洗，但是仍然没能制止住蔓延。古云为了便于更好地照顾单宁，怕夜里睡着了，不能及时发现单宁的情况，一直坚持和单宁睡在一张床上，一个被窝里。如此，经常因为被子被单宁尿湿了而惊醒，就赶紧起床，为单宁换衣服，换床上用品等。单宁有时思绪清晰时，经常会为丈夫这样的体贴照顾而感动得流泪……

在单宁病后的第六年的四月的一天，古云正在办公室开会，编辑小卞跑进来："古主任，单阿姨不太好了。你快回家吧！"

救护车！

抢救！终因久病体弱而离世了……在忙碌而痛苦中，办完了丧事。待把单宁入土为安后，古云把单宁的三个儿女召集在一起。把他们的母亲生前的一切首饰、衣物全拿出，请他们分成三份；把家里的现金、存折（包括他们夫妇俩的稿费）也全拿出，请他们分成四份（包括自己）。单宁的儿女们，很感动！

一切事情办完，所有人都散去了。晚上，古云回绝了好友们的陪伴，独自一人坐在客厅的沙发上。看着空荡荡的房间——人去房空，回忆起和单宁的点点滴滴，二十三年的夫妻生活：初识、交往、逼婚、互相照顾、互相关爱、互相体谅。他们是标准的先结婚后恋爱的啊！他们的感情如酿酒，越久越浓。而今，她远离我而去，永远，永远地离我而去了……古云禁不住哭出声来……

那晚，古云把亡妻的照片放在床头柜上，从心里还感觉到他们还在一起。看着兄长似的古云，遭到如此的不幸，看到古云的精神恍惚，看到古云渐渐在消瘦，出版社的领导和同事们都很心疼。古云对待妻子尽心而耐心的照顾，让大家都很佩服，因此，在领导的安排下，特批编辑室的几位同事陪古云到安徽黄山去旅游散散心。

时间能磨去岁月的痛苦，时间能磨炼生存的能力，时间能唤起对新生活的勇气。同事们觉得古云一人生活太孤单了，随着年龄的增长，应该帮他找个老伴共度晚年。于是，在大家的努力下，自发开展了为古云找老伴的“活动”……

上海的、苏州的、无锡的、苏北的，作者、工人、干部、军人，寡妇、单身，有孩子的、没孩子的，就是没合适的。同事们、朋友们为他着急，他却说：不急，缘分未到！

第五章　初恋

当年五月的一个晚上，古云正在看中央电视台播放的“晚间新闻”。“叮咚！叮咚！”门铃声响了，古云循声开门，只见同事好友徐文来访，同时还带了位女士。在招呼客人的同时，厨房的水壶声响起来了——水开了，古云将客人让进客厅，赶紧去厨房冲开水，然后，端了两杯茶进来。徐文赶紧起身接过茶杯，并对古云说：“这位女士是我儿子的老师，教语文的李老师。”

“你好，请坐。”古云客气地招呼着客人，转身打开了天花板上的吊灯，四十瓦的灯光，突然将昏暗的客厅照得如同白昼一般。时值九百度近视眼的古云，这才看清了那位李老师：大约三十多岁，烫着短发，穿着一件紫色毛衣开衫，白衬衫领子，翻在毛衣外面，圆脸，下巴尖尖的，鼻梁高高的，眼睛不大不小很有神，温文尔雅。

李老师正在专注地看着电视里一条有关教育方面的新闻，正在古云打量李老师的同时，徐文打断了古云的观察，对古云说：“李老师想看张贤亮写的《男人的一半是女人》这本书。不知你家有没有？”

“正巧，今天下午，编辑小卞才推荐给我的，他说这可是当前比较抢手的、影响比较大的一本小说。你等一会儿，我拿给你。”起身到书房拿过来递给了徐文。

李老师说：“那你还没看了吧？”

“还没来得及看，手上正好有一部书稿急于编辑，本想今天晚上看的。”

“那你先看吧，我再向别人借借看。”

“没关系，你先拿去看吧。我手上的这部稿子急于编辑，还是你先看吧。”

在如此推让中，徐文说话了：“李老师，我认为还是你先看吧，老古在出版社借书比你容易得多，他要想看，再向别人借吧。”

“那多不好意思啊！”李老师惶恐而羞涩地说，“不客气地说，我太想看这本书了，我会尽快地看完，就还给你。我看书的速度还是很快的，只是要做些笔记，否则两天就可以看完了。三天后一定完璧归赵。”

身为编辑的他俩，听到李老师这番话，太理解她的这种读书的急切心情了，他们何尝不也是这样啊！“哈，哈，哈”的笑声让李老师的脸一下子羞红了，不知所措地看着徐文手中的书。徐文赶紧笑着把书递给了李老师。李老师接过书连声说：“谢谢！谢谢！”

如此，又说了一些无关紧要的话，徐文便带着李老师离开了古云的家。

习惯临睡前看书的古云，不知怎么地，捧上书后，眼前出现的，是李老师那清秀、漂亮的面庞，那恬静的笑容，那腼腆、羞涩、惶恐的神态，更是那温文尔雅的气质，那标准的、甜美的普通话，最是那对书籍渴求的神态……

就是她了！真所谓“众里寻他千百度，蓦然回首，那人却在，灯火阑珊处”！南宋词人辛弃疾的《青玉案·元夕》一词，写得太好了！

在古云做出了他人生中一个重大决定的同时，又有一丝忧愁上眉梢：年龄差距太大！在喜忧参半中，迷迷糊糊地睡去……

次日晚上，古云来到距出版社不远处的徐文家，徐文夫妇似在预料之中，客气地将古云请进客厅落座。在徐夫人倒茶之际，徐文笑问古云：“领导大驾光临寒舍，是来了解李老师的情况的吧？”

“知我者，徐文也！”

徐文夫妇会心地对视了一下，把李老师的大概情况，向古云做了一个介绍：

李老师是他们正读六年级的儿子的语文老师兼班主任，师范学校大专毕业。曾多次荣获市区模范教师、优秀班主任称号，曾多次在校、区、市里上公开课，是区里的语文组的教研员。今年四十二岁，三月份刚离婚，带着一个十四岁的女儿。是上海人。

古云一边听着一边暗喜：四十二岁！上海人，同乡啊。不错！

在古云的神情中，徐文看出了他的心思：“怎么样啊？不错吧？我们和她接触以后，从她的言行举止来看，和你比较般配。”徐文夫妇俩的劝说，早已激起了古云心中的涟漪，他有点忐忑不安地说：“我们年龄相差太大，我长得又太成熟了些。”夫妇俩不禁笑出声来，“试试看嘛，不试，哪知道行不行呢？”如此这般地，怂恿了一会儿，古云接过了徐文给他的李老师的联系方式。

晚上灯光下，古云极力地平定自己激动的心情。五十五岁的他曾经有过二十三年的婚史，此时，为了一位比她小十三岁的女士，一位离婚的女士，一位带着孩子的女士，为什么还会有这样的心动，这样的不安？难道小说里的那些人物初恋的心情，出现在我的身上了？可那是年轻人的事啊！不！不对！

爱尔兰作家萧伯纳说过："六十岁以后，才是真正的人生。"

美国作家海明威说过："优于别人并不高贵，真正的高贵是优于过去的自己！"

印度诗人泰戈尔说："不要因为峭壁是高的，而让你的爱情坐在峭壁上。"

酷爱读书、和文字打了大半辈子交道的古云，此刻脑海里不断涌现出他所崇拜的作家们的励志的语言。他被激励了，一改往日他沉稳、矜持的作风，在书桌前，铺开宣纸信笺，打开方砚，磨好墨，抽出笔筒里那支他最喜欢用的狼毫小楷，嗯！深深地吸了一口气！

古云此刻的心很乱：像在风浪里的一片树叶，一会儿被抛到这——要写信！一会儿抛到那儿——不能写！如果她不愿意，那多尴尬啊，要被讥笑的，多丢人啊……

可是这两天满脑子都是她的身影，尽管他极力想抑制住自己，但是没用。干脆，抛开一切世俗的偏见，聆听内心真正的想法吧！在这个世界上，有些事是可以选择的，那叫机会；有些事是不能选择的，那就叫命；既然命运给了我这么个机会，我为何要放弃呢？何况，前面约见了好几个人，没有一人让我心动的。机不可失，时不再来呀！

古云用笔在方砚上舔了舔墨，一鼓作气，写了封信——生平第一封情书。

次日，古云寄出信后，就一直在忐忑不安地等待着……

第六章　十九年的噩梦

第一节　梦　想

李昕出生在上海虹口区，著名的提篮桥监狱附近，一个弄堂里的一个石库门内。父亲是一名化学厂的工程师，母亲因为养育了五个子女，辞工当了全职太太。父亲勤奋好学，刻苦钻研；母亲勤俭节约，操持家务。终于买下了一个石库门房。这个石库门房是个二手房，房主因急于出国而低价卖出。虽然是二手房，但是房子的质量很好，内部装修摆设家具，一应俱全，也比较考究。李昕的父母虽然经济条件并不是很富裕，但是倾其所有买下了这座房子。父亲主外，母亲主内，培养、教育了五个孩子，一家人和睦相处，生活还是很安定、温馨的。

一九四一年十二月八日，珍珠港事变爆发，日军侵占了上海租界，整个大上海沦陷。国家动乱，人民生活在水深火热、暗无天日之中。孩子们逐渐长大了，经历了八年的抗日战争，四年的解放战争。一家人在动乱中，挣扎着生活。好不容易盼到战争结束了，新中国成立了，人民的生活才安定了。

一九五二年，在李昕上小学三年级时，父亲被厂里调到南京化学厂工作，为了生计，父母亲带着三个未成年的孩子，来到了南京郊区的一个小镇上——南京浦口区大厂镇。这是个坐落在长江以北的南京郊区，仅以此——著名化学家范旭东创办的化工厂，取名的小镇。从这个小镇到南京市，得坐一个半小时的车或两个多小时的船。而公共汽车的班次，都只有上、下午各两班，交通实在不方便。那个时候，从大厂镇到南京市，大家都称之为：到南京去。可见距离之遥！

李昕的学习成绩一直很优秀，从小学到初中，都是班级的学习委。报考高中时，在初中校长和老师的鼓励下，当时，报考了至今都名列省级的重点中学——南京师范学院附属中学。当时，全校只有三人考取，她的录取分数还比较高。后来两位男同学，因各种原因中途辍学了，只有她坚持毕业，成为老师同学们眼中的佼佼者。

高中的三年校园生活，使她的生活发生了巨大的变化。从小就未离开过家的老小，哥哥将她送到学校离开后，她倍觉孤单，她害怕这个陌生的环境。第三天下午一放学，她偷偷地溜回家，向家人哭诉，不想读书了，结果被父母和哥哥狠狠地教训了一顿。次日一早哥哥又送她回学校，并交代给了老师。从此，她再也不敢逃学了。

李昕长得还比较清秀，两条齐腰长的大辫子，随着走路的步伐，在笔挺的腰杆上左右摇摆；一口标准的普通话；唱歌、跳舞还都可以，言行举止落落大方又温文尔雅，同学们选她当了班级文艺委。班主任老师是师范学院的应届毕业生，虽然缺乏经验，但工作勤奋，对学生非常关心，整天和学生打成一片。因为老师住校，所以对住校的学生也格外地关切。

有一天下午放学后，李昕和三位同学在一位熟悉地形的同学带领下，从察哈尔路穿小路，翻过八字山，来到下关电影院看电影《忠诚》。回来时已是晚自习时间。他们悄悄地溜进教室。不久被老师请出了教室，在他们紧张地等待着老师批评时，意外地发现，他们四个人的饭盒正在冒着热气。啊！无言的关爱，让同学们羞愧地低下了头……当然，从此以后再没有溜出去看电影而不吃晚饭，不上晚自习的事情发生了。

高二元旦那天，同学们在宿舍里，利用床单、围巾、彩旗（当时归国的印尼同学用的抱枕）……化装成国内各地少数民族，开了个元旦庆祝会，同学们唱啊、跳啊、笑啊、闹啊……那晚熄灯铃声后，校园里的小河边上，小树林里，草地上，仍然有三三两两的同学在交谈着；宿舍里的室友们，三五成群地坐在一起谈笑风生；平时严格的值班老师走过来，把食指放在嘴唇上，示意轻一点，然后理解地朝同学们笑笑，走了。

高二下学期，“五四”青年节前夕，李昕入团了。班主任陈老师把难得的一张《把一切献给党》的作者吴运铎的报告会的入场券，给了李昕，以表示对她的祝贺。那天下午，李昕第一次走进南京人民大会堂，那是南京市，不，是江苏省政府，最重要的开会场所。相当于是南京的北京人民大会堂。

李昕的座位在前五排，当吴运铎坐在轮椅上被推上讲台时，全场的掌声如雷贯耳——人们对英雄崇拜不已。三个小时的演讲，李昕认真地记着笔记，细心地聆听着，虽然《把一切献给党》已看过多遍，但是，经本人的讲述，竟如同当时的场景再现，那么逼真，那么令人震撼！

李昕清晰地看到台上的英雄那受伤的眼睛，残疾的手指，她热泪盈眶……在经久不息的掌声中，李昕随人流缓缓地走出礼堂大门，心中的激情让她默默地、坚定地立下了誓言：“做一个对国家有用的人，做一个对社会有贡献的人，做一个对人民有利的人。”

老师的一次不同凡响的祝贺，让一个学生树立了人生的信念！不愧为名校，不愧为名师，不愧为人类灵魂的工程师！后来，李昕有幸从事教师职业。当了四十六年老师的李昕，就是像自己的老师那样，关心爱护学生的。所以，她也深得学生爱戴，真可谓是榜样的力量是无穷的！

高三毕业前的一天中午，毕业生聚餐。大海虾——让爱吃海鲜的李昕胃口大开，她往坐在身旁的同学陆雪碗里夹虾子。陆雪说：“我不能吃虾，会过敏的。”李昕劝她：“没关系，就吃两只，这个虾子太好吃了。”午餐过后睡午觉，睡在上铺的李昕被下铺床摇醒了，睡眼蒙眬中，听见陆雪在哼哼。她赶紧爬下床，只见陆雪捂着肚子在床上翻滚，她忙问：“怎么啦？我去喊老师，你忍一下！”很快请来了老师，陆雪的脸色苍白，肚子疼痛难忍，身上还出了一片片的风疹块，奇痒无比。老师叫来了救护车，李昕和老师一起随救护车来到了市鼓楼医院。医生诊断：食物中毒！迅速注射葡萄糖酸钙。输了液以后，陆雪才略有好转，老师又请来了陆雪的父亲——时任南京大学的副校长。此时的李昕又紧张，又害怕，一个劲地向陆雪父亲道歉：“陆叔叔，都是我的错，是我劝她吃虾子的，还非要夹给她吃。”陆父笑着对李昕说：“这位同学别怕，别紧张，陆雪应该自己坚决不吃才对。不全怪你啊！你看，她身上的风疹块退了，肚子也不疼了。”又拍拍李昕的肩膀说：“你看，她都睡着了，说明她没事了。你回去吧，我在这儿，你放心啊！”长者不但不责怪，还严格要求自己的孩子，这么慈祥，李昕感动不已！陆校长的司机，把老师和李昕送回了学校。学校“五四”草坪上，正在举行毕业庆祝晚会，李昕没心思观看。在浴室里，她用冷水冲洗着自己疲乏、燥热的身体，回忆着医生的话：有的人是过敏体质，有的人吃某些食物会过敏，食物过敏是很厉害的，不及时抢救，会有生命危险的。

李昕告诫自己：以后决不能再勉强别人吃东西了，这真是一个惨痛而深刻的教训！

高三的语文老师，建议李昕考文科，因为李昕的文科成绩比数理化成绩好。因为每年都会去上海探亲访友，家里人都还是对上海有深厚感情的，所以，李昕首选报考了上海复旦大学中文系。

三年的高中生活给正值十八岁、青春年华的李昕，留下了深刻的印象：美丽的校园，浓浓的学习气氛，亲切的老师，亲密的同学，发生在校园里那难以忘怀的点点滴滴……乃至在耄耋之年，同学们聚会时，回忆起来，还都处在记忆犹新的深情之中！

在那个年代，开后门的雏形已形成，老子英雄儿好汉的唯成分论，各种政治色彩，身体状况和学习成绩等等，都是决定了能否考上自己理想大学的因素。全班四十几名同学，只有十几名考上自己理想的大学专业，部分同学先后进了有关的大中专学校，大多数同学都名落孙山。

在克服了名落孙山的心理障碍后，李昕回到了小镇化肥厂的家中。当初在学校鹤立鸡群的李昕，担任了知青团支部的书记，凭着多年来担任班干部锻炼出来的能力和经验，把支部活动搞得风生水起，竟然被评为小镇的优秀支部，而她再一次成为小镇知青中的佼佼者。

因此她被破例分到小镇上的一所民办小学，当上了民办教师。从此，开始了她小学教师的生涯。一干就是一辈子，加上退休再干，她的教龄竟然是四十五年啊！

李昕勤奋刻苦，要干就干到最好。她认真听其他老师们的讲课；查阅资料备课；对学生亲切关心爱护；向老教师虚心请教、礼貌相待。办公室的扫地打水等活，一应主动地去干；上班早来，下班晚走；为了适应教各门学科，她利用一切时间学习：学画画，学手工劳作；下班以后，周日（当时只有星期天休息）她学习弹琴……

当她站在讲台上，在黑板上画出简笔画：台灯、水果、自行车时，学生们情不自禁地为老师鼓掌，然后跃跃欲试……

坐在风琴琴凳上，熟练地弹出一曲《边疆处处赛江南》，放开歌喉，自弹自唱，好不潇洒……

当她站在讲台上朗诵古诗李白的《望庐山瀑布》："日照香炉生紫烟，遥看瀑布挂前川。飞流直下三千尺，疑似银河落九天。"

听着标准的普通话，动听而深情的朗诵，看着穿了白色连衣裙的老师，学生们仿佛看到了——水花飞溅的瀑布……

小学语文六年级下册里朱自清的散文《匆匆》，是李昕最喜欢的课文之一。课文运用了拟人、比喻、排比、反问等修辞手法，开头、结尾都用了设问句，首尾呼应，写出了作者对时间来去匆匆的惋惜和无奈的强烈情感：

"洗手的时候，日子从水盆里过去；吃饭的时候，日子从饭碗里过去；默默时，便从凝然的双眼前过去。"

"像针尖上一滴水滴在大海里，我的日子滴在时间的流里，没有声音，也没有影子。"

作者以细腻而独特的笔法，展示了时间——日子，在生活的不经意中来去匆匆……

李昕在讲台上面对着区县来听课的几百名老师上公开课。甜美的嗓音，亲切的教派，漂亮的粉笔字，缜密的思维。回答学生问题时沉稳而又有灵气。教学时有条不紊，有教案但不拘形式，根据课堂学生的情况灵活应变。四十五分钟的一节课，下课铃响了，课上完了，令老师和同学们都似乎还意犹未尽……

正当李昕在努力奋进，尽快做一名称职的小学班主任和优秀的小学语文教师时，遇到了任何一个女孩儿，青春活力四散的姑娘，必然遇到的事：

说媒的人纷至沓来，研究所的工程师，文工团的兼职演员，镇政府的公务员，本区域的中小学教师等；有跟家人提及的，也有自己写信示意的，有同事当说客的；李昕对此一律以礼相待，"谢谢，谢谢。刚工作不久，要好好地工作，现在不考虑，以后再说。"

在家人的再三催促下，李昕向父母袒露了心中的秘密："阿爸，姆妈，我不想在这个小镇上成家，想到上海或者到南京去，到时把你们也带走。我知道，你们虽然在这儿生活了十几年，但是你们还是习惯大城市，我一定要把你们带离这儿。"

父母听了女儿这一番话，热泪盈眶，母亲一把搂过小女儿，流着泪说："谢谢你，你能为我们着想，但你不要委屈自己。找个对你好的人，比什么都重要啊！"父亲也说："有出息啊！人生是得有追求，坚持到底，我们都支持你。"

得到父母的认可，倒是省去了不少口舌。"年纪小，工作忙"

成了最合适的托词。

转眼两年过去了，李昕的工作正如日中天。

一天下午放学后，李昕正在练琴，同事张英进来，坐在旁边，等她把一首俄罗斯《小路》弹完，笑嘻嘻地说："弹得不错，再来一首《喀秋莎》。"

"下班啦，不快回家带孩子。说吧，是不是找我有事啊？"

"机灵鬼，瞒不住你啦，直说了啊！耐心地听我说完，不要打岔，更不许生气！"

"哟，还约法三章呢！"

"行不行吧？"

"好，好，好！为了你家的宝贝，我答应。"

"我老公的同学的同学，是一位大学老师，在南京化工学院工作，是上海某大学体育系本科毕业。父亲是搞建筑设计的，也算是个知识分子吧，和你家可是门当户对啊。今年三十二，因为挑剔，至今未婚。人嘛，长得还可以吧？你看看照片。"说完从书包里拿出了一张一寸的半身照片，放在琴键上。"你可别马上告诉我你的决定，回去以后好好考虑，过两天再说。我先回家带孩子去了啊！"说完，拿起书包就走出了办公室。

李昕这才慢慢地缓过气来，对待张英这种风风火火的性格，她早已习惯了，只是张英的一番话倒引起了她的沉思。李昕拿起照片端详着，此人看上去年龄不小了，五官嘛，倒还端正，一笑起来，两只眼睛几乎眯成了一条缝，谈不上好看不好看，充其量一般般。没有知识分子的气质，不像个大学老师，倒像个五大三粗的运动员。"对不起喽，拜拜啦。"李昕对着照片笑着说。

李昕把照片放进抽屉，继续练琴。她喜欢弹琴，《莫斯科郊外的晚上》,《红莓花儿开》,《三套车》,《山楂树》,《纺织姑娘》……这些旋律和歌词都非常优美的俄罗斯歌曲,是李昕最喜欢的歌曲。每当听到或唱到都会让她回忆起在南师附中读书时的情景:晚会上,校园里,常响起同学们的歌声,往往是一个人唱第一句,立刻就有几个人接着唱,洋溢着青春的活力,那时候,多开心啊!有一个周末,同班同学张伟华,在家里开一个 party,李昕和七八位同学应邀到他家——坐落在山西路口的一栋小楼。他的妈妈放唱片给同学们听,他的妹妹弹钢琴,同学们和着她的琴声唱着,好不开心啊……张伟华的妈妈还放了一个婴儿的哭声给大家听,并告诉大家,那是张伟华出生时的哭声。在同学们的要求下,连续听了三遍,大家哈哈哈地大笑。张伟华,出生在美国,他的父母是爱国知识分子,建国后把他们全家都带回国。

后来在耄耋之年,只要张伟华从美国回来探亲,此事总是成为回忆中的必提往事,还是那么爽朗的笑声;不同的是,浑厚嘶哑的老嗓音,代替了那时清脆响亮的嬉笑声……

李昕弹完琴,心情特好,她心情好时,会一路上哼着歌走回家……

张英若无其事地过了两天,第三天下班后,李昕正在批改最后一篇学生的作文,张英走进办公室:“劳模下班啦,还在干活,不愧为优秀教师啊!怎么样啊?我跟你说的事考虑好了吗?”

李昕放下批改作业的红水笔,从抽屉里拿出照片,递给张英,笑着说:“真的很感谢你们和你老公的那位同学,我觉得对方年龄太大了,看上去,好像起码要比我大十几岁。你们真把我当成嫁不出去的老姑娘啦?”

“是啊,我也觉得对方老了些,可我老公说年龄大一些的男人会疼人。”

“我看，算了吧。谢谢你啦!”

“好吧，以后有合适的再介绍给你。”

“谢谢你们啦!”

星期六的晚上，张英找到了李昕家，喊她出来，神秘地对她说:“明天中午，我请你到我们家去吃中饭，我老公烧菜可好吃了，正好来教教我那宝贝女儿弹琴。”

“教弹琴可以，饭就不吃了。我们两家距离这么近，我十点钟到你家，午饭还是回家吃吧。”

“别客气啦，我女儿老麻烦你，我也得谢谢你啊。跟你妈说好，要不然她要等你吃午饭的。就这么说定了啊，明天中午见。”

还没等李昕回答，她已经一溜小跑地走了。

次日，李昕十点钟准时来到张英的家。十一点，像往常一样，刚想告辞，张英走进来说:“累了吧，怎么给你倒的茶都没喝啊?”
“哦，忘了，不喝了，我正准备回家了。”

“什么回家，讲好了，今天在我们家吃中饭，我们忙了一个上午了。走，走，走，吃饭去。”拉着李老师就往厨房走——张英家的厨房，是在百米外，自行车棚的旁边，另辟了一间简易的房子，做厨房兼餐厅。在张英的拉扯下，李昕盛情难却，来到了厨房餐厅。

只见餐厅里已有几人坐在餐桌前，见张英一行人进来，立刻站起来了。张英边进边喊:“贵客驾到，介绍一下啊:这是李老师，这是我老公的同学老周，这是老周的同学许老师，大家请坐。”

看着这一桌丰盛的菜肴，加上张英这一番介绍，李昕心里明白了:鸿门宴啊! 见过大世面的，识大体的李昕，大大方方地落座，自自然然地喝着、吃着，盘查似的询问，一律简明扼要地笑答。

吃完饭，李昕谢绝了一场牌局，匆匆告辞回家。

次日下午放学后，最后一位离开办公室的李昕又被张英堵在了办公室：“李昕，魅力四射啊，昨天的三位男士，对你赞不绝口啊！”

“你乱说什么呢？你让我赴鸿门宴，好个张英啊，太不够朋友了，你就用这种方法来谢我的？以后不到你家去了。”

“别，别，别，不是鸿门宴，只是人多热闹，朋友聚会开心啊，别往坏处想啊！”

“行，你也别往坏处想！走啦，回家。”

一路上，张英唠叨着，昨天三个男人，对李昕如何如何地赞美，李昕微笑了之，一语不答，任凭张英快言快语地说着，因为她根本不把这当作一回事。老男人的赞美，她不屑一顾。

过了三天，传达室老王送来一封信给李昕，信的落款是：南京93中学。李昕很奇怪，这个中学，连名字也没听说过啊！南京有这么一所学校吗？但是信封上的收信人是：李昕老师亲启。

不管啦，拆开看呗！三张信纸，粗犷的黑色钢笔字，字迹潦草，见字如见人，从字体中可见，写信人是个放荡不羁的粗野之人，写信人的落款是：许斯。

信中充斥了许多赞美之词，一看便知是抄袭而来的，一些堆砌的形容词，实在是词不达意，一篇拙劣之作！李昕嗤之以鼻，简直是关公面前舞大刀，太差劲了，好一个鲁莽之人！李昕看后，将信撕成碎片，扔进字纸篓。

如此，连续三天，老王送来了三封信。同一种信封，同一种笔迹，同样的发信地址。老师们都用询问的眼光质疑，发信人是李昕的男朋友吗？因为信封上的字体明明白白地告诉大家：这是一个男人的笔迹。

正当李昕愤怒地要将此事告知张英时，小秦老师在办公室宣布了一个爆炸性的新闻：李昕有男朋友了，是93中学的体育老师，叫许斯，外号叫许大棒子，是上海体育学院毕业的，独子，父亲是搞建筑的。因为要求比较高，至今还没有女朋友。现在看上了李昕，正在拼命地追李昕……

犹如一颗原子弹，炸得李昕四分五裂，如此详尽的爆料除了张英，还能有谁呢？李昕纵然长了八张嘴，此时的辩解都无济于事，越描越黑，越会被人家把解释当成事实的材料。李昕的婚事已成为这个小学校仅有的十几人，人人关心的事。这边信，接连不断地来，那边材料，在不断地爆；羡慕嫉妒恨，有高兴的，有幸灾乐祸的，令李昕实在不堪忍受……

李昕的不安，引起了家人的察觉，盘问后方知事实。父母建议：请张英约许老师见一面，让家中父母亲来定夺！这时李昕焦头烂额，也别无良策，就把这当作权宜之计吧！周日，在李昕家，由那桌“鸿门宴”的全体来宾陪同，进行了所谓的“相亲”。

上次见面时，李昕根本无心观察那位许老师，长成什么样丝毫没有印象。这次，李昕气定神闲，认为是与她毫不相干的人，在大家寒暄闲聊中，打量着许某人：五大三粗，一副狗熊般的身板，确实健壮得很；眯着小眼睛看人，色迷迷的，一看就是个不怀好意的人；作为体育老师是够格的，作为“许大棒子”的外号，够确切的；几乎没有脖子，塌鼻梁，头发梳成三七开，还抹了头油；为了显摆，故意罗列出事先准备好的成语：赞美女性的，貌美如花；说自己，心花怒放，梦寐以求，喜不自胜，沾沾自喜，手舞足蹈，以诚相待，亲如手足，喜结良缘……什么乱七八糟的连珠炮似的语言，连同唾沫星一起往外喷。李昕鄙视地看着眼前这个对自己的父母阿谀奉承的小人，流露出几分鄙视的厌恶的冷笑。许斯对李昕的笑容，大为高兴，以为得到了李昕的认可，更是夸夸其谈起来。拙劣的表演，令张英等说客也觉尴尬，赶紧打断许斯的话，推脱有事带走了一行人。

等到来客们离开后，一家人忍不住哈哈大笑，李昕的眼泪都快要笑出来了——看大门的狗熊，张英的眼光也太差了吧，这样的人品，德性，气质，如何能和李昕般配，简直是风马牛不相干！

许斯不管李昕如何地不理睬他，甚至一封信不回，一个电话不接，他仍然坚守着一个信念：坚持到底，就是胜利，幸福是要长久地等待的。反正他现在正处于婚姻介绍的断档之中，好不容易，有这个满意的姑娘，家庭条件也好，父母那么有修养，自己的那对冤家父母简直不能跟他们相比。

他的父亲虽然是个搞建筑的，那纯粹是自学出来的。他的父亲出生在苏北泰州的泰县的一个穷苦山村，从小苦学木匠的同时，认识了点字，凭着刻苦，才混出个头，做瓦匠来到南京闯荡，那能算个知识分子吗？

邻居看他老实年龄又大了，就把他的一个同乡，当售货员的姑娘，介绍给了他。这位姑娘，人高马大，比他高出一个头，有他一个半胖，但是浓眉大眼，皮肤较白，还是挺漂亮的。姑娘能找个手艺人，生活有保障，所以对这个比他矮小的、瞎了一只眼的男人，也就将就地要了。但是女人天生豪爽、大嗓门，无论男女，她都从不顾及，嘴到手到，街上打打闹闹的、嘻嘻哈哈的脏话连篇，买东西时只要贪得点便宜，有的男人吃她豆腐她也不在意，就这么一个大大咧咧的一字不识的人，谁也不敢真招惹她，否则，肯定是吃不了兜着走。

男人瘦小、怯懦，怕惹是非，老老实实地做人，干活挣钱，对待老婆，那是绝对顺从，老婆说东他绝不说西，外面的事，家里的事，他一概不闻不管。比起老婆的大大咧咧，他正好相反，猥琐、小气、吝啬，总要为藏几个钱，跟老婆吵架，但是真的吵起来，老婆两眼一瞪，他立马低八度地叽咕几句：算了算了，惹不起！

男人，家里没有什么亲人了，三代单传，三十岁时，男人有了继承人。眉开眼笑的女人，为自己生了个儿子，为男人接上了香火，骄傲无比，无形中身价又抬高了，吆三喝四地当起了许家的掌门人。

许斯虽然是个大学生，那也是以最低分数录取的体育类学校——当时他是差生，为了混个大学生的名而不得已的选择。许曾亲口对别人说，小时候身体一直比较弱，父母太溺爱他了，又缺乏养育他的经验，上大学前还很瘦弱，不知怎么会被体院录取的；上了体院后，学习摔跤、举重、拳击，竟然把身体练结实了。体院毕业时，他一米七的个子，竟然有一百六十七斤重，赶紧加强锻炼，才让自己瘦了二十斤，要不然真的连老婆都找不到了。

许斯从小被溺爱，养成了他的娇气，骄气，蛮横、刁钻、自私、唯我独尊，唯我第一，就连他的母亲在他面前，也不得不矮三分。还算是个小康家庭的吧，他花起钱来大手大脚，男孩子爱吃零食，功劳当属在杂货店当售货员的母亲大人——每日都要带一些各式各样的零食回来给他——反正又不要自己花钱。

从小学到大学，因为他这个德性，就没交上过知心的朋友，也就是他用钱收买一两个“朋友”，因此，他和领导、同事间的关系都不怎么样，别谈什么朋友了。这次是多年来未遇的同学，在一次学校听课时偶遇后，他请客吃饭闲聊时，大家谈及婚事，方知他还未婚，他央求已有孩子的同学们帮忙，这才有了张英老公做媒这档子事。

许斯，确实喜欢上了文静、秀气、有气质的李昕，喜欢李昕的和谐家庭，喜欢李昕父母那么有教养。强烈的新鲜感，莫名其妙地让他下定决心：不管怎么样，都得把她追到手，非她莫属啦！

于是他加强攻势。每三天写封信给李昕，每周日到张英家玩，给孩子买玩具，给大人买衣物，有时还会突然地到学校看望一下李昕。在李昕的办公室，有意无意地和老师们搭讪几句，带点零食分享给老师们，张英告诉许斯，李昕很清高，你不要送她什么东西，否则会遭到拒绝而很难堪的。于是他每次去学校看她，就带一束花放到李昕桌上的花瓶里。办公桌上的花瓶什么时候换了个大一点、蓝色的、造型高雅的花瓶；鲜花也由菊花、桂花，慢慢地变成了郁金香、紫罗兰、玫瑰等等；每次来许斯也不多说话，只管为花瓶里换水换花；有时会把一包零食放在李昕的桌子上。李昕见他来了，客气地冲他笑笑，找个借口离开办公室；有时对他说："请不要再送花来了。"许斯笑笑，照样我行我素……

如此，一个月下来，这么大的动静，招来同事们的议论，连有些学生都在质疑，就这么大的学校，就这么多的老师工友，再加上张英不断地向许斯提供李昕的动态，同事们乃至同学们（五、六年级的）都议论纷纷，弄得李昕头痛不已。

更要命的是有一次，李昕到市里参加小学语文研讨会，下午五点半散会，刚走出会场时，许斯竟然在门口等他，约她去吃晚饭，知道她要借住在一位同学家，还知道她要吃完晚饭后再去同学家。张英的情报让许斯有更多的机会接近李昕。连续三天的研讨会，他每天都在会场门口接李昕吃晚饭，然后再送她去同学家住。出于礼貌，李昕无法拒绝，否则他就尾随其后，反而引起一些路人的注目。

第三天的研讨会，李昕提前一个小时离开会场，急匆匆地赶往中山码头——乘坐轮船回家。晚饭后，李昕把这段时间许斯的行为一一告知父母。沉默了一会，父亲说："其实有些情况，张英已经对我们说过了，我们也就在静观你们的发展情况。"

姆妈说："李昕啊，你上次跟我们讲过，你想到南京市里去生活。实际上，许老师还是具备这个条件的。而且你们都是老师，一起有个寒暑假也挺好。虽说他的一些言行你看不上眼，听张英说他现在在逐渐地改变。"看李昕在沉思，姆妈又讲："有一个男人疼你、爱你、对你好，很难能可贵的事啊！就像你阿爸对我这么好，我再累再苦也高兴呀，满足啦！"说着看了老公一眼。

"李昕，你再考虑考虑，我们支持你的决定！"阿爸讲话就是有水平。

这一夜，李昕失眠了。

父母的话，张英及同事们的力荐，许斯的影子，相互交替着，一幕幕地在李昕眼前闪现……怎么办？找一个像爸爸那样的男人！但许斯那长相、德性，哪能和阿爸比？阿爸可是英俊、帅气、有学识、有水平的人啊！所以姆妈才这么幸福，家庭才这么和谐；当然，姆妈也漂亮、贤惠、能干喽，就应该组建这样的家庭。可见，父母的榜样作用，对孩子的影响有多大！

起码在改变，为了我在改变自己，说明这个男人是在乎我的。我这么不理不睬他，他还坚持地来追我。要不，试试看，先好好地了解了解他？犹豫再三，思来想去，李昕决定开始和许斯交往。

李昕把自己的决定告诉给了许斯，许斯欣喜若狂。李昕给许斯约法三章：

一、不要到学校来找她，另外找地方见面。

二、不要再写信给她，有话当面说。

三、每两周见一次面，保持一定距离。

许斯照单全收，毫无异议，协议生效。从此学校太平了，老师们也没议论了，李昕的生活似乎安静了些许。

持续了两个月，许斯提出每周见一面的要求，理由是克制不住自己想见李昕的心情。于是，每周唯一的一个休息日，从上午十点到下午四点，基本上都是两人见面的时间。后来许斯为了延长见面时间，竟然在周六晚，住在张英家，这样周日上午八点钟，就可以和李昕见面了。不得不承认，许斯的确是在李昕身上下了大功夫了。

李昕从未谈过恋爱，在读高中时，虽有同学在谈恋爱，虽有同学写过信，向她示意过，虽有同学和她互相看过日记，虽有时自己的感情也会有一点小涟漪，但是都被她克制住了。她还没有精力，让她涉及谈感情，她的精力基本上都倾注于学习上和读小说中。她的数理化基础比较差，有时跟不上老师上课的进度，从高二起就开始有些吃力了，因为有同桌的同学耐心地帮助，她才得以跟上，可惜得很，同桌同学应征参军走了。死要面子的李昕又不肯过多地麻烦其他的同学，再加上大家都在为学习奋斗呢。所以到了高三后，李昕的成绩愈来愈差。因为化学成绩最差，她得多补补化学，补了化学又丢了物理，补了物理，连擅长的英语也不行了。一次上英语课，平时较看好李昕朗读课文的英语老师，对李昕竟然断断续续、毫无感情的朗读，大为诧异。尴尬的状态下，李昕含泪坐下。拆东墙补西墙，终日上课、作业，实在令李昕不堪重负。高三班主任，正值生完孩子五十六天，产期刚满，接班后忙于料理出生不久的婴儿，所以无暇顾及她的学生们，更无法关心当时像李昕这样的“困难”的学生，大家都在为自己的目标奋斗着，连一贯组织能力较强的班委、团支部也失去了往日的组织能力。群龙无首啊！一个班级依靠班主任，一个学校靠校长，一个家庭靠父母。李昕深刻地认识到了这一点，她怀念高一、高二的班主任，以至于当李昕以后当了老师后，之所以能多次评为市区的优秀辅导员、优秀班主任、优秀教师，都应该起源于此吧！

从拒绝到接受，从厌恶到不讨厌到心动，李昕的心理，在许斯的奋力追求下，有了很大的变化。这也让许斯加快了求爱的步伐。而李昕似乎是在一只无形的大手牵引下，一步步地走向婚姻的陷阱中。李昕后来才知道许斯是个情场高手，略施小计就让李昕这个单纯的姑娘当了俘虏，玩弄于自己的股掌之中。当然，这是后话了。

就这样交往了半年多，许斯已和李昕的亲友们熟悉了，几乎成了每周日必到之客。许斯各方面的表现，也让李昕及家人开始对许斯产生了好感。许斯对李昕一往情深，让李昕感受到了兄长般的关怀和呵护，她也很享受其中。

暑假的一天，在许斯的再三邀请下，李昕带了些礼品，来到了许家，拜见他的父母。

只有一间十五六平米的房子，卧室兼餐厅，厨房是在房间外搭的一个小披间，离家不远处有一个公共厕所。一家人的起居，全在这个放了两个四尺床的房间里，吃饭时床就当作椅子了。李昕看到许之父亲：瘦弱、矮小、独眼、阴沉、少言寡语；许之母：白胖、爽朗、热情、泼辣、快言快语。

看到儿子领回来一个如花似玉的姑娘，白净、清秀、有气质，大家闺秀的模样。在市井中生活的许家父母，从未与这样的姑娘打过交道，儿子竟然找了个这么好的媳妇，他们喜不自胜，笑容可掬地招呼着李昕。午饭时，许之母，一边不断地往李昕碗里夹菜，一边还说："你太瘦啦，要多吃点。以后常来家里玩儿，我多给你烧点菜，好好补补身子啊。"

李昕的碗里堆满了菜，勉强吃了几口，这满桌的丰盛的菜肴是主人精心准备的，全桌子的苏北菜系，让吃惯了江浙菜系的李昕实在是难以下咽。好好的老母鸡汤里为什么要放猪肺进去呢？简直串了味。李昕推脱自己早饭吃得晚不饿，草草吃了半碗饭后，把碗里的菜全部给了许斯。饭后，许母拒绝了李昕的帮忙，利索地收拾好餐桌后，对李昕说："儿子年龄不小了，挑三拣四的，我们三代单传啊！急得不得了，我看到他对你真上心，处了半年多了，一直在听他讲你多好多好，讲你家里的父母比我们好。今天看到你，果真不假。姑娘啊，早点结婚吧！"李昕被她说得不置可否，拒绝她吧，犹如泼一盆冷水，答应吧，自己还没有想到要成婚，还想再处处。

僵持了一会儿，寡言少语的许父开口："我们正准备用这间房子换两间房，房子也已经看好了，离这里不远。"

"对，对，对，我们就快搬过去了。你放心，到时候，你们就有单独一间房了。下次我领你去看房。"又一次不置可否。许斯马上抢话:“妈,妈,马上我们还要去看电影,什么话,以后再说。”

有许斯打了圆场,李昕立刻起身说:“伯父,伯母,谢谢款待。我走了。再见!”

走出许家,李昕深深地吸了口气,如释重负。许斯见状,笑着说:“紧张吧,我爸妈见到你开心,恨不得立刻把你娶回家。”

“不行啊,你别太美,还没到谈婚论嫁的时候,你不要急啊!”

“不急,不急!”许斯讨好地应允着,“但是,你应该给我个底。不能让我无限期地等啊!”

“好的,我会认真考虑的。”

在南京杨公井的太平电影院里,看电影《早春二月》,正当李昕在为主人公文嫂伤心流泪时,许斯悄悄地握住了李昕的手,贴着她的脸耳语:“别太难过了,是电影。”并掏出手帕替李昕擦了泪水。黑暗中,李昕第一次没有拒绝许斯的亲密动作。

当然,这以后只要有机会,许斯都会机不可失地要表示一下,常常是趁其不备,常常是在她无法拒绝之时……

一个星期六的下午,李昕和秦老师带着两名学生到南京外国语学校报名。许斯正好下午没课,他任教的学校离外校不远。待学生报名事宜结束后,秦老师带两名学生回了大厂镇,许斯带着李昕来到了下关绣球公园玩,看了公园里朱元璋的夫人马娘娘的大脚印,划了船,漫步在林荫小道;走累了,两人坐在长凳上休息,许斯看到李昕那红扑扑、水嫩嫩的脸,情不自禁地摸着李昕的手说:“李昕,你太美了,让我亲亲你好吗?”李昕被他说得害羞,还没有来得及对他的话回应呢,就被许斯一把搂住,双唇被紧紧地重重地盖住了。

李昕挣脱不了,只能任其热烈地吻着,继而,胸部又被用劲地摸着。此时，李昕本能地往后一缩，用力推开，站起身向前跑去。不过十几步，许又从后面紧紧地抱住了李昕："我太爱你，控制不住自己，我们结婚吧！李昕，我求求你了！"

李昕再一次地推开许，"你要尊重我，没有结婚，你不能这样对我，要不然，我不理你了。"

"好，好，好，不这样了，我尊重你，以后决不这样了。你别生气了。"

李昕原谅了许的冲动。许送李昕回家。

如此交往了约十个月。

一天——国庆节，李昕应许邀约到玄武湖游玩，公园里人满为患，到处都是游客，许斯建议去栖霞山玩，认为郊区人少，但是，到了那里，方知秋游栖霞，依然游客如云。

匆匆吃了一碗阳春面，坐车回到市区。进了淮海路上的中华剧场，看电影《五朵金花》。李昕为金花对歌阿鹏的情节，深深地吸引着，许紧紧地抓住了李的手，抚摸着；双腿紧紧地靠着李昕的腿。看完电影吃了晚饭，已经九点了，李昕照例要到一位女同学家去住，明天和她一起去陪她的弟弟报考南京市第十三中学。

李昕来到同学家——地处新街口的明华新村。这是个几十家住的一个大院，往日大院的门是敞开着的，当天不知何故大门关上了，李昕喊了几次，没人答应，同学家住在离大门稍远处，听不到喊门声的。正着急时，许斯说："算了，你到我家去住吧。"

"你们家地方那么小，就一个房间，怎么住啊？"

"好住，你和我妈睡，我和我爸睡。"没办法，只能这样了。

那时的李昕怎么就没有想到去住旅馆呢？这样就不会发生

下面的事了；如果同学家的门没锁，也不会发生下面的事了！没有那么多的也许，没有那么多的如果，该发生的事就要发生，是祸，是福，是躲不过的！这就是命！后来，李昕这样认为。

第二节　贞　操

在磨磨叽叽的无奈下，到许家时，他的父母已经入睡了。许斯喊醒了母亲和李昕睡一张床，许和他爸睡一张床，两张床中间仅隔着一张餐桌。李昕胡乱地洗了脸后就和衣睡下，因为累了一天，李昕很快就入睡了。

清晨，李昕在睡意蒙眬中，听到许母说："我买菜去了。"她"嗯"了一声又睡着了。在睡梦中，她觉得有人爬上了床，以为是许母又回来了，她翻了个身，脸朝里又睡了。

过了一会儿，李昕觉得有人压在她的身上，嘴唇也紧紧地被压住，她吃惊地睁开了眼——许斯！李昕歪过头躲开压着的嘴唇，刚要喊，许斯在她耳边说："别喊，我妈去买菜了，我爸在睡觉，别把他吵醒了。"早有预谋的许，极其迅速地拉下李昕的裤子。李昕惶惶然，不知所措，不知道许要干什么。突然，她觉得下身被一个硬物戳进，那硬物在进进出出地动着，她疼痛难忍，本能地躲闪，而她这样动，却更刺激他，许更是放肆地狂动着，李昕的两手被许的两手紧紧地摁着动弹不得，身子也被许的身子重重地压着，她毫无反抗之力，只好任凭许狂野地骚动。后来又解开她的上衣，胡乱地摸着胸，不时地吻着她的唇，吻着她的胸……

几分钟的骚乱之后，许用舌头舔着李昕的满脸泪水，轻轻地说着："亲爱的，我太爱你了，我没办法控制住自己。我们结婚吧，你是我的人了，从今以后你就是我老婆了，是我老婆了！”

随后又一次地发动攻击，又一次次地重复，就这样十几分钟后，许才气喘吁吁地爬下李昕的身体，躺在李昕旁边喘着气闭上了眼。李昕两眼凝视着蚊帐的帐顶，默默地任凭泪水不断地涌出，她绝望地盯着枕边这个人面兽心的畜生！是这个嘴里说着甜言蜜语的爱她的人，却如此毁了她。曾几何时，认为能像兄长一样爱护她呵护她的人，却野兽般地糟蹋了她！精神上的痛苦比肉体上的痛苦更让人心痛。十几分钟后，竟然听见了许轻轻的鼾声……

李昕厌恶地看了看许斯，迅速地穿好衣服，只见床单上留下了一小摊鲜血的痕迹，那是自己的贞节之门啊，已被强行打开了……

在一阵一阵揪心之痛下，李昕轻轻地打开房门，匆匆地离开了许家……李昕走在空荡荡的马路上，十月南京的清晨，寒意阵阵袭来，秋风吹来，片片泛黄的梧桐叶在风中簌簌落下。什么叫痛不欲生？什么叫痛彻心扉？就是一个少女失去了贞洁后的心情！她呓语般地自言自语：我该怎么办？曾经的梦，碎了；捡起后，努力拼凑，又碎了；拼凑不起来了！

曾经那么优秀，那么被人羡慕，那么自信，那么骄傲，那么追求完美的她，觉得自己就像个没有灵魂的躯体，在世上已没有存在的价值了……

李昕绝望之极，她想到了死，用死来对抗许对她的侮辱；用死来洗刷许留在她体内的污垢；用死来维护自己的尊严！李昕走向药店，想用安眠药来结束自己的生命，然后留下一封说明事实的信。

“滴嘟，滴嘟，滴嘟！”一辆救护车疾驰而过，令李昕浑身一颤：

李昕，你死后，许可以抵赖，他反正已经得手；伤心的是自己的父母，倒霉的是自己，名声坏了，人也死了，值得吗？

再说自己也有错啊，当自己已经感觉到许对自己有不轨的举动时，为什么一次又一次地原谅他？为什么还要住到他家？当他有不轨行为时，为什么不喊叫？

这一切不是自己的错吗？是自己纵容了许，有什么证据可以证明，你被强奸的呢？是自己住到人家家里去的，是自己睡到人家床上去的，你自己……

这么多个，这么多个错，还能说得清事实吗？你的死值得吗？

用别人的错误来惩罚自己，值得吗！李昕痛定思痛，这件事就当是自己的隐私，永远埋藏在心底，只要自己的心里有数就好了，没有必要说出来。既然事情已经出来了，与其去气愤、责怪、埋怨，痛恨别人（那是自讨苦吃），不如认真考虑该如何吸取教训，做好下面的事。

曾经认为伤心是会流泪的，但是真正的伤心，却怎么也流不出一滴眼泪了，此时的李昕已无泪可流……

李昕走进了一家早点铺，吃了一碗豆浆，一根油条，一个鸡蛋。把空空的胃填饱，把空空的心填饱；吃饱了，才能开始新的生活。李昕多付了老板一点钱，在小店铺上了个厕所，洗了把脸，打起精神往同学家走去。

下午李昕回到家，若无其事地，工作照旧，生活照旧，看到张英也照旧打招呼，一切的一切都照旧。没有人发现李昕有丝毫的改变。只有李昕知道，夜深人静时，自己的心里是多么的痛，无言的痛！

一个星期后，大家相安无事，没有任何动静。周日许斯早早地来到了李家，跟以往一样地讨好着李昕的父母，只有李昕看出来，他的内心有多么地不安！

吃午饭时，许向李的父母说："伯父，伯母，我的父母想到你们家来看看，可以吗？"还未等父母回答，李昕说："是来提亲吗？"父母愣住了，许斯也惊住了，为李昕的反常诧异，接着李昕一笑，冲着父母说："我们认识半年多了，你们就见见他的父母吧。"许斯也赶紧说："伯父，伯母，你们就见见面吧，早点定下我们的关系，也让四位老人放心。"

李昕斜着眼，看着许斯：我们的关系，不是已经被你锁定了吗？看见李昕的眼神，许斯尴尬地低下了头，但是内心深处想：对，已经定下了，你还想否认吗？继而抬起头迎着李昕犀利的目光说："我们结婚吧！""好啊，我同意！"李昕爽快地回答。李昕的父亲赶忙压着李昕说："你别意气用事，别讲气话，等我们大人见过面再说。"母亲也嗔怪地对女儿说："这么大的事可不是儿戏，要慎重！听你阿爸的。"两位老人不知两位年轻人葫芦里卖的什么药，总觉得什么地方不对劲，但又说不出什么。正在猜测之中，李昕放下饭碗："你们慢吃，我吃好了。"

这是个阴天，天空中时不时地飘洒一星半点小雨，李昕的父母打扫了房间，又张罗了一桌饭菜。十一点半，许家一行三人来到了李昕的家。

许的父母再三说服李昕的父母："都老大不小的啦，已经处了半年多了，可以定下来啦。我们家的儿子可喜欢你们家女儿呢，一天到晚，把她挂在嘴边，吃饭时，把菜往她碗里夹，对我们父母都从来不这样。儿女大了，不由爹娘了，他们俩这么好，就早点结婚吧！"李昕的父母一再说："起码得处个一年吧，他们工作都忙，一两个星期才见一面，再了解了解吧。婚前多了解了解，婚后就会平安无事。”

许插嘴说：“伯父，伯母，我们彼此都比较了解了。”他对着李昕看看，李昕点点头：“我是已经很了解的了。”许的母亲连忙接着说：“亲家，你们听见啦，他们俩都同意了，你们就放心吧。我倒是担心他们别弄出点什么事来就不好了。”许的父亲说：“你别瞎说，我看这两个人挺般配的，元旦就结婚吧！一切事由我们来操办。”

李昕说：“没什么好操办的，现在讲究勤俭节约。”

“哈，哈，哈。”许家父母笑逐颜开。

李昕的父亲连忙说：“我们再考虑考虑，以后再说。来，来，吃菜，吃菜。”

午饭后，许家一行三人走后，李昕父母把李昕喊到她的卧室，严肃地对她说：“你当真想好了，决定了？我们不太看好他们这一家。”

李昕的母亲说：“我看许斯的母亲太霸道，父亲太猥琐，这样的公婆不适合你，你没法融进这样的家的。”

李昕的父亲说：“你是不是有什么事情瞒着我？怎么这么爽快地就要办婚事了呢？你看你最近瘦了许多，我总觉得你有什么事，有什么事说出来，憋在心里会生病的。”

此刻的李昕泪如雨下，知我者，父母也。多少天的耻辱，多少天的苦闷，痛苦，多少天的憋屈，一下子迸发出来了。

阿爸心痛地看着女儿，母亲陪着女儿一起流泪。

几分钟后，李昕平静下来，把事情的原委，一五一十地道来。

“生米煮成熟饭了。”

“他们这是预谋好的。”

“卑鄙的小人。”……

听完父母的议论后，李昕安慰父母：“算了，不跟他们计较了。”并把自己从许家出来后的想法告诉父母。并说：“我也有错，当前这个社会，女孩子失身，是最被社会唾弃的行为，连被人强奸了，女的在世人眼里都抬不起头来。何况，我是自己睡到人家家里去的？不结婚，女儿我的一生也就完了。再优秀，也抵不住世人的谗言；许家这一家没有一个是省油的灯，非闹得鸡犬不宁，我们是闹不过他们的。算了，好在，我还住在家里，难得回去，他们也不会把我怎么的。我会小心的，你们放心吧！”

李昕如此百般地解释、劝慰，李昕的父母虽然心痛无比，但也无计可施，爱莫能助啊！在那个人们的理念还不正确的时期，在那个法律还不健全的时期，只能按照女儿的决定结婚吧！

第三节　性　奴

定下了婚期——元旦。结婚前，李昕再也没到许家去过，更别说去许家住了。结婚那天，许家办了两桌，请了两家亲友，在家烧的饭菜。

吃完饭，送走客人，已是晚上十点多钟了，李昕已是疲惫不堪，恨不得立刻睡去，漱洗完毕，马上上床休息。许斯漱洗完毕，进屋看到李昕已经入睡，立刻把她摇醒：“亲爱的，洞房花烛夜，你怎么这么快就睡了呢？我可是盼星星盼月亮，早就盼望这一天了。”

说着话，他猛然掀起被子，抱着李昕亲啊，摸着这个又碰着那个，像头饿虎一样。要说上次他还不敢弄出太大的动静，这一次，他可是放肆地、尽情地发泄他的兽性了……

李昕早已预料到了，自己如同羊入虎口，只能躺在那儿，任他摆布。默默地忍受着乳头和阴部的阵阵的揪心的痛。默默地任凭泪水无声地流淌着……三次进攻后，许斯又和上次一样，尽情地享受后，舒服地睡去了……

这头野兽，怎么就察觉不到李昕的反应呢？怎么就看不到李昕的满脸的泪水呢？答案就是：一旦兽性大发，只顾享受猎物，只顾满足兽欲，根本就无暇顾及其他了……

过完年，过完寒假，李昕又回到了娘家。才几天时间，李昕就瘦了些许，父母心疼，尽量多做些她爱吃的菜。

可是，自此以后，李昕的身体每况愈下，因为她怀孕了。妊娠反应相当厉害，吃什么吐什么，闻到什么气味也会吐。因为吃得太少，吐到最后，只能吐出黄水出来了。李昕的父母心痛不已，变着法儿地做些女儿想吃的菜，好尽量让她多吃一点。

许家听说李昕有孕了，欢喜得不得了。老两口提着许多食物，来看儿媳，对儿媳说："你得多吃点，吃多了，身体好，孩子才能长得好。吐了吃，吃了再吐，没事的，女人怀孕都是这样，你就得忍着。"

本来就比较瘦的李昕，这么一折腾，差点没了命。幸亏有自己母亲的悉心照料，总算过了反应期；接着在孕妇检查时，又发现有流产现象，还得每天注射黄体酮保胎。这样又折腾了一个月，才慢慢地步入正常生活的轨道。

李昕借口身体不适，又借口保胎，尽量不回南京那个婆家，许斯来李家，李的父母有意识地安排许斯和岳父同睡，李昕的母亲和李昕同睡，许斯也无法宣泄兽性，这让李昕少受些蹂躏之罪。

孩子是在南京的妇幼保健医院出生的，先破了羊水，医生要求，必须把腿抬高睡。一天后分娩的阵痛开始了，痛了一天，到晚上七点多钟，痛得几乎要晕死过去。医生对李昕说："我们一起加油，再努力，要不然，就要剖腹产了。剖腹产就是开刀把孩子取出，对你对孩子都不好。自然生产，那可以减去许多痛苦和麻烦。（那个时候的生产都是自然生产，剖腹产很少，实在是孩子生不下来了才剖腹。）加油啊，阵痛来了，用力啊，吸口气再用力，产门开了，我们看到孩子的头了，加油，加油，好，再用力！"多好的医生啊，在白衣天使们耐心的召唤下，一个小天使出生了。"哇！哇！哇！"随着孩子强有力的哭叫声，李昕因为用力过度而晕过去了。

等李昕醒过来时，已经睡在病房里了。此时的父母、公婆都守在床边，看到李昕醒了，都高兴地笑了。姆妈问她："肚子饿了吧？给你煮好了面条，还加了两个荷包蛋。"

"谢谢妈，我真饿了。"看着李昕大口地吃完了面条，妈妈帮她一边擦着汗，一边说："明天一早，我和你阿爸就回去了，你好好地留在南京坐月子，过几天我再来看你。"李昕点点头："辛苦了姆妈，你们一路上要小心啊！"

许斯高兴地对李昕说："你真厉害，生了个胖儿子，爸爸妈妈开心死了。儿子长得像你，鼻梁高高的。"两家人都沉浸在李昕的健康和许家有了传宗接代的孩子的兴奋之中……

此时的李昕，可以说是婚后最开心的时候了。八个月，是未婚先孕，还是早产？不得而知。管不了那么多了，只要有了孩子，什么都不重要了。

因为没有奶水，李昕不知喝了多少催奶的药汤，整天胃胀胀的，吃什么喝什么都没有胃口，孩子饿得哇哇叫。许斯整天忙得团团转，为此，他从书上看到要科学喂养，要定时定量地喂。孩子哭了，孩子的奶奶听不下去了，要喂孩子，许斯不给喂，说时间没到。经常为此，小孩哭，大人吵，实在令李昕寝食不安！

好不容易五十六天的产期满了，李昕提前两天回到娘家。到底是五个孩子的母亲，姆妈真有经验，孩子的奶糕打得稠一点，牛奶，搅碎的鸡蛋黄，肉汤，菜汤，米汤换着花样吃，孩子吃饱了不哭了，大人也休息好，母子俩都长胖了。

孩子长到一岁时，李昕流产了一次，到孩子一岁半时，李昕又怀孕了。这都是许斯精力旺盛的功劳。李昕的母亲不满地对许斯说："正常生产是瓜熟蒂落，小产，是瓜没熟，硬把它摘下来，老这样，人哪能吃得消呢？"（六十年代中期，那还是人工刮宫，痛得豆大的汗珠往下滴，面无血色地走出手术室，就跟上了酷刑一样。）李昕想想都害怕，没办法，硬着头皮再生一个孩子吧。许斯的父母早就希望李昕多生几个孩子，以解许家人口稀少之缺憾。

同样的经历，妊娠的反应一点也没减少。一手牵着儿子上幼儿园，一手捂着嘴，犯恶心，儿子懂事地用小手拍着妈妈的后背。要不说母亲伟大呢？第一个孩子生完后，李昕曾对同事和亲友们说："生孩子太可怕了，我再也不要生第二个孩子了。"才一年半，又心甘情愿地再生一个！李昕默默地祷告着：老天爷保佑我生个女儿吧！

十月怀胎，到了预产期，李昕住进了医院。三天下来，毫无动静，病房嘈杂，觉睡不好，征得医生同意后回家待产。肚子越来越大，可没生产的迹象。来看望他的同事、亲友们都说：这肚子啊，像要生双胞胎啊！李昕特能吃，特能睡，孩子的奶奶整天忙里忙外地对别人说：家里的媳妇可能要生双胞胎呢！眉飞色舞。许斯更是自豪得不得了：我的精力就是旺盛！因为临产了，许斯也不敢造次，李昕这一个月在家里，能吃、能喝、能睡，人也长得越来越胖。

大年初三，理应回娘家的日子，李昕早早起床，准备好拜年的礼物。一个多月都没有见到父母了，李昕归心似箭，许斯一家三口，极力反对李昕出行，车船颠簸，怕不堪此行。而李昕思家心切啊！许斯就采取拖延的办法，一会儿这个没拿，一会儿那样东西没拿，故意找借口。因为上下车都比较困难，何况还要拿东西，十点钟了，李昕真是等不及了，刚想走，肚子突然痛起来了。赶紧上医院，一检查，产门已开。进入待产室，等了一个多小时没动静，医生要家属回家去吃中饭，然后再给产妇带点午饭过来。

正逢春节，产房里只有一位医生和三位护士，还有三位产妇。李昕看着产房墙上的挂钟，时针正指十二时整。李昕的宫缩，紧一阵慢一阵地袭来。旁边一位年轻人，是头胎，很害怕，叽哩哇啦地叫唤着，一痛就喊。另一位产妇嘴里面叽里咕噜地在骂丈夫：挨千刀的，把我害得这么惨，妈妈的，等老娘出去了，非跟你拼……一个小护士目中无人地说：叫什么都没用，还不如留点力气，以后再用。

李昕咬着牙忍着，得要忍！储存好精力，生产的时候再用，这是她生第一个孩子的经验。她一声不吭地忍着，一阵剧痛，持续时间也比较长，李昕禁不住哼出声，医生赶紧过来查看后，吩咐护士："快准备生产，小孩头都快出来了！"

医生一边忙着一边问李昕："你是第几胎？想要个儿子还是女儿啊？"李昕一一回答，医生是在用注意力转移的方法，减少李昕的分娩痛苦，又是一阵撕心裂肺的疼痛后，孩子出生了！一声响亮的哭声，令李昕如释重负。

“恭喜你生个女儿，别太高兴了啊，你的孩子太大了，会导致子宫出血的。”

“谢谢！女儿，生个女儿！如愿以偿啊，谢谢老天爷的恩赐！”

“八斤三两的胖丫头。”医生的话，让李昕忘记了刚才的痛苦，开心地笑了。很快，李昕被推到了病房。第二个孩子出生如此之快，令许斯未料到。他三点钟赶到医院后，直奔病房。李昕同病房的病友责怪他：“生孩子，丈夫还不陪在身边。”“孩子生完两个小时了才来，你老婆饿死了，我们的东西，她又不肯吃。你真是个不知道心疼老婆的男人。”……

李昕见病友们七嘴八舌地讲他，忙说：“他是回家帮我拿吃的啦，没想到第二胎比第一胎生得快，没经验。”

“看看你这个老婆多好，这个时候还袒护你呢。”

“快点儿，赶快给吃的，别发呆啦。”

李昕看看许斯带来的饭菜，只好对许斯说：“你用西红柿鸡蛋汤泡点饭给我吃，其他菜我现在不想吃。”

一边吃饭一边听李昕讲生了个女儿，许斯有些失望：“还以为你生双胞胎呢，结果是……”旁边一个病友听后，又大声地说：“怎么啦？看你老婆这瘦骨架子，还要她生双胞胎，你是要小孩还是要大人啊？”

“女娃怎么啦？女娃就不好啊，我都生了三个女儿了。女娃跟父母最贴心。”

“是啊，你们已经有了一个儿子了，再生个女儿，儿女双全啊，多好啊。我生了两个儿子，真想要个女儿啊。”

众人七嘴八舌地说着……正好三点多钟，午觉才醒，产妇家属、探视的人，闲聊着，很热闹，许斯被众人说得只好尴尬地笑笑，然后收拾好餐具，说是去看看女儿，再回家弄晚饭，李昕闭上眼休息了。

被一阵阵剧痛惊醒的李昕睁开眼，病房里已经灯火通明。李昕觉得不对劲：孩子已生下来了，为什么肚子还这么疼？又一阵疼痛袭来，李昕哼出声来，旁边的一位大姐见状问："你怎么啦，脸色这么差？"

"大姐，我肚子疼，和生孩子之前一样地疼。"

"不对呀，胎盘没弄干净，危险！"她招呼她的丈夫，快去喊医生。

医生迅速赶来掀起被子检查后，急忙招呼护士："拿一个护盆来。"医生从李昕的上腹往下腹推着，一边对李昕说："用劲往外小便。"又一阵剧痛过后，一股血水冲出；有几阵疼痛，就有几股血水冲出。李昕在医生如此的推摩和疼痛中昏了过去……

等李昕醒来，看到自己一个人躺在一间病房里，许斯正坐在床边，看到李昕醒来，高兴地站了起来。李昕看到自己正在输血，医生过来亲切地询问："你现在还有什么不舒服吗？"李昕摇摇头笑问："我怎么啦？"

"生完孩子后，子宫内的积血未清理干净，瘀血藏得深了些，现在好了，全清理干净了，你放心吧。血流得太多，补补血，再补充补充营养，好好休息，很快就会好的。"

回到病房后，病友们告诉李昕："流了大半盆的血啊，把我们都吓死了。生完孩子，胎盘出来不干净，是要死人的。幸亏及时抢救。"

"谢谢，谢谢你们！要不是你们及时喊医生来，我这条命就没有了。”

要不说，远亲不如近邻啊！

住院五天后带着女儿回家，许斯的母亲，虽然也很高兴，但自然是没有见到孙子那么开心。李昕住院五天，她竟然一次都没到医院去探望过，足以说明婆婆的重男轻女的老思想。

奇怪的是，为李昕没奶水准备好了一应食品后，李昕的奶水来了，而且还很多。惊喜的同时，李昕又遭了罪：奶水充盈着的乳头，被小女儿吮破了，痛得钻心，直往外渗血，又不能不给孩子吃啊，否则乳腺堵住了，会得乳腺炎。乳头干裂流血又不能涂药，喂奶前后，还必须先用盐水洗奶头，为此，只要一喂奶，就如受一次酷刑。李昕咬牙切齿地强忍着，疼痛得泪水禁不住地直流……

如此折腾了二十天，逐渐好些，孩子因为奶水足，长得胖乎乎的，很可爱。就是奶奶嫌孙女的鼻头塌，用她那个大肥手每日给孩子捏鼻头，想让它长高一点，孙女被她捏得鼻头发红，还脱皮，李昕心痛得要命，对奶奶讲：“别捏啦，长成什么样不重要，健康最重要。”李昕自信地认为：我的女儿不会难看的。因为李昕生女儿，儿子就由外婆带。儿子，因为不是母乳喂养的，体质娇弱，小病不断。外婆因此头晕、头痛的老毛病发作了，无法带孩子了。俗话说，宁挑千斤担，不带屎娃娃。外婆实在是太辛苦了，李昕也舍不得再让病重的姆妈带自己的孩子。奶奶还在工作，也无法带孩子。

李昕五十六天产假期满后，在学校申请了一间单身宿舍。她一人带着两个孩子住校，每天一大早起床，把两个孩子洗漱完毕后，喂饱饭，用自行车把两个孩子分别送到两个保姆家(因为孩子小，不够上幼儿园的年龄)，然后再赶回学校，手洗换洗下来的衣服、尿布、碗筷等(那时，还没有洗衣机)，再踏着上班的铃声进办公室。中午得利用休息时间，往菜场跑，买点菜准备晚上吃。下午一下班，赶紧开开炉门烧饭(那时还是烧煤基炉，没有煤气，有时，炉子的火灭了，还得重新生炉子)，然后再骑着自行车，把两个孩子接回家，烧饭、喂孩子、帮孩子洗漱、哄孩子睡觉后，自己也已经困得不得了了。但是，用冷水洗洗脸强打精神，改作文、备课、查资料……尤其是夜里，女儿的尿布一湿就哭，再困，也得起来。第二天清晨，闹铃声一响，就得立刻起床，否则时间就来不及……

如此坚持了一年，李昕瘦得皮包骨头，人看人怜。冬天的清晨，别人怕冷，她冲进办公室，拿着作业本当扇子用;夏天被蚊虫叮咬，红肿一片。李昕顽强地坚持着，没有特殊情况，绝不请假，绝不少听公开课，绝不缺课培训班的讲座。认真工作，对学生负责，宁可自己吃苦，不让孩子受苦，再苦再累，她都笑脸对外……只在夜深人静时，有时会默默地流泪，现在连流泪的时间都很少了，只有丝丝痛苦瞬间在心间流过，同事们都悄悄地帮衬着她，她也很感谢同事们。

许斯来过几次，复杂琐碎的家务活，孩子的哭闹，让他嫌烦，宁肯放弃肉体上的发泄，也不愿来李昕处，帮她分担一些劳作。由一个星期来一次，到两个星期，三个星期，甚至一个月就来一次。许斯不来和他对孩子的态度，全被李昕看得透透的，和邻居王老师对待妻子、对待孩子的态度，简直就无法相比。李昕对此保持沉默，这种男人你能对他有什么希望?只要一开口，换来的是他立刻发脾气——正好找借口走人。惹得自己还生气，何苦来呢?沉默是最好的办法——反正，两人本来就没有什么共同语言。

为了减轻自己父母的负担，也为了不给别人看笑话，假日，李昕只好回南京婆婆家。背着个包（那时还没有双肩包），抱一个，搀一个，上下车、换车、等车，几经周折，等天黑了才到家，李昕已筋疲力尽，孩子们受到热情接待，自己还得倒水解渴，晚上安顿好孩子们后，自己还得做性奴……

有一天下午，李昕在屋里给儿子讲故事，突然听到一个女人和许斯的对话：

"许老师下班啦？"

"呦！穿这么漂亮要到哪去啊？"

"女儿请我去吃饭，饭后去歌厅，怎么样，一起去玩玩。"

"今天不行，老婆、孩子回来了。下次吧。"

李昕循声，隔着窗子往外看去：一个四十多岁的女人，和许斯眉来眼去的，说话间，许斯还摸了摸那个女的屁股；女的也回敬地摸了一下许斯的下身。两人窃笑着，许斯目送着那个女的扭捏着屁股走出大门。

那个女的是住在后院的一位邻居，听许母说过，这家门风不好，男的是一位邮递员，一个妈妈带着两个女儿，都以卖身赚钱，很被人看不起的。李昕恍然大悟：怪不得，许斯不那么急切地往大厂镇跑了，原来他已找到发泄之处了！只要给点钱就可，嫖客和妓女的交易就那么轻而易举地成交了！哈，哈，哈，李昕心里笑着，泪水却悄然流下……

从此李昕再也不想回南京了，也不愿意回娘家了——因为哥哥结婚了，嫂子也生了孩子，母亲对孙子的照顾看来是要比带外孙子重要，这也是合情合理的事嘛！

孩子越长越可爱了，为了让孩子能受到更好的教育，李昕宁可自己省吃俭用，也要给孩子们选比较好的人家带孩子。将近半年的时间，李昕没有回南京公婆家，有时骑车去看望一下父母。日子就这么一天天地过着。李昕的心里只有：工作和孩子。

一天，父亲来到李昕的学校，对李昕说："你一个人带孩子太辛苦了，我和你妈身体也不如以前了，只能带你哥哥的孩子。我们帮不了你什么忙，看到你这么辛苦，都挺难过的……"说着低下了头。

快三十岁了，从未看到过父亲流泪。李昕也难过地对阿爸说："您别难过，我过得蛮好的，平静的生活、工作，没人打搅，我喜欢这样平静的生活。辛苦点没关系，我已经习惯了，不觉得苦了。孩子越来越大了，日子也会越来越好过的。你们别担心我，我还年轻，倒是你们自己的身体要紧，我也没能好好地孝顺你们。还要你们为我操心。"

父亲平静了一下，又对李昕说："孩子们是越来越大了，他们应该受好一点的教育。南京好的幼儿园、学校比较多，你也可以到好一点的学校去任教，这样对自己的工作也有帮助。我和你妈希望你好好考虑一下工作调动的事。"

送走父亲后，李昕陷入沉思之中：

调到南京工作固然有许多益处，但是，和许家朝夕相处，能行吗？

工作和孩子——这是李昕生活的支柱，是生活的中心，是她永远寄予的希望！次日，李昕把请调报告交给了校长，校长虽然舍不得放她走，但是，他太同情李昕现在的状况了。校长找了在玄武区教育局工作的同学，很快就请调成功了。优秀教师永远是受青睐的。李昕成为南京市玄武区的一名教师，两个孩子分别进了较好的幼儿园。

从此，李昕进入了一个陌生而又崭新的生活环境，开启了人生新的航程。

第四节 虐 待

李昕，比以前更刻苦，更努力。多看、多听、多请教，少说话多干活，早上班、晚下班，低调做人，高调做事，微笑待人。能干漂亮的女教师得到学校领导、同事、学生及学生家长们的认可，博得了大家的好感。

虽然教学上无大差别，但业务水平略高一筹。李昕觉得自己和专科学校出身的老师比差距很多，虽也有了五六年的教学实践经验，但专科水平差。于是开始看《教育心理学》、《教育学》、《语文教学》等专业书籍；为了提高自己的水平，又报名参加了夜大的语文学习，学习了《古代汉语》、《现代文学》、《当代文学》。整整三年，她认真学习，成绩优秀。还当了班长呢！

李昕如鱼得水，市区的学习条件比郊区好多了，何况学校又在市中心鼓楼地段。为了更好地掌握时间，李昕买了辆自行车。开始，许斯担负起了早上送孩子上学的任务，下午由许斯的母亲接孩子回家。李昕和许斯只在家里吃早、晚饭，中饭都在学校吃。后来，李昕要上夜校，晚饭就来不及回家吃了，孩子基本上就丢给了奶奶。后来，许斯也借口带学生课后进行体育训练，尽量拖延回家的时间。孩子的奶奶舍不得放弃每个月几十元的工资收入，白天上班，晚上带孩子，操持一家六口人的吃饭。虽然儿子媳妇还算孝顺，给的生活费不少；虽然孙子孙女可爱、讨喜；但是，儿子儿媳工作太忙，老伴向来是衣来伸手，饭来张口，油瓶倒了都不扶的主；老太太真是够累的，开始唠叨不休了。李昕极力地讨好婆婆，说尽了好话。又要求许斯，能够多多理解自己，尽量早点回家，帮帮母亲带带孩子。

但是多次尝试失败后，李昕只好为保证晚上六点半到八点半的上夜大的时间，自己每日放学后，放弃了看书、备课、批改作文的时间，骑着自行车奔回家，帮婆婆烧烧饭，带两个孩子吃晚饭，然后再急匆匆地赶去上课，经常来不及吃晚饭，踏着铃声进教室。晚上九点左右到家再胡乱吃点饭，把孩子们哄睡觉，然后，备课、批改作文，常常忙到十一二点才能睡觉，有时甚至累得趴在桌上就睡着了。

久而久之，李昕觉得胃部经常痛。有一天半夜，李昕痛得受不了了，推了推身边的许斯，许斯翻了个身又睡去了。李昕只好自己拿了病历到医院，检查后医生诊断为胃炎，要她注意饮食的冷暖，定量、定时吃饭，还不要太累。回到家吃了药后，睡了一会儿，像往常一样去上班。她没有告诉许斯，觉得没有这个必要。上次女儿发烧，她要他带着女儿一起去上医院，他不但自己不去，还说："小孩子发烧，吃点退烧药就行了。"夜里两点钟，孩子烧到四十度了，李昕一个人抱着孩子去医院，看完病回来，许斯不闻不问的。也许他身体好，不曾感受到病痛对人的折磨；也许，他就是个不知道关心人的自私鬼；也许对他来说，除了性发泄，其他都是小事……

李昕已经麻木了，不愿为这样的一些琐事生气了，更不愿为一些琐事吵架而让孩子们害怕。忍，忍，忍，能忍一事就忍一事，能忍一天就忍一天，起码能稍微安静地过一天。

有一天，李昕高中的一位同学来学校找李昕，李昕很开心。自从高中毕业后，李昕很少和同学们来往，就是调到南京来工作后，也是忙于工作和孩子，没有空和同学们联系。正值下班时间，李昕就把老同学带回家聊聊，哪知老婆婆对此事颇为不满。一直站在李昕的房门听着他们讲话，弄得李昕很没面子，带着两个孩子，带着老同学到家旁边的面馆吃了一碗面。

送走了老同学回家后，老婆婆添油加醋的一番话，让许斯十分恼火，责问李昕："你哪来的钱带同学下馆子啦？你不是每个月都如数地交工资的吗？"李昕说："今天刚刚发的交通费，我们也就吃了碗面，没花几块钱。"李昕知道这是老婆婆的挑唆，李昕又息事宁人地劝许斯："这位同学是从外地来的，在家吃饭还得让你妈做菜，到外面吃，既省事又省钱。"

"什么老同学，饭点来人家家里，分明是来蹭饭的，以后不要带人到家里来。"

无语，再忍耐！从此，不带任何人到家里来了。当然，李昕在南京市区也没什么亲戚，只有一个比较要好的高中女同学，也已结婚生子，各人都忙着工作，忙着孩子。

一周只有一个休息日，照例是上午洗一大盆衣服（用搓板洗）。再烧个中饭，让老婆婆休假。下午带孩子们买买所需的物品，有时带他们到公园去转一转，回来再做晚饭。晚上，只有孩子们睡觉了，李昕才能改作文、备课，因为需要一个安静的环境才能做这些事。

一个周末，临下班时，一位学生家长来访，孩子的父母都是勘探工作者，长年在野外工作，两个儿子放在家里，托给邻居兼远房亲戚照顾。这次探亲回来，发现孩子们对他们疏远了（老大就是李昕的学生），也不愿跟他们多讲话了，因此来找老师，想请老师做做孩子们的工作。两位，年龄比李昕长，又比李昕水平高——都是高级知识分子，他们能这么尊重老师，李昕有点受宠若惊。李昕耐心地听他们的讲述，又了解了一些有关孩子在家里的情况，表示一定尽力做孩子的工作，极力地安慰了学生家长。

因为下雨，没带雨衣，没法骑自行车，只得挤公交车回家。当时的公交车状况是：上下班高峰时，车内挤得水泄不通，车门上还扒着挤不进车的人，这样一站停下，上车的人比下车的人多，停车的时间又长，造成恶性循环。车站上黑压压一大片人，翘首盼望着车子的到来，然后蜂拥而上，周而复始。在高峰期，虽增加了好几辆车了，但是，运行时间短，停车时间长于开车时间，因此拥挤情况仍然无法解决。待过了高峰期，车辆减少了，等车的时间延长了。尤其到了下雨天，车站上等车的人更多。打的是太奢侈的事，李昕只能等公交车。待李昕到家时，已是晚上七点多了。

李昕听到全家人挤在老人的房间里说笑着，她放下包到厨房一看：晚饭还没烧。饥肠辘辘的李昕，忙开炉门，淘米烧饭，然后推开老人的房间，孩子们跑来喊妈妈，李昕也喊了老人，这是李昕家的家规：不管什么情况，出门得告知家人，进门得打招呼。许斯站起来对李昕说："这是从老家来的表妹。"李昕笑着打了个招呼，对孩子们说："你们饿了吧？""我们不饿，刚才吃过馄饨了。"孩子们回答。

李昕招呼了两句，回到自己房间，胃开始疼了，一阵痛过一阵，李昕捂着胃部躺在床上，过了一会儿，许斯进屋冲着李昕喊："回来这么晚，还不弄晚饭，倒休息了。"李昕没理他。许斯一把把李昕拉起来："跟你说话呢，怎么不理人，亲戚来了不去陪陪，还摆什么臭架子！”

积压在心中长久的郁闷，加之许斯的粗暴弄疼了她的胳膊，李昕气愤地说：“你们为什么不烧饭，非得等我回来吗？我的胃疼，想休息一会儿。”

“哪叫你回来这么晚，你胃疼，我的胃还疼呢，饿得疼，赶快烧饭。”

“凭什么非要我烧饭，你们在家里为什么就不能烧饭？”

“行，你要无赖啦，我们出去吃。”

许斯出房间喊了一声：“我们下馆子吃饭啦，走，我请客。”两个孩子要喊妈妈一起去，许斯说：“你妈胃疼，她不去，我们走。”一家老小，只是孩子还问了一声妈妈，其他人连一声问候、一声招呼都没打。

李昕闻到了饭香味，起来收拾了一下，就着小菜吃了晚饭，五味杂陈涌上心头……

过了一个多小时，孩子们回来了，李昕一边听孩子们叽叽喳喳地讲着什么汤好喝，几样什么菜，一边给他们洗漱完哄他们入睡，李昕也因身心疲惫，比以往先睡了。

一阵乱摸，把李昕弄醒了，许斯已把头伸进了被窝，从上到下地吻着她的身体，李昕本能地推了下许斯，拉好衣服。许斯惊呆了，突然，狠狠地把李昕压了下去，重重地把李昕的内裤扯下，用力地弄她。“畜生！”被压得动不了的李昕，在心里狠狠地骂着，任凭许斯报复的发泄。只要李昕有一点反抗，许斯就会更凶狠地发泄，对李昕来说，这已经是习以为常了。几乎每晚都这样，只要许斯想发泄，随时就要弄李昕，就像嫖客对妓女，李昕就是他的性奴！不知他哪来的那么强的精力，李昕的阴部被弄得疼痛，有时白天上课时，疼得都站不住。阴道炎弄得李昕每日得用消毒水洗阴部，因为医生说长期发炎会病变的。

李昕曾经跟许斯说过："你也得保存一定的精力，过度的房事对男人也不好，精力殆尽会生病的。"

"我不发泄，我睡不着，不用你管我，你只要配合好我就行。"

"我给你搞得疼痛难忍，怎么配合？"

"我搞的时候，你要开心，有的女人还会哼，还会叫呢！"

李昕和他沟通不了，没有共同的语言，想必许斯是曾有过共度良宵的女人了，否则他哪来的体会？此时的李昕，恨不得他有多多的"女人"供他享受，只可惜，那个年代不允许，否则就得被冠以流氓罪，何况当教师的，不仅定罪名，还得开除公职，进监狱。他不敢，只能在老婆身上发泄，或者是偷偷摸摸地找邻居过过瘾而已。

次日，是星期天，许斯带着父母、表妹、两个孩子去玄武湖玩，李昕照例操持家务，打扫完两个房间，洗完一大盆衣服，难得休假日哟，这么清静，李昕因为孩子不在身边，做事快多了。中午就她一个人吃饭，她把晚饭的菜都准备好了，煮了碗鸡蛋面吃了，看了会书，睡了个午觉，太享受了！美美地睡一觉，这对任何人来说是多么轻而易举的事，对李昕来说竟是奢侈的享受。

李昕要的生活是：安安静静的环境，没有吵闹，没有嘈杂，没有烦恼；有空看看书，和好友一起喝咖啡聊聊天，带孩子们去公园玩玩，有空去看看电影，看看歌剧，看看话剧，多美好啊！婚前的生活，就是这样的，干什么要结婚啊？为什么要自投罗网？为什么要嫁给他？这一场噩梦何时才能结束？生活何时才是个头？在外面光鲜，体面，穿着得体，身材窈窕，脸蛋漂亮，气质颇好的女教师，令学生尊敬，令家长信赖，令同事敬佩，令领导赞赏的优秀教师，家庭生活却是如此地不可想象。正是应了俄国文学家托尔斯泰的名言："幸福的家庭是相似的，不幸的家庭各有各的不幸。"

正当李昕沉浸在遐思之中，孩子们喊着"妈妈，妈妈"冲进了房门。李昕立即给孩子们洗脸洗手，又急忙做晚饭。因为已经早早地准备好了食材，也就很快地做好饭。吃完晚饭，孩子们累了，早早地就睡了。李昕照例坐在灯下，准备把五本作文本改完，次日下午要上作文评讲课。这时许斯走进来，往床上一躺："今天累死我了，小丫头老要我抱。"

"那你早点睡吧。"

"你还要干什么，哪有那么多的课要备？哪有那么多的作业要改？你白天在学校干什么呢？"

"你是体育老师，当然不知道我们当班主任的、又教语文的老师辛苦，白天改改一般的作业，再处理一些班级事务。备课和批改作文得要有安静的环境才行，晚上不做事怎么行呢？"

"今天白天不是让你安静过了吗？好啦，赶快陪我睡觉，今天我累了。"

"等我改完这几本作文本，明天要上作文讲评课。"

"不行，快过来干完事，我才能睡得好。"

"累得不得了，你还要干那个事啊，你不要命啊？"

"少废话，快过来！"

许斯从床上爬起来，拉着李昕上床，李昕反抗着："不行，我今天一定得把这几篇作文改完。"

啪！一巴掌打在李昕的右脸上，那是个练拳击、练举重的手，李昕被打得两眼直冒金花，被这突然的袭击吓蒙了！

气急败坏的李昕抬起手来要回击，被许斯紧紧地抓住了手一甩，扔到了床上：“你老实点，要不然，我就让孩子看看你这个赤身裸体的妈妈，怎么和他们的爸爸做爱的！”卑鄙透顶的畜生！竟然这样来威吓李昕！虽然一米六高，但是，长期的工作劳累、繁重的家务活，加之夜夜睡不好，只有九十斤重的李昕，被许斯重重地扔到了床上，忍受着许斯更凶狠的报复的发泄！待许斯发泄完，响起鼾声时，李昕穿好衣服，悄悄地离开了令她快要窒息的家。

太平路上，大多数的商店休息了，霓虹灯广告色彩明亮，车灯流动闪烁。喧闹了一天的城市，慢慢地进入了安静的夜晚。今夜的月亮被乌云遮挡住了，几颗星星时隐时现。行人稀少，走在人行道上的李昕，全身颤抖，拼命压抑着别哭出声来，怕引人注目。

从大行宫向左转，走向新街口，到明瓦廊去吗？老同学已结婚生子，这么晚去，不是要打扰人家嘛！哭诉挨打的事？哭诉每日受他侮辱的事？怎么说得出口呢？

上天无路，入地无门，叫天天不应，叫地地不灵，李昕恨不得一头被车撞死，那就一了百了了啊！可是父母呢，孩子们呢？他们该为失去她而更痛苦，你一死了之了，他们怎么办？

李昕恍恍惚惚地走哇走，从新街口的百货公司门口，又折回右拐到太平路，一直走到白下路，到了红绿灯路口，又折回。她想了很多很多。怎么办？他竟然开始动手打我了！突然觉得右脸上火辣辣地痛，本能地用右手摸一下，继而又觉得小手指也痛得很。刚才麻木了，现在突然右手的小手指很痛，她警觉起来，小手指是否被他扔到床上的时候骨折了？

走到路灯下一看，整个小手指都肿了。她的心似乎被刀猛戳了一下，那痛远远地超过了手指上的痛，李昕仿佛自己已经被黑暗吞没了，她茫然不知所措，怎么上课？怎么批作业？怎么板书？怎么干活？学期就快结束了，又是带六年级，许多结束工作要做，怎么办？要不是下午睡了一觉，要不是休息了半天，李昕无论如何也支撑不住的，她跌跌撞撞地走回了家，已是深夜两点。

李昕忍住痛，把作文改完，把作文评价又补充了一些，有时用右手悬空写，把小手指架空，有时用左手代替右手写一些符号，一切弄妥，已经是凌晨五点。李昕写了个条子，便离开了家到医院去了。

次日清晨，许斯是在梦中被儿子叫醒：要尿尿。这才发现李昕不见了，看了桌上的便条，知道自己昨晚闯祸了。

“妈妈有事到外地去听课了，一大早赶火车走了。你们要听话啊！”如此的谎言，瞒过了一家人，正好表妹在他家帮着带带孩子做做家务。

李昕到了医院，进行了一些有关检查，医生诊断：小手指下端骨折。为了李昕的手好得快一点，右手从手指的第一个关节处到手臂的肘臂处全打上石膏，整个右手臂被绷带缠住，挂在前胸。到了学校递上假条请假两个月，骨折的原因：不小心，摔了一跤而引起的。

就这样，李昕坚持工作了一天，等代课老师来了，又给学生们进行了一番教育，告别了老师们，并且对校长说：“学期快结束了，代课老师不了解学生，评语还是我来写吧。”

“你怎么写啊？”

“我会想办法的，你们放心。”

虽然校长对李昕摔跤跌的，有点质疑，因为看到李昕右脸表皮没有破损，但是有一块瘀青，好像是被人打的。但是不便点破。

走出校门，李昕决定回自己的父母处。刚走到鼓楼公园附近的汽车站旁，许斯推着自行车已经站在那里等她呢，见她来了，走近她并对她说："我来接你回家。"

"对不起，我要回我妈家。"

"你看你这样回家，不会让你父母担心吗？让他们照顾你？给他们增添烦恼吗？"

结婚几年来，许斯已掌握了李昕的弱点：孝顺父母，爱孩子，爱工作，自尊心强，爱面子。许斯就是利用她的这些弱点，不！应该是优点。但是，在许斯看来，这就是李昕的软肋，他利用来一步步地掌控她，玩弄于自己的股掌之中……

李昕迟疑了片刻，许斯赶紧说："我们边走边说，好多人在看我们呢。"李昕很怕在人多的地方说话，因为认识她的人多。教了几年书，学生、学生家长，她教过的、没教过的，可能会认识她，而她不一定认识别人。一贯注意教师形象的她，特别注重自己的言行。她始终秉承着一个信条：身教胜于言教！

此刻，只好跟着许斯向鼓楼公园方向走去。走到公园门口，李昕站住了，对许斯说："我们离婚吧！"

"什么？离婚！"许斯大吃一惊。

"离婚！我没有能力满足你的要求，你去找一个适合你的女人吧。"

"就你最适合我。是我不对！昨天，我不应该动手打你，全是我的错。"许斯猥琐地说。

"我们俩，太不合适了，门不当，户不对，我没法完全顺从你的父母，他们那么溺爱孩子，还教孩子打骂小朋友；我也是个不称职的媳妇，不会做苏北菜；我也没法和你沟通，你蛮横无理，太粗野！这几年来，我一直在拼命地忍，你却见我好欺负，得寸进尺。昨天竟然开始打我，都搞骨折了，以后再这样变本加厉，我不要被你打死？坚决离婚！”

“别，别，别，你说的这些全对。我以后一定改，一定注意。什么都好说，就是不能离婚。不要再提离婚了，我求求你了。”

李昕对许斯说：“你能改吗？我不相信。”

“一定改！”许斯举起右手握拳发誓，“好啦，好啦，我带你去吃饭，吃点好的，补补身体，你肚子肯定饿了。什么话，吃完饭再说吧。”此时李昕才想起自己竟然忙得一天都没有吃东西，只喝了一点水而已。

吃饭时，许斯百般讨好李昕，给她夹菜，给她盛汤，那个体贴劲和前些天比，简直是判若两人。晚饭后已经八点多，到大厂镇最后的班车也已经开走了，李昕只得跟许斯回家。第一次离婚的要求，就这样轻而易举地被枪毙掉；第一次被家暴伤害，竟然被美丽的谎言所掩盖！

两个孩子看到妈妈这样，吓得哭了起来。李昕还得安慰他们，告诉他们走路要小心等等，公婆看到许斯一反常态地殷勤地讨好着李昕，大约也察觉到了点什么。真是知子莫若父啊！也没像往常那样唠叨什么了。

这样一个月过去了，算是因祸得福吧。李昕可以不做饭菜了，可以不洗衣服了，也有半个多月不做性奴了：借故手疼，自己睡小床，许斯带着儿子睡大床，终于获得了正常人的平静生活了。这一个月来，李昕有了看书的时间，经常到当时的成贤街南京图书馆看书，新华书店看书，买不起书就借着看呗！

一个月过下来，李昕的体重增加了，脸色也红润些，毕竟年轻，只要生活正常，心情舒畅，体力很快就会恢复，青春的活力又在李昕的身上体现出来了。但是好景不长，看到李昕活得太滋润了，老太太开始嫉妒了。又开始唠叨了，经常指桑骂槐：“她胖啦，我瘦了，孩子太吵了，没人管。”“小孩子太皮，衣服洗得没完没了，才穿上干净的衣服又弄脏了，做不动了！”“是啊！可以做一些力所能及的事了嘛！”老爷子抽着烟，跷着个二郎腿，坐在椅子上帮腔。

李昕已习以为常，不予搭理，该做的事她一样没少做，扫地、擦桌子、端菜、端饭，接送孩子上下学，能尽力做的就做，干活不是给别人看，也不是为别人做，自己凭良心做事！

在许斯父母的挑唆下，许斯又开始背叛自己的誓言了，拖延下班时间，晚饭一吃完，借口业务学习，到中山东路体育馆去打球、下棋、游泳、吹牛、闲聊，开始解脱自己，把家务事留给李昕及她母亲去做。公婆把儿子不肯做事的怨气，全都往李昕身上发泄，李昕只能忍着。

有一天晚饭后，老太太无聊至极，坐在自己的房间里指桑骂槐，一会儿像念经一样，一会儿像唱山歌一样地数落着李昕。正好被提前回来的许斯听见了，一脚踢开房门，冲着他妈就喊：“这么晚了唱什么唱?”老太太吓了一跳，继而往地板上一坐，又哭又喊：“给你们当老妈子，没有功劳，还有苦劳啊！你这个炮子子的，挨千刀的，还对我嚎……真是，娶了媳妇忘了娘，你把媳妇当菩萨供着，把老娘当保姆！啊……我命苦啊！”

这一闹，反而闹得左邻右舍不安宁。许斯只好进屋赔礼道歉，哪知道，老太太越劝越哭，越喊得厉害，中气还越来越足，直到有一位邻居实在看不下去了——邻居们早就看不下去这一家子欺负儿媳妇了，只是那时法律不健全，不好插手。于是大喊了一声："再吵，我报警了！"这才把老太太唬住。

从此，老太太的"母老虎"之名也随之而起，李昕总是敬而远之，连孩子们都对她避而远之。可怜而可恶的老太太呀，何必把自己置身于"母老虎"这一恶名之中呢？吃了不少苦，做了不少事，还不讨好。低调做事，高调做人的恶果，真是要后人引以为戒啊！

如此，许斯的狐狸尾巴也藏不住了，一天对李昕说："你尽力多做点事吧，另外你的手也快好了吧？"

"伤筋动骨一百天，你是搞体育的人，不会连这点常识都不懂吧？你以为我这样舒服？这两天手背里面痒得难过，又抓不到，我恨不得立刻拆了石膏做事。昨天我到医院去复诊了，医生说要三个月以后才能拆石膏，我都郁闷死了。"

"好，好，好，上面不能动，下面没问题了吧。"一副猥琐厌恶的嘴脸，令李昕恶心至极。于是，从一周一次的发泄，缩短到三天一次。对待这种无赖之徒，李昕只有一个态度：忍！

两个月后，李昕再也受不了这个家的种种……要求上班，到自己喜欢的环境中生活去：她想学生——和他们在一起，她可以忘却一切烦恼，和他们一起开心地说、唱、笑；她喜欢备课——从查阅的资料中，她能获取许多新的知识；她喜欢站在讲台上——用自己掌握的知识，满足孩子们的渴求；她喜欢年轻老师，和他们在一起，自己也变得年轻了……学生欢呼雀跃，家长求之不得，校长更是期盼又纠结，毕业前夕，本来学习任务就重，再加额外的补差漏的，师生们都铆足了劲奋斗着，李昕的提前到来，无疑是如虎添翼啊！

李昕的提前上班，令许家一家人都费解——有人想开假条休息，她却有假条不休息，脑子有病！他们永远都不可能和李昕在一个层面看待问题，有相同理念的。

第五节 陷 害

李昕又开始过着非人的生活。世人牢记：狗改不了吃屎的本性，尤其像许斯这一类畜生，快五十岁的人了，他根本就不愿意去改。当初承认错误，那就是他的缓兵之计！待一切都风平浪静后，他那卑鄙、刁钻的本性就会暴露无遗。后来在离婚时，许斯不但销毁了当初李昕骨折在医院拍的片子，还调换了一张不知是谁的大腿骨折的片子，诬陷李昕提供假证明欺骗法官。虽然当时很多人都知道李昕骨折一事，但都被那美丽的谎言掩盖了真相。李昕含冤无处伸，法官无证据不能判，奈何不了他。因为那时是八十年代初，法律不健全。当然，最后纸是包不住火的，到一定的时候，善有善报，恶有恶报，不是不报，时候未到，时候一到，必会有报。许斯后来受到的惩罚，就是他得到的相应的报应！这是后话了。

孩子越来越大，而此时的李昕工作越来越成熟，逐渐成为差生眼中的好老师，领导和同事们都由衷地佩服，再乱再差的班级交给她带，只要一个学期，甚至三个月，班风就能得到扭转。一时间成了同行们眼中的治理差乱班级的“专业户”。有时在接受年轻教师询问她治理的秘诀时，她微微一笑：用心！把学生当成自己的孩子，把工作当作自己的兴趣，把教师当作自己的责任。有了责任，有了兴趣，就有了动力，还有什么事做不好的呢？对待李昕所取得的成绩，许斯不但不为有这样的老婆得意，竟然还嫉妒。一次，李昕拿回优秀班主任的奖—— 一个漂亮的搪瓷花脸盆，那是七十年代的奖品。孩子们高兴地看着赞美着："真好看。还有两条鱼在盆里面呢，妈妈，放点水，鱼会不会游啊？"

许斯进来抢过脸盆往地上一扔，怒气冲冲地说："好看什么，这么花，俗气！"

脸盆被砸掉了一块瓷，孩子们吓哭了，李昕的心也被砸碎了。

李昕默默地捡起盆，放在架子上，然后带着两个孩子回娘家了。此时孩子们都已经读小学了。李昕的父母因为儿子的工作单位在南京市区，也都在退休后随儿子来到市区。李昕来到娘家，首次向父母谈到自己的生活，谈到自己要离婚的想法。父母很吃惊：知道女儿工作辛苦，人瘦得很，没想到女儿心里是如此痛苦，身心在受着煎熬，心痛不已。但是父母还是劝李欣："有两个孩子啦，离婚以后孩子怎么办？他不肯离，还得闹，你怎么办？离婚后你又住哪呢？我们这儿地方也太小。这一切，你都得三思而行啊！"

"我早就考虑过了，孩子我全要。再艰苦，我也要养，我向学校申请，要一小间房子，能放个床，放个桌子就行。他闹，我不理他！再这样下去，我的身体就完蛋了，工作迟早也受影响。"

"唉！"父母一声声长叹，让李昕揪心。"对不起你们啦，女儿不孝，不但不能照顾你们，还让你们跟着操心。"李昕再也忍不住了，多少郁闷，像火山爆发一样地在亲人面前迸发！看到女儿如此痛苦的二老，也都老泪纵横……

李昕是个能隐忍的女人，能忍受分娩时的痛苦；能忍受小产时人工刮宫时的痛苦；能为孩子忍受长久以来丈夫对她的凌辱、家暴；她把这一切都隐忍了，为了工作，为了这仅有的、愿意为之付出的热爱的工作。

许斯一而再，再而三地直接鄙视她唯一的精神寄托——她赖以生存的教师职业。

有一次，许母跑到学校的校长室大喊："她什么事都不会做，连衣服都洗不干净。"正逢广播时间，传遍了校园的每一个角落。

有一次许斯，嫌李昕下班晚耽误接孩子，冲到学校，当着学生和家长的面对李昕说："你以后就以学校为家算了，不要再回家了！"

有一次在回家的半路上，许斯停下自行车，非要儿子捡起地上的一棵青菜带回家。李昕不让孩子捡，把菜往马路边上放一放，放在路边，给需要的人。许斯认为这是浪费，可以回家烧烧吃。李昕认为不能让孩子从小就养成贪小便宜的坏毛病。但是儿子在许斯严厉的威胁下，为了避免挨打，只好不情愿地捡起那棵青菜。李昕只好忍了。

有一次，李昕得知母亲头痛病发作，想买斤桂圆送去，向许斯要钱。李昕发工资，每月十号晚上，就得一分不留地交给许斯。要买什么必须征得许斯的同意。李昕从小对钱就无所谓，婚前都交由母亲掌管，但零花钱是充足的。婚后工资交给了许斯，她也无所谓，反正两点一线，学校到家，坐公交车用月票；骑自行车，无须花钱，家里、学校都备有打气筒；李昕不爱吃零食，有条件就买件好看的衣服穿，现在没钱不买，也无所谓，反正一件衣服可以穿好几年呢，尤其是的确良和人造棉的，又便宜又耐穿，正好老师也应该简朴。其他物品由许斯购买，这样也免去了李昕的麻烦。

但是有时人情交往得礼尚往来，每每向许斯要钱时，他都会不高兴，别人送东西给他们，他很高兴，有时李昕要买些东西给朋友，他就不情愿，有时说三道四，干脆不给。送给娘家的礼物，许斯都会搜罗家里剩下的物品代替，两包饼干可以代替一斤桂圆，后来许母找饼干找不到，又为此事争吵不休，怪罪李昕把婆家的东西往娘家搬。

有时上街买东西，李昕要给许斯的父母买点吃的和香烟之类的物品，许斯也不允许，认为一家人住在一起，不需要这样，但是每每回去时，许斯父母摆脸色给李昕看：我们经常给小孩买东西，你们就不知道买点东西给我们，真不懂道理！

有时孩子们和小朋友之间发生矛盾了，李昕都教育孩子，小朋友之间要友好，要礼让，对待不讲理的小朋友要跟他讲道理，再不行，就告诉老师，尽量不要跟小朋友打架；而许斯和他父母教育孩子：他骂你，你就骂他，比他厉害，以后就没有人敢欺负你了，告诉老师没用，老师批评他几句就算了，他下次还会打，只有你比他厉害，他下次才不敢欺负你了。教者愚蠢，听者可悲！

还有，还有，还有……

一切的一切，大大小小，是是非非，简直无法说。是的，家就不是个讲理的地方，但是，任何事情都应该有个曲直长短，总不能颠倒是非、混淆黑白吧！

李昕再也不愿这么生活下去了！人生是漂泊在大海里的一只船，家就是最安全的港湾，李昕却深深地感到港湾的危险，是吞没她的深海、漩涡！

她没有在港湾中得到灵魂的栖息；她没有在港湾中找到可以让自己放纵的地方；她怕回港湾，怕这个令她窒息的地方。她宁肯在学校里和同事们说笑，和学生们游戏、活动，宁肯二十四小时工作。校园里有友好相处的同事；有依赖她的，尊重她的，又那么喜欢听她讲课的学生；有赞赏她的学生家长；有欣赏她的并和他分享成功喜悦的人；校园才是她的港湾，只有在学校，她才青春洋溢，充满活力。而许斯将要夺取她唯一生存之地，李昕不再忍了，要奋起反抗！反正都是死，与其被许斯折磨而死，不如拼搏一次，这样死得也让世人知晓，死得明明白白，坦坦荡荡。李昕又一次想起鲁迅先生曾说过："不在沉默中爆发，就在沉默中灭亡。"

生活，因追求而充实；生命，因探知而美好。李昕追求简静的生活，不用迎合谁，也无需取悦谁，没有利益上的交往甚至交易，活得越简单，越干净，越好！

第六节　挣　扎

李昕在同事和校领导的帮助下住进了学校，一间十平米的储藏室，打扫干净后，用几张旧的课桌搭成一张床，用两张课桌分别当书桌和餐桌。

从母亲那里借用了床上用品和简单的炊具，一切都那么简陋，但是，干净整洁。更重要的是，这是属于自己的家，是宁静的港湾！就这样，李昕净身出户，虽然经济上较拮据，但心灵净化了，抛开一切杂念，收起自己被世俗激发出的世俗的挫败感，从开阔的视角，重新审视生命中发生的事，那么无论是事业还是生活，都能获得可喜的硕果。

李昕下了决心，清楚地知道自己想干什么，并且下决心改变的时候，没什么事可以打倒她的，她就是这么一个既脆弱又坚强的女人！

过了一个星期，一天下午，当李昕去接孩子时，孩子已经被许斯接走了。（当时，李昕只把女儿带出来，儿子是许家三代单传的种，再也不许李昕带出的。傍晚，许斯来到李昕的住处，要李昕跟他回去，李昕不理他，于是他开始大声吼："你不要孩子了吗？住在外面，想干什么？"说着就砸东西。李昕去拦他，他就要打李昕。住在学校的另一位男老师和工友上前劝阻，后来校长也来了，再三地劝他都不行。后来因为燕子老师把李昕带回了自己家，才平息了这场打闹。幸亏这些领导、同事、好友，否则，李昕这一夜不知会怎么过！

第二天晚上，许斯又来了，一改昨天之凶态，拎了半篮子鸡蛋，对李昕说："再给你三天时间，我接你回家。"李昕拒收鸡蛋。但是女儿从此被他带走了。三天过后的星期六，许斯又来了，在争吵中，把李昕打晕过去了，众人把李昕送到鼓楼医院。那时，法律不健全，不像现在，如果遇到这种事情，一个电话，公安员就到了，许斯这样的流氓也就不敢这么造次了。

这以后，李昕向法院提出申请离婚。这期间，校长受到了许斯的威胁："孙校长，你再给李昕住到学校，我就去掀你家房顶上的瓦。"同时他又买了一些东西，贿赂传达室工友孙师傅："李昕的言行及时向我汇报。"

于是，校长开始找李昕谈话："你看你丈夫每天到学校来闹，影响学校的正常教学，校园周围的邻居很有意见，对学校造成不好的影响。你是不是想想别的办法，不能再在学校住了。"

李昕几点出校门？哪些人来找过李昕？李昕收到什么报纸杂志？有什么人来过电话？李昕给什么人打过电话？传达室孙

师傅真是个称职的特工。

如此，李昕只好搬到父母家，许斯又利用一切手段蛊惑儿女，此时儿子已经十七岁了，女儿业已十四岁了。许斯竭尽全力地挑唆母子、母女的关系。其他方面他无法诽谤李昕，就别出心裁地、挖空心思地造谣——当时，对女同志最毒辣的进攻手段是：说她生活作风不好，这样就会引起人们对她的鄙视，让她抬不起头来。当时人们的思想还是比较传统的，说一个女人生活作风不好，是最伤人的诽谤。孩子们听说母亲是这样的人，也觉得自己抬不起头来，非常气愤。非常气愤中的儿子，带了几个男孩子到李昕的娘家，又吵又骂，脏话连篇，气得李昕的父亲生病住进了医院。李昕的父亲原来就有高血压，这样就更加重了病情。

学校这边，许斯又找区里教育局的领导，装出一副祈求的模样，要求和解家庭矛盾。区领导不了解他的人品，听信了他的谎言，责令双方学校领导出面，解决此事。

双方领导出面调解了几次，李昕边哭诉边举例种种，其实领导们也早已有所耳闻，并且也领教了许斯的言行。李昕的为人处事、工作能力，大家有目共睹，那么多的奖状，足以证明李昕的为人，许斯是什么人，一讲话，一投足，大家就都明白了。他那全校都知道的外号“许大马棒”足以显示了他的粗野。学生们都知道他是个对学生经常动粗的老师，现今社会早就被学校开除 N 次了。可是，那个时候的法律不够健全啊！

几次调解无果。无论是法院、校领导调解都无效，李昕坚持到底。她深深地知道，事态发展至此，必须咬牙坚持，否则前功尽弃，只有死路一条。

玄武区法院的一位女法官对李昕说：“女人离婚是要有充足

的理由的，你说你丈夫打你，你被打伤，你有医院证明吗？你说你丈夫要和你同房，我们国家从古至今，哪位当妻子的不是这样？我也是为人妻，为人母，也是这么过来的呀！你说你没有夫妻感情，没感情，怎么会生两个孩子？怎么还会流产两次？”

听着那位五十多岁的女法官，滔滔不绝地义愤填膺地说着，李昕心里抗议着：你的丈夫也虐待你？你也是性奴？你的丈夫敢吗？能生孩子就是有感情？那白毛女还生孩子呢，那叫有感情？那叫性侵犯！那位女法官后来得了癌病，退休不久就死了。要是活到现在，她就该知道什么叫家暴了！她一定会为自己的少知，对不起这身法官制服而愧疚！更为自己错误利用手中权力，伤害了多少无辜的人而愧疚！在这样的法官手中，李昕的离婚案被两次判决：不准许离婚！而且按当时的规定，在法院判决后，两年内不予再申诉！

许斯把打断李昕手指的X光照片，换成不知是谁的大腿骨的X照片。反而告诉法院：李昕诬陷他。许斯在外大肆宣扬，说李昕和某某学生家长有男女关系，说李昕和某某军人有关系，破坏军婚。那个时候破坏军婚是要被判刑，要蹲监狱的！许斯就是要把李昕往死里整啊！

许斯在大白天闯进李昕的办公室，撬开抽屉锁，拿走了李昕的日记本，（那时的法律不健全，许斯类似的人，才敢这样胡作非为），然后捕风捉影地捏造出，李昕在外地有婚外情。他动用了一些关系，竟然把那位所谓的李昕情人的老婆，带到南京来一起对李昕横加指责，添油加醋，胡乱喷粪，结果搞得自己一家鸡飞狗跳。而那位啤酒厂的女工（即所谓李昕情人的老婆）不敢和自己的丈夫对质，因为根本就没有这回事，她这样做，只有把他军人的丈夫毁了，但是她却愿意到南京来配合许斯治李昕。可见，许斯的手段非一般啊！实在是无知愚蠢至极的一对狗男女！

许斯还在亲友间肆意造谣，发动了他所在学校的一位腿有残疾的数学老师，代表什么校工会到李昕所在的学校，要求学校领导处罚李昕，不回家就开除李昕的教师职务。（他一个人就有那么大的权力吗？太可笑了吧！）许斯又找了他亲戚家一个二十几岁不懂事的男孩，带着十几岁的儿子，到学校门口大肆谩骂李昕乱搞男女关系，抛弃自己的子女，住在外面和多个男人乱搞等等等。因为是自己的儿子来校门口闹，慢慢学校附近的工厂工人、邻居及过路行人不明真相，还以为是真的；还有不少学生和家长听后，包括和李昕在一个学校的，某些对李昕有不同意见的老师，也不禁纷纷议论。绿豆变成黄豆，黄豆变成鸡蛋，一时间风起云涌，造成了极坏的影响。学校校长本身就出身地主，虽然参军入党，但文革时期挨过批斗，所以胆小怕事，遇到许斯这个流氓，只有多一事不如少一事，正所谓胆小的怕胆大的，胆大的怕不要命的。于是撤掉了李昕的经民主选举的教导主任的资格；撤掉了准备发展的李昕预备党员的资格；撤掉了李昕上公开课的资格！

李昕受到了重创，赖以信任的校长竟如此地对她不公平，赖以精神寄托的教育事业，竟然还会受到离婚的影响。现在看来，简直就是国际玩笑！

走在马路上，李昕总觉得有人偷偷地尾随；恍惚中，似乎觉得自己要钻进车轮下了，自己已走到了人生的尽头：辛苦养育的儿女这么对待自己，一个教师，道德败坏、形象被损，哪还有脸面站在讲台上为人师表啊？

李昕站在长江大桥上，看着滚滚东流的浪涛，蓦然回忆起自己曾经经历过的一幕幕：

被许斯奸污的那天，被许斯打断手指的那天，是多么地绝望，绝望到死，没人申诉，没法申诉，挺过来了！现在又遇到瓶颈了，难道就让那个畜生许斯置自己于死地而后快吗？难道让他散布谣言，让他逍遥法外，让他小人得志吗？让他就这样毁了自己，毁了含辛茹苦教育的孩子吗？毁了年迈的父母吗？许斯使尽了万般招数，就是要达到他的一个目的：李昕是属于他的，得不到她就把她毁了，也别想任何人得到她，别想让她活得自在！他不许两个孩子去看母亲，并竭尽全力在孩子面前诽谤他们的母亲，更不允许李昕看孩子。许斯太没有教养？是变态，是人性的泯灭，这样对孩子造成的负面影响也极大。后来的事实充分地验证了。

李昕，又想到了一些事：文革期间趁学生造反之际，他捏造了一百多条罪状，写了一百多张大字报，贴到了体院要置一胡姓教练于死地，那副凶狠、猥琐、小人得志的嘴脸，令当时的李昕认定：此人心术不正，此人心地凶狠，毒辣。李昕知道：许斯已经威胁校长将自己赶出学校，贿赂、拉拢传达室工友监视自己的言行，蛊惑同事亲友诽谤自己，造成声势。最恶毒的是欺骗自己的孩子，慢慢鄙视自己的母亲，他这是在李昕的心上插了把刀啊！刺得李昕鲜血淋淋，现在他又施一计：想把李昕送到监狱，让她生不如死，遭遇牢狱之灾……

死？不！李昕已无所顾忌了，与其让他玩弄于股掌之间，不如反抗！鲁迅先生的话，又一次响在耳边：不在沉默中爆发，就在沉默中灭亡！死都不怕，还怕什么？下定决心，坚决反抗！

李昕首先向法院写了一份申请：请法官明察实情，若有证据查出自己有任何不轨之事，自愿请求组织开除教师资格，并请求枪毙，子弹钱自己出，附上子弹费，请查收。签名还画押。

第七节 反 抗

随后李昕冒着被打骂，而且一去就可能被害死，回不了的危险，写好了遗书，一家一家地走访曾经来学校闹过的许斯的那些亲友，甚至，他的狐朋狗友……

世上还是好人多啊！李昕的遭遇，李昕的诚恳、谦虚、善良、宽容，让大部分人都知道自己是受骗了，是听了许斯的夸大的不实的谎言，有些人转而同情李昕了……如此，没有人再为许斯搭台唱戏了。女法官因为某些原因不再受理李昕一案了，另外一位中年男法官接手办案，十几年的离婚案终于有了转机。

在此期间，李昕没有一天放弃过自己的教学工作。相反，在她生活上遇到挫折时，她把所有的精力都投入到工作中去，更认真地备课，更认真地批改作业，更关心同学们，更多地开展班级活动，更多地走访学生家长，因为她的尽心尽力，她的班级连年获得优秀班级。但是，她拒绝参与优秀班主任、优秀辅导员的评选，她和任教的老师们一起奋斗，荣获区级毕业班考试升学第二名，她获得了学生、学生家长、领导、老师们的认可。

是金子总会发光的！

就这样，区法院判决离婚后的第五天，许斯骑着自行车在李昕工作的学校门口，对李昕阴笑地说："婚离了，目的达到了。闹够了吧，我们复婚吧！"李昕冲他冷笑一声："恬不知耻！"任凭许斯在后面不断地摁响自行车车铃声来招呼，径直走进了校园。

婚姻生活挫败的李昕，带着女儿好好地生活，没有男人的生活更好，何况什么复婚，想都别想！

此时，李昕深深地为自己无谓的忍让，无谓的胆怯，无谓的懦弱而痛恨自己，虽然老想着等孩子长大，虽然期盼自己婚姻生活虽不幸，但是，工作上有点成绩，也就满足了。然而，结果却适得其反，像许斯这一类人渣，你的忍受，他得意；你的宽容，他更放肆；你的懦弱胆怯，他更变本加厉，自私，贪欲，恶毒，为了自己的利益无所不为。

李昕十几年来，从某种方面来讲，纵容了许斯。以后当引以为戒：受辱的女人们要坚强，要反抗，只有为真理斗争，才有出路。有的老师，有的家长，甚至有的毕业工作了的学生，对李昕说："李老师，我们信任你，我们支持你！"李昕意识到：三月初，上帝死去的那个月，即花朵初开的那个月份，春天即将到来！

许斯也了解到他大势已去，最后的也是最狠的一招：要李昕在离婚判决书上签字，承认自己和某男人，即那位莫须有的情人，（就是他伙同来吵闹的那个女士的丈夫）有暧昧关系。那是上世纪七十年代到八十年代初，国家没有正式的民诉法，民诉法试行是一九八二年十月一日，此前无法可依，一九九一年才有正式的民诉法。那时法官办案也很难，所以就让许斯这一小撮人钻了法律的空子，肆意打闹。那时的办案经费和办案人员严重缺乏，哪里有现在制定的一系列的法律？长达十二年，是申诉离婚，最后一步，李昕一签字，就可以定夺！许斯认为李昕不会同意，因为李昕对自己的教师形象那么重视，只要李昕不签字，许斯又可以赢了这第四次。

第八节 屈辱签字

这时，李昕任职的学校来了一位从部队转业的女校长，当她了解到李昕的情况后，简直不敢相信，还会有这样不合理的事情存在。她做了一番调查，又到区教育局领导处了解情况，教育局主管领导，坚持不允许李昕离婚的意见。那时，离婚要层层领导的批准。两个人的婚姻必须由一批不了解的人来批准，那些打闹、影响正常教学秩序、毁坏教师名誉的人和事不去过问，听之任之，什么领导，放在现在早被撤职查办了。

女校长无可奈何地对李昕说："做了大量的工作，但我没有办法越级啊。想来想去，只能委屈你一下了，签了字就可以开始你的新的生活，时间长了，人们就淡忘了。你的一切可以用时间来证明你的清白，我支持你离婚！"

李昕听了校长的这一番话激动不已，终于有一位领导能理解她、支持她了，她轻轻地抽泣着，不知说什么好。校长轻轻地抚摸着李昕的双肩，若有所思地说："你平时喜欢看书，记得鲁迅说过的：伟大的心胸，应该表现出这样的气概，用笑脸来迎接悲惨的厄运，用百倍的勇气来应付一切的不幸。我知道你是位好老师，更知道教师的崇高在于以人格培养人格，以灵魂塑造灵魂。"

"谢谢校长，我知道该怎么做了。最后，恕我直言，我要求法院无论如何判给我一个孩子。许家三代单传，我不敢奢求把儿子给我，但女儿应该判给我，恳求校长帮帮我。"

"好的，我一定竭尽全力争取，你的要求完全正当。"

当区法院判决下达时，许斯不服气，向市法院提起申诉，直到市法院的终极判决下来，许斯才不得不罢休。

李昕用屈辱的签字换来了女儿的抚养权，结束了长达十五年之久的离婚斗争史。

现在的年轻人再也不可能体会到，那个时代的一位妇女，想摆脱家暴，想摆脱丈夫的侮辱，想过一个正常人的生活，获得做普通人的尊严，是何其之难啊！

第七章　相知相遇

第一节　第一封情书

李昕和父母兄嫂住在一起，离婚后又加了个女儿，两室一厅的房子，本来就很挤了，李昕每晚在客厅临时搭铺将就一下，这时两个侄子也大了，真有许多不便。李昕也没有经济条件在外面租房，又不愿意再住到学校，怕许斯唆使儿子来闹，给校长添麻烦。只得和女儿早出晚归，尽量减少使用父母家的空间，常常在星期天带着三个孩子，到公园去玩一天，好让父母兄嫂减少孩子的打扰。

但是，女儿因为前几年的教育失落，学习成绩曾一再降落，甚至到了要辍学的地步。原来成绩一直优秀，单纯天真活泼的女儿，现在变成成绩差，小心眼，疑心重，好生气。李昕经常为此痛苦不堪，深深地自责：是因为婚姻破裂而影响了孩子。

夫妻俩关系不好，最后离异，伤害最大的不是大人，而是孩子！在还未做好为人父母的思想准备时，还未确保婚姻非常牢靠时，最好不要生孩子，否则，对孩子造成的心理缺憾，是永远都无法弥补的，会影响到他们的一生！

李昕想了许多办法，终于让女儿重读，并经常跟老师取得联系。女儿还算争气，一年的复读，她还当上了班干部，又入了团。看着女儿的进步，李昕由衷地高兴。笑容又开始出现在女儿的脸上，李昕竭尽全力让女儿过得快乐些，弥补这几年来缺少的母爱。

但是，没想到的是许斯不甘心，经常唆使儿子去学校找女儿，他自己则经常来学校找李昕，强势进攻，要求复婚。让李昕伤透脑筋。法律还未健全，没有侵扰罪，没法报警——警察不管。

校长、同事、好友纷纷劝李昕，对付许斯的最好办法，就是再婚，只要再结婚，他就死心了。再婚，实在是李昕不想，也不敢想的事，刚从围城之中冲出来，十几年的婚姻生活，把一个如花似玉的少女，变成了一个遍体鳞伤的，已有两个孩子的黄脸婆，她怕，她再也不要进到那个可怕的围城里面去了！

"难道你以为，所有的男人都不好吗？"

"像许斯这样的人，不肯离婚，又对老婆不好，不就是个二百五吗？"

"你看，张老师的丈夫，比她还小三岁呢？可是对她多好！许斯比你大十岁，还这么赖，简直就不是个正常的人。"

"你看看你周围的人，绝大多数都生活得很好，你不用怕，千万别做那个什么'一朝被蛇咬，十年怕井绳'的人！"

"李昕这么多年来你太苦了，找个人好好疼你，你才四十二岁，好日子在后面呢，要向前看啊！"

"找个好的，过得开开心心的，对女儿也好，对你也好。干什么过得这么苦，世上好男人多得去了。"

于是，不管李昕怎么想，介绍的信息频频传来。首当其冲的是位军官，官衔是副师级，一表人才，可惜已有两个孩子，怕和女儿产生矛盾。罢了！

另一位省政府官员，一米八的个头，帅气英俊，可惜已有两个孩子了，一个女儿神经还有点毛病。罢了！

一个大医院的外科医生，儒雅，颇有风度，两人约见后，都很满意。但对方知道李昕带了个十几岁的女儿后，借口搞不好和孩子的关系，推脱了。又罢！

李昕连续几次受挫，又灰心了，想找个各方面的条件都合适的真不容易。还是自己带着女儿过吧，挺好的。如果有一间，哪怕是十平米的房子，能够单独住那就好了，这样，就不会让父母兄嫂受累了。

正在这时，学生家长徐文夫妇，约李昕到他们家去玩儿。然后谈起了古云：前妻瘫痪在床，他全心全意照料；他为人正直善良，有水平，能力强，出版社编辑中有名的三支笔之一；是上海人，只身一人在南京，没有任何人拖累；而且他的气质，应该和你的气质很吻合。

上海人，只身一人在南京；现代文学的编辑，南大中文系研究生毕业；有水平，能力强；还有房子，没孩子，尤其是为人正直善良……这些，对李昕来说真是些有利条件，李昕有些动心了，她想去看看人再说。

于是，就有了前面所说的那一幕：徐文带李昕晚上到古云家借书。

这天下午，李昕送走了一位来了解学生情况的家长，已是过了下班时间，她急急忙忙地走到办公室，准备下班。拉开抽屉，一封信正放在前两天借的《男人的一半是女人》的上面，下午来的信，还没来得及看。她坐下，拆开信，眼前一亮：信笺是一张宣纸，清秀、潇洒的小楷，字体如行云流水，柔中又那么刚劲有力。太让人赏心悦目了，这简直就是一幅绝美的书法作品啊！

李老师：

您好！前天晚上一面，印象颇深。今天，从徐文那里知道了您的一些情况。我们现在都处在非常时期，丧偶和离异，乃是婚姻生活中最痛苦之事……

现在的我们，都希望得到关心，得到抚慰……

《男人的一半是女人》一书，我已又得到一本，正在拜读。借给您的那本，就赠予您了。不成敬意，请笑纳！

希望有机会能交流此书的读后感。

打扰了。

不速之客　古云

五月二日子夜

看完信，李昕的脸一下子绯红了，幸亏办公室里已别无他人，李昕的心被这漂亮的书法作品，被这几句得体而温馨的话语感动了……

她反复地看着，看一遍，内心就激起一点波动，多看几遍后，李昕内心的涟漪已慢慢地漾起了起伏的波澜……

“太有水平啦！”情不自禁地脱口而出。从小就爱好文学的李昕，对于从事文学工作的记者、诗人、作家、编辑，都是那么崇拜，觉得他们都是了不起的人物，是李昕心目中的偶像，当初考大学时就是报考的上海复旦中文系，就是想成为他们中的一员。儿时的梦想，已是遥不可及的事了，这真是拜老天所赐，把偶像送来了，难道他就是李昕心底梦寐以求的人吗？

对于他的学识，李昕已领教。对于他的人品，李昕已听徐文夫妇说过。可是他的年龄，比自己长十三岁啊；他的那个微微弯曲的背；对于这个比较注重形象的上海女人来说，太纠结了……

“李老师，还没下班呢？”传达室师傅的问话声打断了她的思绪。“就走，就走！”她一边将信仔细折好，小心翼翼地插入信封，又小心翼翼地夹在那本古云借给她的书里。

骑上自行车，沿着学校围墙，骑到尽头向左拐，又沿着一条安静的小马路，拐两个弯，就上了通往玄武湖的柏油马路。

五月份的南京傍晚，乍暖犹凉，凉风习习，吹得李昕头脑清醒了许多，看着暮色中，灯光下的玄武湖水，想起了古人曾说过：智者乐水，仁者乐山。我不是智者，更非仁者。但确实是喜欢在玄武湖公园里散步，尤其是偏爱邀请三两位好友，手划游船荡漾在湖中；也喜欢带着学生们爬紫金山，从樱驼村对面的一条小路爬上山，登到山顶，大家欢呼雀跃。金陵古城的美景尽收眼底：崎岖蜿蜒的南京古城墙，气魄非凡；长江宛如一条长长的白带子，横贯东西而入海。南京这座六朝古都，既吸纳了南国的旖旎柔情，又有北国的苍茫豪放，正如孙中山所言：“南京其位置，乃在一美善之地区，其地有高山，有深水，有平原，此三种天工，钟毓一处，在世界中之大都市，诚难觅如此佳境也。”因此，后人依照其心愿，于紫金山南麓建筑了巍峨壮丽的中山陵，更为南京的山川，增添了一份浩然之气！

南京不仅有很多古代的亭台楼阁、历史遗迹，更有数不清的高楼大厦；古代、现代建筑相映成趣，对照鲜明，充满活力。南京的文化也是传统和现代的统一。

南京人质朴、文雅、包容、博爱，性灵而不失坚韧。虽然李昕并非出生于此，但在南京已生活了三十多年，早已视自己为南京的一分子了，已基本融入南京了。所以她爱南京，由衷地赞美南京。

就这样，一边骑着车，一边欣赏着美丽的夜景，一个小时的车程，已经令李昕将所有的纠结抛在脑后了！

正逢区级优秀班主任会议召开，李昕既要上课，又要参加会议，还要批改作业，忙得不亦乐乎。越忙时间流逝得越快，李昕无暇顾及其他事情。

周六下午，李昕接到一个电话，徐文在电话里说："李老师，明天，江苏省作协会议，在三〇七招待所召开。晚上有舞会，你有兴趣参加吗？"

"你夫人去吗？"

"当然。"

"好的，我去！"

省作协会议，那可是个文人聚集之处，是会有许多偶像来参加的啊！从小就能歌善舞的李昕，当然极其欣喜地前往了。

舞会七点半开始，李昕八点钟悄悄地进入了舞场找个角落坐下，然后放眼望去，寻找徐文夫妇。

交谊舞是文明高雅的艺术，在这里又是文明高雅的文人们，当然更是高雅之高雅了。人们在优美的旋律里翩翩起舞，舞者们的脸上都绽放出愉悦、轻松的笑容；轻快的舞步，让人们忘却了年龄，在音乐的节拍中感受生命的热情。

正当李昕在欣赏舞者们优美舞姿，合着音乐用脚尖打着拍子时，第一首舞曲结束了。徐文夫妇和古云三人，向李昕走来，坐在李昕旁边寒暄着，一位男士快步走过来，在他们面前停下，对着徐文夫妇说："这位是什么人啊？给我介绍认识认识啊！"

李昕抬眼看去：嗬，好帅！皮肤白皙，脸庞清秀，风度翩翩。

"哦，这是李老师，这是刘主任。"

"李老师，能请你跳个舞吗？"

"去，去，去！找你老婆跳去！"徐夫人笑侃他。

"夫人今天没来，李老师，请！"刘主任固执地邀请着。

李昕随着刘主任进了舞池。

李昕穿着一件白底黄细点的齐踝的连衣裙，脚穿一双白色的高跟鞋，略施淡妆。虽已是四十二岁的、有两个孩子的母亲了，但是，看上去就像三十多岁，身材苗条，五官清秀，骨子里自傲而又谦和，温柔中不乏刚强，气质非凡。一米八的刘主任，带着一米六的李昕，在舞池了旋转着"快三步"。刘主任很会带跳，李老师舞姿优美，两人配合得非常默契，这一对绝配的舞伴，好大的气场啊，盖压了全场！李昕好久未曾这样放松了。快乐，久违了！李昕尽情地跳着，浑身洋溢着青春的激情。一曲完了，刘主任很绅士地把李昕送回原来的坐处。

徐夫人对古云说："你请李老师跳一曲吧。"

"我跳得不好，徐文，你来跳。"

还未容李昕说话，徐夫人一手拉着李昕，一手拉着古云，把他们推进舞池。

和古云跳舞，虽没有和刘主任跳得那么优美潇洒，但也不乏风度。四步，很适合像古云这样稳重的人。他带着李昕，不急不慢地、准确地合着音乐的节拍跳。这里，两人在跳着，那里，徐夫人已把李昕的身份和古云的关系，散布出去了……

虽然有些人感到有点遗憾——两人年龄、形体之差，但是，由于古云德高望重，作协同仁中口碑较好，所以，大多数人都在为古云庆幸——胳膊肘总是往里拐的嘛！

得到众人的认可，又有兄弟们的鼎力相助：

“抓紧啊，古老。”

“赶紧把房间装修一下。”

众弟兄们说干就干，众人拾柴火焰高。墙刷成淡黄色，地上铺上当时最流行的褐色格纹塑料地板。墙上挂上字画，桌上放上花瓶，重新换上淡紫色的小白点窗帘，床上用品全换上新的……

半个月的时间，原来的房间被收拾得窗明几净，连厨房、洗手间内的一些用品也都换了。请来了一个小时工，两天内，把房间打扫得干干净净。三室一厅一卫南北通透的房子，简直就是可以当新房了。古云感动不已。这些同事们比亲友们还亲呢！不和李昕好好地谈一场恋爱也对不住这些哥们儿啊，加油！他不断地给自己鼓励，但是应该怎么做呢？已有过二十三年婚史的他，已届五十五岁的他，还真不知道该怎么办！每天送花？每天去骚扰？死皮赖脸地去追？古云看来，一是有失尊严，二是不尊重对方。伤害别人的事，古云时绝不会做的。那是一种可贵的尊严！

得想办法和李昕联系上才行啊！将近一个月前给李昕发出去的第一封信，那可是古云生平的第一封情书啊。至今杳无音讯，不知李昕怎么想的。一时间，一筹莫展，没想到，这场黄昏恋还挺难的。

周末上午，李昕接到一个电话，徐文约她当日下午到他编辑室，有要事商量。吃完午饭，李昕骑车赶到明故宫——徐文所在的杂志社。徐文请她坐下，沏了一杯茶给她。然后侃侃而谈：“李老师，那次作协舞会后，大家对你评价很高啊！”

“为什么啊？我没做什么啊。”

“你年轻、漂亮、有气质，古云对你的印象好极了。听说他曾经给你写过一封信？”

“是的，快一个月了吧。”

“你有什么想法吗？”

“从两次接触来看，觉得他人还是比较稳重、谦和。信写得很有水平。书法不错，蝇头小楷写得那么好，可见功底不凡！”

“他的书法相当地好，有本杂志的封面就是请他写的。”

“可是，恕我直言，我们的年龄相差太大了。因为他背驼、谢顶，所以，显得比实际年龄更成熟。”

“是的，我们也都有这个想法。连古云自己也是这么认为的。”

“是吗？他能这么自知之明？”

“对！但是，他对你太有好感了。所以，还是很想和你再接触接触。”

“古云的前妻比他大十三岁，是组织上的安排，是当时政治上的需要……”

徐文较为详细地把古云和前妻的婚姻生活娓娓道来。徐文虽然只比李昕大几岁，但是他和古云的性格颇相似，稳重、聪慧，说起话来，不急不慢的，但是，很有说服力。

李昕从徐文那有条不紊的话语中，深深地感到徐文敬重古云。敬重他能力强，水平高，为人正直、善良。可见，古云的人缘关系不错。俗话说：看一个人的朋友，就知道他是什么人了。李昕喜欢和这些有水平的人接触，从他们身上，可以学到许多东西。这些人，才是李昕崇拜、欣赏的人。

“我认为，你们俩有共同的爱好，你是语文老师，爱好当代文学。他是长篇小说的编辑，以编现代、当代文学为主。你们俩都是上海人，故乡亲嘛！”徐文一口气说了这么多，停了停，喝了口茶，又接着说，“我听夫人讲了你一些前夫和儿子对你的情况，我们真的很同情你。世界上竟然有此种男人，简直是男人的悲哀。他是体院毕业的，也算是个知识分子，枉读了那么多年的书，知识分子中的败类。以后有机会，把这类人的品行通过文字、电影等形式揭露出来，肯定为世人所唾弃的；也要让人们引以为戒，尤其是作为少女们恋爱时的警戒。

“过去的事，就让它过去了。你应该尽快地从痛苦中走出来，找一个能够呵护你、爱你的人，好好地过下半生！我相信古云是你的首选，你知道吗？你也是他的首选。自从他前妻去世一年多来，大家给他介绍了不少，前几天还有一位苏州的朋友，介绍了一位苏州人，很漂亮，很有气质，是个女厂长。女方很满意他，可是他却拒绝了。”

“为什么啊？”

“因为你呀！他就认定了你。”

李昕不好意思地低下了头。

“古云可是第一次谈恋爱啊！以前是先结婚后恋爱。给你的信，是他生平的第一封情书！对他来说太珍贵了！”

“我很荣幸啊！”李昕笑侃了一句。

“那可不。有机会我还想亲眼目睹一下我们这位老领导、老编辑的文字功底呢。”

时间飞逝在笑侃中，告别了徐文并答应了他，次日去徐文家做客，和古云再接触接触。

周日上午十点钟，李昕如约来到徐文家，此时，古云已到。徐夫人在厨房忙碌着，招呼客人后，让徐文招待客人，转身又进入了厨房。李昕要去厨房帮忙，古云站起身说："你们都先别忙，我已和徐夫人说好，她把菜洗好、切好，我来烧。"

"你会烧菜?"李昕诧异。

"当然喽，我在'五七'干校时，拜过大厨，等会儿让你们品尝我的手艺。"

"好!"

"给你写的信，收到了吧?"

"收到了，没及时回信，不礼貌了，对不起啊!"

"不，不用回信。问你一下，怕我写错地址，你没收到。"

两人没话找话地聊着。

"嗳，你们那本书看完了没有啊?"徐文起了话题。

"张贤亮的《男人的一半是女人》中的主人公张永森，好像和作者在某些地方是相似的，知识分子，南方人，自始至终身体里流淌着优越感，喜欢写作，有小资情调。"李昕说。

"作品中反映的人性之美，人性之真实，是当代作品中罕见的，文字功底也不凡，值得赏阅。"古云说。

"二十万字的中篇，衍生出二百万字的评论，不得不惊叹此书的震撼力。"徐文说，"对男女性爱的解读，不是那种赤裸裸的原始的描述，而是含蓄的，深沉的。"

"文学给人的体味是高雅的艺术，是人性的真实。我们都是过来之人，都希望，不，应该是渴求那种彼此关爱，彼此给予勇气，彼此依附，彼此支撑的精神动力。”古云说。

“还应有共同的追求、共同的语言。宋代诗人李清照和赵明诚那样的爱情，才是最让人羡慕的。”李昕如是感慨地说，“男人的一半是女人，女人的一半是男人，还有一半是孩子，唯独没有了自己，做个女人真难啊！”

“不对！做女人好，有男人爱，有男人为你遮挡一切，不是说啊，每个成功男人的背后，都有一个好女人吗？男人要担负起养家的重担，还要忍辱负重，有泪还不能轻弹。”徐文说。

“哈，哈，哈。”三人被徐文的诙谐逗得大笑。

“古云，快来炒菜喽！”

随着徐夫人一声令下，古云起身进厨房，李昕帮着徐夫人收拾饭桌，摆上酒杯、碗、筷。

厨房传来阵阵菜放入油锅内的“刺拉”声，随之阵阵香气扑鼻而来，强烈地刺激着味蕾。半个小时，桌子上色、香、味俱全的八菜一汤，让李昕暗暗惊讶，没想到古云还有这么大本事。

徐文的孩子被送到外婆家去了，让大人们有个言论自由的环境。

“欢迎两位贵客光临寒舍！”快言快语的徐夫人首先举起酒杯。

“谢谢，谢谢！”古云和李昕异口同声地说。

“干杯！”徐文带头喝尽杯中酒，其余三人也都一饮而尽。

“吃菜，吃菜。”徐夫人边说边往李昕碗里夹菜。

“谢谢，谢谢！我自己来，你也吃，你辛苦了！”

李昕第一口吃的菜是笋子炒肉丝，上海人喜欢吃的菜，肉丝和笋丝都切得很细，可见徐夫人的刀功。味道是：鲜、嫩、咸中带点甜。这道菜比较难做，笋要在开水中汆一下，去掉涩味，肉丝只要下油锅炒两下即盛出，否则会老掉。李昕的姆妈经常炒，也教过李昕，所以李昕知道。没想到古云的手艺，和姆妈的相当！

“好吃，手艺不错，和我姆妈的水平有一比！”李昕边吃边夸，便看了看古云。

古云被李老师表扬，像学生似的得意地笑了：“过奖，过奖！”

“喜欢吃，以后就叫他烧给你吃。”徐夫人的一句话，把李昕讲得满脸通红。

“好，我没意见。”古云接得倒很快。

“哈哈，哈哈。来，干杯！”徐文一次又一次地干杯，把李昕喝得满脸通红。

“不行啦，我要喝茶了，以茶代酒，对不起了！”李昕说。

整整三个小时的午餐。餐后，徐文夫妇半强制地留住李昕，玩“斗地主”，这可不是李昕的强项，她平时很少打牌，但是看得出古云的牌技比较高，老是他赢。他说是平时中午休息时，在办公室打牌练出来的。

吃过晚饭，李昕强烈要求做点事——以表示对徐文夫妇的谢意。她洗了碗筷，把厨房收拾得整齐干净。徐文夫妇俩赞扬她做事利索。古云看后自然心满意足：我烧菜，她洗碗，倒也配合默契。

已是晚上七点半了，李昕起身告辞。古云主动要求送她，李昕不便拒绝，答应便是。两人对徐文夫妇一再表示感谢，大家都心知肚明：一是感谢款待，二是感谢撮合——创造了这么一个让两人得以互相了解的环境。

两人骑着自行车，沿着新模范马路一直向西骑去。

新模范马路在当时，是南京的一条标志性绿化带马路，马路是四车道，两边是较宽的慢车道和人行道，慢车道和人行道紧挨之处，种植了法国梧桐树。梧桐树笔直挺拔，经人工修剪，分叉的枝叶像一把大伞，树叶茂盛。夏天尤其郁郁葱葱，似乎像是广州的骑楼，为骑车的人和步行的人遮阳挡雨。

此时，已过上下班高峰，骑车的人略少，两人得以并肩齐行，时不时地说上两句无关痛痒的话。大多数时间，是沉浸在城市的夜色中。灯光照亮了城市的天空；快车道上，车辆在奔驰；路口，红绿灯永不熄灭地交替闪现；街道两旁的装饰灯柱亮着红、黄、蓝、紫的光，把整条马路都染成了彩色的了；大厦的彩虹灯光彩夺目。有时两人同时看到被路灯照出的两人长长的影子，会心地笑了……

古云送李昕到她家的路口，得知下面的路很安全了。李昕没有提出要送她到家，古云很绅士地告辞，他就是这样一个绝不勉强别人的人。

这个星期六的下午，李昕接到古云的来电：邀请星期日到家里做客，还有徐文夫妇。

李昕按时和徐文夫妇会合后来到了古云家。上次是晚上来的，印象只有一个——黑！

这次是白天。在阳光下，出版社的家属宿舍，一个小院，两栋七层楼房，干净别致。上了楼进了房间，李昕觉得房间里阳光灿烂，一改过去幽暗陈旧之况。客厅里的一半空间，都沐浴在阳光下。墙壁上的涂料和塑料地板格的色彩，那么地和谐，给人一种家庭的温馨感。古云拿出了上等的新茶——明前雨花茶。每人沏上一杯，随着热气的袅袅上升，一阵新茶的清香味散开。李昕端起杯子，闻了闻，哟，好香！抿了一口，苦中有涩，一会儿，舌面产生回甘，丝丝清甜，类似吃了甘草片的感觉；又抿了一口，一瞬间，舌面受了滋润，舌头润润的，茶汤跳过舌尖，直接滑到舌根部，流进喉部，太舒服了！李昕的品茶爱好是从爱喝茶的父亲那里学来的，从李昕的品茶感觉看，古云似乎又找到了和李昕的共同爱好。

一桌丰盛的江浙菜，尤其是那一碗外婆红烧肉，色香味俱全，那可是姆妈最拿手的菜，没想到，古云竟然也能烧得如此地道。

午餐刚结束，徐文夫妇借口带孩子上补习班告辞，留下了两人独处的空间。

李昕在厨房忙活了一阵，古云在客厅收拾，把多余的杯子拿给李昕洗，又把垃圾收拾干净。等一切就绪后，两人对坐，品茶。竟不知说什么是好，沉默片刻，还是主人打破了沉默，对客人说："你喜欢看书，感兴趣的话到书房看看。"

古云带着李昕进入书房，这间约二十几平方米的房间内，有一张大床，一个大衣橱，两个床头柜，一张书桌，一把转椅，其他地方，基本被书橱占据。几个书橱，顶天立地的，上下两层有柜门，中间三层是玻璃门，里面整齐地放满了书。

啊！这简直就是一个小图书馆啊。李昕看着这本，爱不释手，又看看那本，还是爱不释手。图书类别，知识面，比学校的图书馆多多了。

一个喜欢读书的人，必定对世界会充满想象力，喜欢读什么书就代表你是什么样的人，你看过什么书，就是在塑造什么样的你。李昕沿着玻璃门的书橱从左到右地看着：工具书、文艺书、科普、历史、天文、传记、古典文学、外国文学、儿童文学、画册、中外名著……有李昕看过的，没看过的，有听说过的，没听说过的。这么多的书，看得李昕眼花缭乱的。书是知识的阶梯，多读书就多长知识，李昕认为在书的海洋里遨游，是人生最最愉快的事。读传统经典，涵养自己的精神。生命，因读了这些经典而美丽；精神因读了这些经典而富有。文学是我的灵魂，如果没有它，我就没有了精神，只剩下一个躯壳。李昕不敢想象，如果要是没有书看，自己将成为一个只有肉体没有灵魂的人，那是多么可怕的事啊！李昕正在遐想着……

“车尔尼雪夫斯基的《怎么办》看过吗?”古云问。

“看过，读高中时看的。这本书给我最深的印象是：宁可吃苦不叫苦！”

“是啊，好书给人以感染和力量，书籍本身不可能改变什么，但是，人读了书可以改变人生。”

“我在生活极其困难时，就想到了车尔尼雪夫斯基，他在被沙皇政府囚禁，终身流放到西伯利亚时，毫不沮丧，写下了《怎么办》、《序幕》等书。充满了激情。书中的主人公薇拉、罗普霍夫和吉尔沙洛夫，都是为了别人而牺牲自己的。因为作者的品质高尚，所以，才能写出品质高尚的人物。”

男人的能力无非具体体现在两个方面：权力和金钱！但必须得有学识做它们的基础，一个人的教养，又与他的学识密切相关的。李昕在沉思着……

“你看你喜欢什么书，想看什么书，尽管拿去看。”古云慷慨地说，“只有一个要求，看书时不要折叠书页，用书签夹着就行。”说着，从书橱的边上拿出了几张书签给李昕。

这几张书签上，印着一些名家的头像和他们的经典语句，各种色彩的缎带，扎在书签上方的圆孔里，很精致，很漂亮。

书橱里的几本书:《资治通鉴》、《辞海》、《古代诗词鉴赏》、《鲁迅全集》、《战争与和平》、《复活》等书里都夹有这样精致的书签。

真是个爱读书,又爱护书的人。李昕平时也是有这样看书的习惯的。她仿佛遇到了知音,心中充满了喜悦。

“那我不客气啦,先把这本书借给我看好吗?”李昕从书橱里拿出了一本《基督山伯爵》,对着古云扬了扬说:“我一定尽快看完,并保证完璧归赵。”

两人都会心地笑了,古云心里想:最好别完璧归赵了,全部送给你,我也愿意。但不敢造次说出来。

两人开始交往,以借书、还书为由,交谈的内容大多数都是读书、评书,几乎每个星期日都在一起度过。

发自内心的笑容,久违地在李昕的脸上出现,本来就单纯、活泼、开朗的李昕,脸色开始好转,白里泛红,青春的活力又出现在这四十多岁的中年妇女身上,别人觉得她只像个三十多岁的少妇。

微微驼背的古云,略显苍老的古云,每日精力充沛,接待作者、来访人员,同仁们看在眼里,喜在心里,时不时地调侃他:越来越年轻了,活力四射啊。每当听到此善意的侃言,他都笑着说:“真的吗? 那太好啦。”

如此交往了半年之久,一天,古云出差去上海一周,三天后李昕收到古云的一封信。信是用钢笔写的,字体秀气而又刚劲,真是一篇赏心悦目的钢笔书法作品,语言中透出对李昕的思念之情,但又那么地含蓄。信中告诉李昕自己返宁的时间、车次,期盼着和李昕的相见。李昕何尝不也是在思念期盼中。人道海水深,不抵相思半,海水尚有涯,相思渺无畔……

周末晚上七点钟，火车准点到达。李昕站在接客的行列中，在走出站的人群中，古云正在左顾右盼。李昕暗笑：他怎么知道我会来接他呢？再往前走，四只眼对上了，不，算上两人都戴着眼镜，应该是八只眼，紧紧地注视着，微笑着。李昕走上前想帮古云拿包，这时古云把身边同行的一位男士介绍给李昕："这是老季。"李昕羞得满脸通红，只顾看古云，却忽略了他的同行者。太冒失了，完全可以等一等再出现，那位老季却大大方方地对着李昕说："你好，李老师，一见啊，果不其然。"李昕更是窘得不知说什么。老季对古云说："我坐 7 路车到莫愁湖下，我先走啦，再见！"和老季互道再见后，他俩坐车到玄武湖站下车，到古云家。

李昕说："我买了一筒挂面，我们吃阳春面吧，我先烧壶水，再煮面。"古云说："好，就吃面，我不客气啦，你辛苦煮面了。"

等一切料理完毕，两人对坐在沙发上，李昕说："我不知道老季和你同行，否则我就不去车站接你了。"

"有什么不好意思的，丑媳妇总要见公婆面的。老季早有耳闻，他早就想见见你了。多年的同事，没关系。我就知道，你收到我的信后会来接我，我们灵犀相通啊。"古云停顿了一下说，"我想你，晚上睡觉前，老是在想你中睡去，你呢？"

李昕红着脸点了点头，古云一把搂过李昕，抚摸着她的头，李昕把头靠在古云的肩上，享受着兄长般的疼爱。

感情不是取之不尽用之不竭的，可能它是一种再生资源。但要想有效利用却很难。它不仅需要阳光、空气和水，而且更少不了真诚、友善，以及恒久不变的耐力。

只有几分钟，古云松开手，李昕也站起来说："出差了一个月，很辛苦，你早点休息，我回去了。"虽然李昕几次推辞，但是，担心她的安全，古云不顾疲劳，执意像往常一样送她回家。

周三下午，照例是政治学习时间，没有学生事务的羁绊，李昕如约来到古云家，古云也已准备好了晚餐。吃完饭料理完后，古云对李昕说："趁这次出差，我把我们的事对我父母说了，母亲好像不太满意，认为你太年轻了，怕你不会跟我过到老，怕你在我老去的时候会离开我。"

"伯母怕你老了，我会离开你；而我的父母怕你老了，先走了，剩下我太孤单了。"李昕深沉地说，"老人们为了子女着想，也在情理之中，可以理解。"

"你有什么想法？"

"我认为，以后我们的生活，一定会越来越好，我们把身体养养好，我们会活到七八十岁，尤其是你要好好保养，寿命长一些，下辈子我们还做夫妻，我们都不会孤单。你以后少做一些家务，我多做些事儿，你争取多休息……"

不容李昕说完，古云一把抱住李昕，用嘴唇堵住了嘴唇，激动得全身颤抖，李昕也紧紧地抱住了古云，两颗心紧紧地贴在了一起……

"对不起！"一阵热吻后，古云松开了李昕，"是我太激动了！你这么通情达理，这么善解人意，太感动我了，嫁给我吧！我们结婚吧！"

李昕热泪盈眶地注视着同样如此激动的古云。"好，我们结婚吧。但是要等你前妻满两年丧期，我离婚一周年，我们结束一段过去的生活，再开始新的生活，好吗？"

"你考虑得比我周到，同意。我们定在明年的五一节，开启我们人生的新的旅途！"

古云清楚地记得李昕的离婚日，那已经超过前妻两年的丧期了，虽然古云迫切地想早日结束自己的单身生活，但是，尊重李昕比一切都重要。

李昕深情地注视着这个如此体谅，如此尊重自己，如此呵护自己的男人，这才是自己心目中的爱人啊！

两人决意已定，期盼着佳期的早日来临！

有诗歌可下酒，有梦想可实现，这才是我们人生更为充实的方式，而这一切都远比物质本身来得重要得多。

正当两人期待婚礼的到来，期待着新生活，意想不到的事情发生了。

每周三的晚上和周日的晚上，李昕都会到古云家，晚上九点之前离开。一个星期天的中午，正在厨房整理的李昕，突然发现对面楼房的阳台上，有一个人紧紧地盯着自己，她仔细看去，虽然对方已略加掩饰地戴了帽子，但是，对于李昕来说，就是把他烧成灰，也能认出那个畜牲前夫。

“想干什么？想对古云造成什么伤害吗？有本事冲我来，决不允许他伤害古云！”

李昕利索地料理完后，来到客厅，告诉古云。古云听后微蹙了一下眉，然后走到北边的小房间，透过窗玻璃看去，对李昕说：“够壮的。你已经离婚了，他要是敢来骚扰你，我就到玄武门派出所去告他，我还可以到法院去告他。虽然我和他动粗，不是他的对手，但是我有我的办法治他。你别怕！有我在，我绝不会再让任何人欺负你了！”

古云说的话铿锵有力，掷地有声。李昕不禁想到不久前发生的一件事：李昕把法院判决的离婚书，拿给古云看。古云很严肃地对李昕说:“据我对你的了解,你不是那种和别人有暧昧关系的人,法院的这样判决,实在是太委屈你了!李昕,你记住:即使有,那也是你的过去,我要的是你的现在和以后!千万别再介意过去那些事和人,让噩梦永远离开,追求自己想要的生活。”

要了解一个人的本性,必须从他的日常待人处事的细节来定夺。古云就是李昕心目中的有担当、有责任心、有水平、有智慧,可以信任、依赖的男人。

李昕认为:和什么样的人在一起,就会变成什么样的人。她宁可放弃全世界,也不愿意失去她深爱的古云。老天为我关上了一扇门,又为我打开了一扇窗,虽然生活带给我许多许多的痛苦,但是我也要紧紧地抓住即将到来的幸福的生活!

第二节　致命的一波三折

俗话说,祸不单行,更致命的打击,在意想不到之时发生了。

一个星期后的一个星期三的下午,李昕照例到古云家。古云喜欢吃上海小馄饨,她就在菜场买了馄饨皮、生姜、葱、瘦肉,准备包好后放到冰箱里,让古云随时可以当早点、夜宵吃。

菜场就在古云家的楼下不远处,李昕一手拎着买好的东西,一边哼着她最喜欢的俄罗斯歌曲《小路》:“一条小路曲曲弯弯细又长,一直通往迷雾的远方,我要沿着这条细长的小路,跟着我的爱人上战场……”一边走进古云的家。奇怪,门开着,古云没有像往常那样,在门口,她以为,古云在忙晚饭,她还是哼着歌向厨房走去。

突然,李昕看到一位老夫人,坐在厨房的一个小桌边择菜,酷似照片中古云的前妻。“啊!”李昕情不自禁地叫出声,闻声而来的古云,从客厅小跑过来,介绍两位:“李昕,这是我妈。”李昕赶忙喊了一声:“伯母,你好。”

老妇人一言不发,死死地、冷冷地、恨恨地盯着李昕。李昕被她看得心里直发毛,紧张得每根汗毛都竖了起来,头皮发麻,不知该如何是好。古云见状忙接下李昕手中的塑料袋,放到厨房桌子上,对他的母亲说:“我出去一下。”一把拉着李昕的手说,“我们出去说话。”

惊魂不定的李昕,跟着古云穿过百子亭菜场熙熙攘攘的人群,来到了玄武湖,进门左转,沿着湖边小道走。“今天下午五点钟,我弟弟带着我妈来南京,突然袭击。我都来不及通知你,我一直站在阳台上看你,想阻止你进来的。怎么就没有看到你进院子? 让你受惊了!”古云懊恼地说着。

“他们来看你,好事啊!”李昕又疑惑地说,“但是,你妈妈对我好像充满了敌意,我们从未谋面,她也不了解我,为什么这样对我?”

古云拉着李昕在湖边长椅上坐下,慢慢地道来:“他们这次来的目的是要阻止我们俩,他们知道你带了个孩子,怕你不肯再为我生孩子。古家虽然有三个儿子,但是没有生过一个孙子,生怕要绝后。所以想要我找一个年龄相仿的女人,不要再生孩子了,把弟弟家的女儿过继给我,他们再生一个儿子。”

从未见过古云如此地沮丧,李昕心疼地拉着古云的手安慰他,他们真没道理:

一、生不生孩子,是我们两个人的事,任何人都无权过问。(古云曾对她说过,以前生病,吃药太多,曾接受过放射治疗,才抑制住脊柱炎的发展，但是，已无生育的活力了。）

二、他们要把女儿过继给你，再生一个可以的，我们多一两个孩子没关系，我喜欢孩子。但是有两个前提：

1. 他们必须经过法律程序。孩子过继给我们后，他们就无权干涉我们对孩子的一切生活、教育等问题。我在学校工作，见到过一些类似情况。等养父母把孩子含辛茹苦地养大后，亲生父母来争夺孩子，闹得大人们对簿公堂，孩子无法面对选择，痛苦不堪。

2. 他们能保证再生的孩子一定会是儿子吗？不要又生个女儿，再惹出其他是非来。

听李昕说完，古云说：“我再跟他们谈谈吧。其实在你来之前，我已经跟他们讲了，但他们非常固执，为私利冲昏了头脑。父亲去世后，母亲跟着弟弟过，什么事儿都得听弟弟的，弟弟的脾气特坏，向来是我行我素的。”

“那我最近不到你家去了，有什么事，电话联系吧！”

两人紧紧地握了握手，互道珍重，告别！有一段话这么说：

有种分离叫做痛苦，有种默契叫做忠诚，有种信任叫做宠爱，有种快乐叫做疯狂，有种感情叫做理解，有种行为叫做等待。他们现在就得耐心地等待……

就此一别，整整一个星期，渺无音讯，两人都在思念和担忧中煎熬……

还是那位快言快语又热情的徐夫人，一天下午放学后来找李昕，向她通报古云的消息。徐夫人话未说就先笑，笑了一阵后，才娓娓道来：

古云跟他的妈妈和弟弟谈话多次无效。他们到办公室去找他，弄得出版社人人皆知，他弟弟还振振有词，向古云的领导反映情况，想通过领导来做他哥哥的工作。

出版社领导的答复是：你哥哥也是我们的领导，五十多岁了，他的婚姻还要你这个比他小十八岁的弟弟和年迈的母亲做主吗？解放已三十多年了，婚姻法你们不了解吗？你们还能包办他的婚姻吗？再说他现在孤身一人，找个老伴生活，有个伴互相照应，不好吗？据我们了解，我也见过古主任这个女朋友，年轻、漂亮、能干、贤惠，口碑很好，我们社的同事们都为他高兴，真希望他们早点结合，等着喝他们的喜酒呢！

虽然古云的母亲和他的弟弟在出版社未得到任何同情，反遭冷遇，但古云为此觉得很没面子。他干脆不回家了，也不到办公室去了，另外找了一个地方办公、睡觉。这样一来，他的妈妈和弟弟到处找他，不知哪位老兄告诉他们，我们是他的介绍人，那天找到我们家，要我们交人，我们告诉他们，古云在什么地方我们不知道，但是绝对不在我们家，不相信的话，你们可以进来搜。你猜怎么着？他弟弟竟然真的到我们家搜查起来，房间、厨房、洗手间、大橱里面，甚至床下都搜了个遍。要不是徐文拦着我，我早就报警了，告他个私闯民宅，亏他的弟弟还是一个学校的讲师，哪配在讲台上给学生讲课，活脱脱的一个法盲。

折腾了几天，最后也没找到古云。开玩笑，那么多人护着他呢，他们越折腾越让人讨厌，大家都不理睬他们母子俩，连招呼都不打，都冷眼相对，他们也觉得太没趣了。临走时把门钥匙交给我，我没好气地对他们说："李老师没有嫌弃古云的年龄大，没有嫌弃他体型不好，就已经是下嫁了。听说你前嫂子比你哥大十三岁，和你哥结婚时，你们也闹，结果过了二十三年，不是很好吗？这一次比你哥小十三岁，你们还要闹？你们在干什么啊？太欺负人了吧！你哥对你们家贡献那么大，每个月一发工资就汇款，要不是你哥，你能长这么大？不知道报恩，还来瞎闹什么？”徐文也很气愤地要他们回去好好想想，别再胡闹了，太伤感情了。两个人才灰溜溜地走了。

“通报完毕，今天你可以到古云家去了。我看你们干脆早点结婚，断掉一切不必要的麻烦。”

“谢谢你告诉我这一切，我们俩的事，我一定认真地考虑考虑。再见！”看着徐夫人远去的背影，李昕陷入了沉思……

徐夫人的一番话，像电视剧似的，一幕幕地出现在眼前：

古之母和弟弟的无赖。

古云的窘迫，无奈，气愤，沮丧……

古云家就不是一个讲理的地方！

那么稳重、有智慧、有担当、有修养、有水平的人，也架不住家人的胡搅蛮缠……

古云的家人＝许斯的家人?!

李昕不寒而栗！

被同一块石头绊倒两次的人，是愚蠢的人。

只有疯子，才不断地、重复地做同一件事情，希望得到不同的结果。

难道，前车之鉴，还不足以令人们接受教训吗？李昕望而却步了，和古云再交往下去，会有什么结果？自己要重蹈覆辙吗?!

古云不能和亲人斩断亲情，他是个孝子，是古家的男人啊！我可不能做让古云成为断情绝义的人，那不得遭人唾弃吗？但是，这样交往下去，两人心中的隐痛必定会影响今后生活的幸福……

李昕崇尚内心真实的感受，渴望友谊，渴望爱情，但绝不去乞求！红颜也得，蓝颜也罢，期待理解，但绝不乞求理解！向往美好，但绝不违背良心。两个人的年龄，只不过是个数字，它不能成为拥抱美丽人生的障碍。但是在这个世上有些事是可以选择的，那叫机会；有些事是无法选择的，那就叫命运。人生的来去，不过是幸运和遗憾的往复；不外乎是美好和烦恼的转换。我们无法改变命运，更无法选择自己的家庭和亲友。李昕渴望有一个家，一个只属于两人的家，家是一个感情的港湾，是一个灵魂的栖息地，是一个精神的乐园，是一个让自己放纵的地方。但是，这一切都已成为可望而不可及的事了……

李昕将泪与思念，凝成文字，把上述想法，写了长达五千字的信。这是李昕第一次给古云写信，既是情书更是绝交书！次日，寄给了古云。

信寄出后，李昕觉得轻松些许。爱过了，行了，不一定非要有结果。与古云大半年的接触，让李昕的修养得到很大的提高，境界也得到了升华。人的本质不是单个人固有的抽象的物体，在其现实性上，它是一切社会关系的总和。人这一辈子要经得起谎言，受得了敷衍，忍得住欺骗，有时也要不得不忘了诺言。人生有很多时候，需要的不仅仅是执着，也需要回眸一笑的洒脱。她要做一个阳光、热情、热爱生活，并且会享受生活的女人。

像以往一样——工作，忘我地工作，是排遣一切不良情绪的良药。

周一，正在带孩子做早操的李昕，突然被校长请到办公室，让她第一节课上公开课——应付区教育局的突击检查，还有十分钟，没法准备，连动员学生的时间都没有。看着校长期盼的眼神，别无选择，遵旨！

看到走进学校大门的副局长——那个判她不准离婚的官僚，一股子气更加激励了她。凭着多年扎实的教学功底，要为校争光。为着让那个不懂人性、不了解民情、不能秉公办事、早该退居二线的副局长刮目相看，如今的李昕豁出去了。那天，李昕课前一句动员学生的话都没说，也没时间说。可是学生特认真，发言特踊跃，连平日不太爱发言的学生都积极举手，要求发言，表现得很好。也许是李老师的讲课激情感染了学生；也许六年级的学生们成熟了，用这种好好配合的方式，来表达对老师的爱；也许……不得而知。随着下课铃声的响起，李昕结束了讲课。她的脸，因为兴奋而红扑扑的，浑身充满了激情。只见那副局长在和校长交谈着，然后抬起头来冲着李昕，笑着点点头。李昕像没看见一样，径直走向自己的办公室。

差点被你们置于死地，差点被你们扼杀的一条鲜活的生命，差点被你们那封建礼俗逼死的年轻人，差点让教育战线减少一位称职的优秀教师……依附于权势，企图用暴力来威吓的人，想用一笑来赎回所有的罪过吗？草菅人命的贪官，必会遭到恶报的！李昕绝不是那种屈服于权势的小人也！

周四，在校内上了一节中队主题会的示范课，六年级的学生在学习的紧张阶段，仍能坚持各自的兴趣爱好，愉快地展示各自的特长：拉小提琴，吹口琴，弹吉他，刻图章，刺绣，织毛衣，茶艺表演……一个小时的示范中队主题会，博得辅导员们的称赞，赢得观摩队员们的羡慕，这是李昕的教育方法之一。

李昕的教法灵活多变，平时特别注重培养学生的自学能力。要求学生每学习新课前一定要自己先预习，通过查字典、查资料，掌握能自己学会的知识，提出自己预习中的难题，然后，次日上课时专心听老师讲课，巩固自学的知识，解决不会的难题，掌握课文的重点知识。这样，久而久之，学生的自学能力加强了，李老师从来不布置抄写多少遍等死作业，只布置听写、预习、查看资料等的作业，省出了时间让学生进行个人兴趣爱好的活动，这样做，减轻了学生的压力，学生学习的主动性强了，学习兴趣提高了，学习成绩当然也就随之而高了。

提高学生的主动学习积极性，提高学生快乐学习的兴趣，提高学生学习的能力，是李昕的教学方法和目的。

周五下午，参加了区里召开的优秀班主任会议，拿了奖状和奖品——一本厚厚的日记本。李昕很喜欢，因为她爱记日记。

李昕的教学方式和她的人品，深受学生喜爱。她关爱学生，尊重家长，更是博得好评。再差的班级，再差的学生，经过李昕的调教，少则两个月，多则三个月，就会得到一定的改变。因为她可以不吃晚饭，她可以不下班，陪学生完成前一天未做的家庭作业。她从不听信学生间的告状，必须多方了解甚至去实地调查，摸清情况，掌握证据后，请犯错误的同学放学后留下单独交谈。久而久之，学生不会为自己的错误辩解了，也不愿意放学后留校被老师找去谈话了，干脆不再犯错误，不再惹是生非了。慢慢地一部分学生改变了，班集体当然也就变化了。班干部从班主任那儿学会了管理能力，也能自己处理一些班务事了，班主任的精力可以多花在指导学生更好地学习和活动上。每个学生根据自己的爱好，选择一、两种业余兴趣活动；去军营办军事夏令营；去国防园坐小飞机、降落伞；去玄武湖划船；去中山码头看书上写的大吊车；开诗歌朗诵会；举办个人兴趣爱好才能展示中队主题会……通过这些丰富多彩的活动，学生能力提高了，思想境界也升华了，更爱班级，更爱学校生活了。

不少学生都说，放寒假、暑假一个人在家没意思，还是上学和同学们在一起有意思。如此，良性循环，学生的身心都得到健康的发展，毕业考试的成绩当然也会榜上有名了。

在李昕耄耋之年的一次师生聚会上，学生们在追忆儿时小学生活时，津津有味地诉说着那点点滴滴的有趣的往事……深情地说："李老师，就是把我们都当做是她自己的孩子了。"

有一位已是五十八岁的女学生，动情地对时年已七十多岁的李昕说："我急性盲肠炎开刀住院，李老师带着两位同学来看我。正好家里人有事不在，李老师用脸盆打了温水，为我擦身，正是夏天，擦过身后，太舒服了。我永远记得……"说着，热泪盈眶。

优秀班主任、优秀辅导员、优秀教师的名称也接踵而来。在遇到有几个令人头痛的学生，把班级弄得乱糟糟的，牵制了老师不少精力的所谓差生、差班时，只要交给李昕，短则两个月，长则三个月，再差的班级都会转变为先进班。后来送她一个外号：差班专业师。李昕也乐得接受——有成就感！

医生拯救人的生命，教师拯救人的灵魂；白衣天使、人类灵魂的工程师，在光鲜的名称下，是医生们和教师们的辛劳和无私的奉献，这就是他们的天职！

古云回到家，按捺着焦急，一遍遍地向母亲解释：一个人过日子，孤单，希望有个伴。母亲也同意，但认为李昕不行，她说李昕那么年轻，那么活泼，那么漂亮，看来还是很活络的。

小弟说："姆妈跟我讲啦，那天她看见李昕了，哪像是四十几岁的人啊。哥哥，你不要搞错年龄了吧？"

母亲附和着说："我看着她哼着歌走进来，开心得很啊。"

"你们的关系已经不错了吧，到了哪一步了，哥哥你要弄清楚啊？你们不般配吧！"小弟接着说，"她年轻貌美的，干吗要找你呀？外表上看去，你们不只差十三岁。她是个离婚的女人，凡是离婚的女人都是不安分守己的女人，这种不安分的女人，能和你过到底吗？"

"阿云啊，你弟弟说得对呀，这种不安分的女人千万不能要啊，难道你还要再经历一次离婚吗？那你不是更苦了吗？"

听着两人对李昕的这番无中生有的诽谤，古云的心里烦透了。以前在家里，听惯了他们和邻居、亲友之间的争吵，今天这种吵闹复制到了自己家里。他想到了阿爸，那个对他那么体贴，对他那么关心，对他那么理解的阿爸，如果他还在世的话，是绝不会让他们这样对我的。古云伤感地低下了头，不想让他们看到他内心的痛苦。

而此时这对母子俩，看到古云，先是听他们讲，又在思考，然后低下了头，以为已经把他说通了，两人对看了一眼，会心地笑笑，似乎在庆幸他们的成功。于是小弟又进一步劝解："她带着一个孩子，你没有孩子；你有房子，工资比她高，她图你这些，你的经济条件比她好，以后这个房子钱物什么的，不就都属于她的了吗？"

"好了，别讲了！"古云突然地大吼了一声，"她不是你们所讲的那种人，你们对她不了解，怎么能乱讲她？一句话都没有和她讲，一点都不了解她，就这样编排人家，讲不讲道理？"

"讲道理，我看你才不讲道理呢！"小弟开始暴露出他一贯的自以为是、蛮不讲理的本性，站起来指着哥哥说，"你一个童男子，找了一个比你大十三岁的、又带着三个孩子的老妇女结婚，你不顾我们反对，硬要跟她结婚，结果是你自己一个孩子都没有，肯定是她不能生啦，或者是不肯生了呗！后来又生病好多年，你还得照顾她，那么辛苦地帮她带大了孩子，她走啦，剩下你孤孤单单的一个人，当初你要是听我们的话，会像现在这样吗？死了一个，你再找一个无可非议，你倒是找个合适的呀！这个女人比你小十三岁，哥哥不是我说你，你不是找个比你大十三岁的，就是找个比你小十三岁的，十三这个数字不吉利，你知道不知道？你怎么偏偏和这个数字搭牢了呢？"

古云抬起头来狠狠地看着小弟，恨不得上去扇他两个耳光，他拼命地忍着，而这个小弟施展出他骨子里的那股世俗恶习，目中无人地、自顾自地继续喷粪："你现在反正也生不了孩子了，为了能够传宗接代，为古家续上香火，我们家三个男丁总得有个人担当此重任吧？那我就做点牺牲，为古家做个奉献吧。我把女儿过继给你，我再生个儿子怎么样？看看谁还愿意找你这么个带着一个女儿的老男人？"说到这儿，小弟自以为是地冷笑了一声。

母亲赶紧对大儿子说："阿云啊，这是我们大家商量好的对策，你看这样行吗？"

真是，老人家的一句话，彻彻底底地暴露出来他们的邪恶之念。这是手足之情吗？是母子之情吗？这是把古云往火坑里推呀！

古云的自尊心严重地受创，如此让人撕裂！一向颇受人尊重的他，摆脱不了命运的捉弄，为了避开家人的纠缠和低俗，他远离上海，远离生他养他的有那么多让他留恋的故乡的山山水水，亲朋好友，慈祥的奶奶，宽容能干的姑妈，对他亲如兄弟的表哥……

梦中经常出现的川沙老家，老屋旁的小河是他天然的游泳池，奶奶最疼爱这个来之不易的大孙子，不但长得酷似爸爸，而且性格品性都随阿爸——活脱脱的一个小儿子啊！阿奶经常带着他坐车到浦东小码头，再坐车送他回浦西的家。姆妈对自己哥嫂都不好，何况对阿奶呢。每次接送古云到浦东度假，回浦西上学时，阿奶都手挎着一个沉甸甸的，装满了浦东特产的篮子，就这样，还是得遭到儿媳的那拉长了的冷脸说一声“来啦！”“走啦！”连一句问候老人的话都没有。阿奶只要看儿子不在家，连饭都不吃，就会带着孙子走，到了浦东饭店，叫上两个小菜和孙子共进午餐。多少次，古云让阿奶不要来接他了，他可以自己来回了。但是，奶奶不放心，生怕他走丢了，还是会来接他。有一次，古云太看不下去妈妈对远道而来的阿奶的冷淡，告诉了阿爸。阿爸很无奈地对阿云说：“你妈就是个不容人的人，你们兄弟姐妹五个人，都是在浦东奶奶家生的，而且都是坐完月子才回浦西的，都是奶奶和亲友们帮的忙，奶奶对你妈妈照顾得就像对自己的女儿一样。阿奶喜欢你们五个小囡呀！因为爷爷去世早，就我一个儿子，我又早早地出来学做生意，所以你奶奶一个人守在老家，我很心疼她，多少次想把她接到浦西，和我们住在一起。”

“好啊，阿爸，快把阿奶接来和我们一起住吧！”阿云高兴极了。“可是看看你妈妈对阿奶的态度，我哪敢接她过来呀？阿奶从来没在我面前讲过你姆妈的不好，她可真能忍啊！而你姆妈，小心眼儿，又小气，穷怕了，恨不得把一块钱当成两块钱用。阿奶住到这儿，老是受气，还不如住在乡下舒心，没办法，我们就多去看看她吧，只能这样了！”

阿奶在世时，古云不顾姆妈多么强烈的反对，有阿爸做后盾，他每年寒、暑假都要到乡下陪阿奶，而且非得住满假期，第二天开学了他才回来。姆妈对这个大儿子是又气又恨又无奈，因为有丈夫支持他。而丈夫又是她的钱袋，真正惹恼了丈夫，丢下这一大家怎么过日子？丈夫平时话不多，但是发起火来，哪怕是偶尔的发火，她还是惧怕的，她绝对不要自己和孩子们再过她以前过的那饥寒交迫的孤苦生活。

这是一个多么特殊母亲的多面心理呀！

阿奶在六十岁寿辰后，一个月的一天夜里，突然在睡梦中去世。估计是心脏问题。阿爸和古云悲伤之极，痛苦不堪。自那以后，古云很少去浦东了；自那以后，阿爸的话更少了，而且不知何时抽上烟了，而且喜欢独自喝闷酒了……

古云知道阿爸心中苦闷，就常常喊着阿爸出去看足球，有时陪他下下棋，有时和他一起去吃苏州的奥灶面。爸爸最喜欢吃鳝糊奥灶面，古云也喜欢吃——这父子俩实在是太像了。

有一次，父子俩饭后在斜土路上散步，父亲看到一个儿子用轮椅推着母亲，边走边讲边笑的情景，就对儿子说：“阿云，我对不起你阿奶，你阿爷去世后，她一个人种菜、掏螺蛳、捕鱼、养鸡，抚养我成人。可是到老了，我都没让她享享福，去世的时候，身边连个人都没有，她一定很痛苦！我太不孝了，不是我没有能力养她，而是……”父亲哽咽着说不出话来。

除了奶奶去世时看到父亲流泪，这是第二次看到父亲这么难过地流泪，古云不知该怎么安慰深受内心痛苦煎熬又无法自拔的父亲，只能跟着一起流泪……过了一会儿，父亲对古云说：“以后好好读书，娶一个有文化，有知识，通情达理，温顺的女人做老婆。”“好的，阿爸，你放心，我记住你的话了。”

古云的父亲有一次因心中苦闷，喝了点小酒，不小心踏空梯子，从房顶上摔了下来：脑震荡，且断了一条腿，只能躺在床上。不但不能工作了，还因为看病花去了不少积蓄。古云的妈妈开始嫌弃了，经常抱怨，甚至发展到不给他吃饱，怕他拉在床上难弄，又断了他的烟酒。此时的阿云工作太忙，没有时间经常回家照顾阿爸，只能尽量多寄点钱回家，但是都被母亲克扣下来，一点都没有帮上阿爸。

古云的父亲，一个自尊心极强的男人，感到自己没有一点自理能力了，靠别人照顾，还增加古云的负担，更受不了老婆放肆的侮辱，连病带气不久就含恨离世了。

古云痛苦不堪。从此，除了出差去看看母亲，平日很少回上海的家。但是，每月的定时汇款从未间断过，一直到弟妹们都工作了，有的时候还会寄些钱给母亲，尽养育之孝。但是母亲常年以来只有嫌钱少，从未称赞过阿云，反倒认为父亲去世了，长子应该帮母亲，这是孝道，至于弟妹们对她是否也应该尽孝道，她从不过问。

就是这么个命运，惹不起，躲得起啊，但是躲不掉，古云本质又善良，不忍斩断亲情，一忍再忍，忍了这么多年……

弟弟的话，狠狠地突破了古云忍辱负重的底线！

为什么不把我当做亲人？

为什么辛苦挣钱养育你们，换来的却是如此的恶报？

为什么能忍让的人，到头来反而被欺辱？

为什么我的婚姻生活我自己不能做主，凭什么让你们来主宰我的一切?

自从父亲去世后,在母亲的纵容下,小弟在家里当起了家长,根本不把他这个老大放在眼里,除了索要还是索要。古云原本睁一只眼闭一只眼对付过去算了,因为看着老娘要和小弟住在一起的分上就忍吧,可是,得寸进尺了,太过分了吧?

古云突然站起来对着母亲和小弟说:"从今以后,我的任何事情都不要你们管!我的事情我自己做主!你们自己管好自己的事就行了。你们愿意住多久就住多久。对不起,不侍候你们了。钥匙放在茶几上,你们保管好。"

古云说完,到自己的卧室,拿了个拎包,装了点衣服走了。母子俩对古云这突如其来的举动,吓得目瞪口呆。等到古云走出门,一声重重地关门声,才把母子俩惊醒过来。母亲恍惚看到多年前去世的丈夫发火的情景,知道情况不妙,大儿子这下是真的发火了,而且……

小弟蛮横惯了,被哥哥的举动惊吓了一会儿,待清醒过来了,恶狠狠地说:"你走,想走到哪里去?我到你办公室去找你。"然后拉着母亲就要走,母亲有点怕,但是小弟说:"你去了才更有力度。你年纪大,又是长辈,看他在办公室里敢拿你怎么样!你别怕,有我呢,到时候你只管哭闹就行。什么话由我来讲。"

两人如此这般商量好对策,午饭后,就到办公室去了。

古云离开家后到了办公室,把家里的事对办公室的一位领导说了,那位年轻的领导很奇怪,因为他一直把古云当作长辈,古云是深受大家喜爱、尊敬的人。论知识、论水平、论待人接物,堪称办公室之首啊。中午午休时,和年轻人在一块打牌,水平还挺高的。出版社的老中青的同仁们,视他为一宝啊!怎么会遭遇到如此之事？正在疑惑时，走廊里传来喊声：“古老，打牌啦，三缺一！”办公室张主任的声音。“小张，今天我有事，你们找别人吧。”“哦！”失望声。

古云知道自己的母亲和小弟不是什么省油的灯，他们一定会追到办公室来找他，所以，他打预防针在先。在出版社的一间空房间办公，晚上住在出版社后面的旅馆。他请领导帮他挡驾。估计他们找不到他，也就该回去了。如此这般安排好，古云连午饭都没心思吃，夹了个包，拿了一个茶杯，拎了一个水瓶，进了临时办公室。

果不出所料，下午两点，古小弟领着他的母亲来到了办公室，准备闹一场，煞煞古云的威风。推开每个编辑室的门，都没找到古云。小弟开始火了，躲起来了！一不做，二不休，干脆找领导谈。当他推开领导办公室的门时，一位年轻的领导抬起头来看了看：“找谁呀？”

“请问古云在吗？”

“他今天下午开会去了。”

“到哪儿去开会啦？”

“你有事找他，晚上再讲吧。很重要的会议，你们无法进去找他的。我正在起草一个会议发言，等着急用。请关门。”说完低下了头，小弟悻悻地关上了门。

吃了闭门羹，母子俩只好打道回府。

母亲对小儿子说：“我们回上海吧。”因为他知道他的大儿子和他的老公一样，能忍则忍，实在忍不住发起火来，九头牛也拉不回来，到头来还是自己赔不是才作罢，否则一个礼拜都不会理睬她。

但是小弟却不知父母以前的事，更不知道哥哥和阿爸之间的相同脾气。他要坚持斗争，取得胜利，这个家他说了算，反正有个老娘在手，看谁敢奈何我也！

在焦急中等到晚上十点，古云没回来，有点不妙。好不容易挨到次日上班时间，母子俩二上办公室寻人。不见人影，问到办公室的人都摇头，都不知道。有的人说，古老到市里开会去了；有的人说古老找作者谈话去了；有人说古老可能到印刷厂联系工作去了；有的人说可能出差了吧？众说纷纭，弄得母子俩一头雾水。他们推开了领导的门，直闯进去。

“你们知道我哥哥到哪里去了？昨天一夜没回家，今天又不在办公室，人不见了，出什么事了，领导都不管吗？”

还是昨天那位年轻的领导，不满地抬起头，看了看这个连敲门都不会的私自闯进门的人，蹙着眉很不满地说：“请你以后敲了门再进来，不能这么直闯的。古云这两天外出开会，不是告诉过你们了吗？再等两天吧。”

“外出开会，晚上应该回来的。”

“会议上要求住宿，晚上还有活动。”

“那我们等不及了，我们就找领导谈谈吧。”

“好吧，请关上门。等我一下，把这份文件看完，要批复，等着用。请先进来，请坐！”

刚才闯门有错在先，母子俩不敢太放肆，只得收敛火气坐等。约摸二十分钟后，领导放下手中文件，走到母子俩身旁的沙发坐下。

“有什么事找我谈？”

“我这个大儿子，一点也不孝顺。我从上海来，他不陪我。”老太太开始擦眼睛。

“他怎么会不孝顺呢？我亲眼看到他经常汇款回家，自己省吃俭用的，这么多年来，出版社的老同志都知道的啊！他身体不怎么好，却从来舍不得吃营养品。我还经常讲他呢。工作忙，经常跑基层，许多事情他都亲力亲为，很辛苦的。老伴去世了，一个人生活很孤单，自己烧饭，自己洗衣服，自己打扫房间，他真不容易呀，我们都佩服他得不得了。我们都希望他赶快找个老伴，有人来关心、照顾他。”

听着领导不紧不慢地一直在夸赞哥哥，古小弟竟然无从插话，也不知该从何讲起。只见老太太又擦了擦没有眼泪的眼睛，接着领导的话说：“谢谢领导同事们的关心，帮他找一个吧，你们认识人多。”

“古老的人缘好，帮他忙的人不少，帮他介绍的人也不少，听说他最近相中了一位女士，正在相处。”

“领导，我们这次来南京，就是为了这个事。”憋了半天插不上话的古小弟好不容易上场了，“我哥哥放着那么多人不找，偏偏找了个离过婚的、带着个女儿的、比他小十三岁的女人。”

“你们看到过她啦？”

“我妈妈看过一眼，我没有看过。”

“离过婚怎么就不好啦？一般人都认为，离过婚的女人，更加会珍惜再婚的生活。”到底是领导，讲话有水平。

“他和我哥哥相差十三岁，太年轻啦。我哥哥老了后，她嫌弃了，那我哥哥不就得过凄惨的晚年生活了？”看似古小弟还蛮为哥哥着想的。

年轻的领导微微一笑：“我见过她，年轻，蛮漂亮的。她不嫌你哥老，不嫌你哥的形象，你们倒嫌人家年轻？据我了解，她为人很好，学生和学生家长都说她好。我们出版社有不少孩子就在他们学校，有的编辑的孩子就在她班上。她是一个非常善良的人，业务能力很强，是一位优秀教师。她的口碑很好，徐文的孩子就是她的学生。你们不了解她，其实她还没有答应嫁给你哥哥呢，关心她的人不少，她的条件也挺好的。对了，她也是上海人，是你们老乡。大多数人都在催促你哥哥快点娶她，不要给别人抢去了。你们还不满意人家？再说你哥哥能有个年轻的老婆陪伴照顾，不好啊？”

“我看未必。”古小弟还在强词夺理。

“你比你哥哥小不少吧？”

“小十八岁。”

“哦，古老已经五十五岁了，他是一个非常稳重，非常有能力的人，难道还要你这个小他十八岁的弟弟为他把关？在出版社里，你哥哥可是个有水平，有学识，受大家尊敬的人啊！”

听了这番话，小弟有点不自在了。

“老人家，你应该相信你大儿子会为你找个好儿媳的，我建议你们三点：一、古老的事，让他自己做主，毕竟是他过日子，他选中的人肯定是经过深思熟虑的。二、你们不要再到出版社来找他了，给他留点面子，毕竟他是领导之一，今后他还要开展工作的嘛。三、不要伤了亲人间的感情，否则以后就难以相处了。老人家啊，你对儿媳好，儿媳就会对你儿子好，儿子好了，你不也就好了吗？良性循环嘛！”

老太太点点头，小弟也无法再强辩什么了。

“那就这样，你们还有什么事吗？下面要开会，我就不多陪你们了。”临走到门口，古小弟突然回头问了一句：“徐文是我哥的介绍人，对吧？”

送走他们，这位领导打电话给古云，如是这般地通报了，最后告知古云赶快打个电话给徐文，他们可能要去找他。

“好的。谢谢了，费心了。”

“不客气！古老，自己多保重，不要生气了。”

母子俩出了办公室大门，小弟问传达室工友：“请问，徐文在哪个办公室办公？”

“徐文早就调走了。”

“我有急事找他，我是从上海来的，请问，怎么才能找到他？”

幸亏是位老师傅，认识徐文。“徐文家离这不远，你到他家去找。”这位师傅，当是自己学雷锋，做好事呢，哪知却帮了个倒忙。

以后，别人的地址，不能随便告诉别人，说不定，出了事，还得受牵连。

晚饭后，古小弟还是誓不罢休，鼓起斗志，一个人单枪匹马地杀到了徐文家。

这里，徐文接到了古云的电话，和夫人通话联系，安排好了一切，只等客人上门。

古小弟带着一股怨气找上了门：要不是你们介绍，我哥哥怎么会认识她？十有九，我哥哥在哪里，你们会知道，无论如何得找到哥哥。当古小弟几经询问找到了徐文家，徐文夫妇已经把孩子安排到邻居家写作业，不愿意让孩子知道自己老师的事——这就是有水平的人做的有分寸的事。

“徐文在吗？”

“谁呀？”

“我是古云的弟弟。”

“有什么事吗?”

“我哥哥在你们家吗?”

“不在。”

“他到什么地方去了,你们知道吗?”

“不知道。”

“办公室的人告诉我他开会去了,你们能告诉我,他开会的具体地址吗?”

“对不起,不知道。”

“这两天你们看到过我哥哥吗?”

“没看到。”

站在门口的这一番对话,古小弟似被电棒狠狠地击了一下,犹豫了一下,咬咬牙,厚着脸皮对徐文说:“能让我进去吗?”

“你怀疑你哥哥在我们家?”徐文忍不住了,一挥手,“你进来搜吧!”

古小弟竟然也就势侧身进了徐文的家。

三个房间、厨房,大橱,洗手间,甚至大床底下——他哥哥那背根本无法钻进去的地方,找遍了每个房间,没见人影。失望透了,无可奈何地掏出了古云家的房门钥匙:“请你们转告我哥哥,我们明天就回上海了,请把家门钥匙给他,谢谢啦!”

于是,徐文夫妇又如此这般地讲了许多话,和那位出版社的领导,如出一辙。前面已叙述,在此不再赘述了。

给自己一个空间学会思索,学会等待,学会调整,学会尊重别人。《黄帝内经》曰:怒伤肝,喜伤心,悲伤肺,忧思伤脾,惊恐伤肾,百病皆生于气。等到耄耋之年的古小弟,不知能否悟透这些。

致命的波折,到此结束!

第三节　追　求

古云次日晚到徐文家，一再表示歉意和感谢，取回了家门钥匙。进门后放下拎包，来到书桌前，打开公文包，拿出前两天李昕的来信——五千字左右的信，字里行间，满满的一个字——情！

担心之情，思念之情，怨恨之情，服从命运之苦情……唯独没有古云需要的忠贞不渝的爱情。

这已经是古云第三次看这封信了，每看一次，就会揪心地痛一次。

上海家人的到来，对他们俩的感情，尤其是对李昕的感情，是致命的打击。可怜的女人，经历了那么多的磨难，刚刚开始对生活有了一丝的希冀，却又被无情地斩断……

虽然自己的第一次婚姻生活还算是美满，但是没有经历过恋爱这个阶段，没有享受过恋爱这么个经历，这么美好的感觉，让虽已步入夕阳时段的古云，回味这些日子来和李昕相处的细节，是那么美好，那么沁入心田的甜蜜……他闭上眼躺在床上，仔细地回想着和李昕这半年多来相处的情景：

老套的借书相亲方式，在他不知情的情况下，让他怦然心动。知情人没相中，不知情的人，却相中了，错位了！感谢徐文夫妇的撮合，当然也感谢自己的勇敢——终于相识了。

第一次写情书，现在想想还有点后怕，万一被拒绝了，多难为情。

在省作协的舞会上，多少人被她吸引，漂亮清秀的脸庞，亲切的笑容，窈窕的身材，优美的舞姿，得体的衣着，落落大方的神态，博得众人的青睐。事后，多少人向他献计献策：抓紧时间，需要兄弟帮忙，责无旁贷，立即出手！

第一次和她跳舞，多开心啊！那一晚上睡不着，觉得还在舞池中抱着她旋转……

听她倾诉以往的痛苦生活，他心痛不已。

听她讲和学生间的故事，随她一起开怀大笑……

第一次到火车站接我，那害羞的样子……

第一次紧握她那纤细而柔软的双手，多么激动……

第一次吻她双唇时，那激情……

古云沉浸在甜美的回忆中……"嘭，嘭，嘭，"敲门声惊醒了他，难道母亲他们又杀了个回马枪？无奈，开门！"老古，收水电费。"那时期是住户轮流收费。有惊无险！交了费，关了门，坐回书桌前。

李昕的这封信，是满满的一个字——情；同时也是满满的一个字——分！

想到刚才那些甜蜜的回忆，再看看信中满满的分离之苦，酸楚的眼泪，不禁悄然落下……当到伤心处，男儿的泪水也会潸然而落，那是发自心灵深处的痛楚。潸然落下的泪水，落在李昕的信笺上，蓝墨水的字迹被涂花了……

突然，古云想到要给李昕写一封信。

第二天下午放学前，李昕接到古云的一个电话："李昕，请你今天下午下班后，一定来我家一下。收到了你的来信后，我写了封回信，也许这是我写给你的最后一封信，我想亲手交给你。我在家等你。"

不容李昕回话，电话就挂了，因为都是单位里的电话，再打过去也不太方便。李昕只能应邀而去，毕竟友好相处了半年多，不能做太绝情之事，何况是自己曾经爱过的人。一定不要当情绪的俘虏，一定要做情绪的主人，去驾驭情绪，不要让情绪驾驭自己。人生看轻、看淡多少，痛苦就离开多少。生活练就了她自我弥合伤口的能力，李昕是一个不会屈从于任何事物或任何人的女人。万事不能强求，失去的就让它逝去吧！好合好散吧！

李昕来到古云家时，古云已经把饭菜做好放在桌上了，李昕无法拒绝这样的真情，只好洗手吃饭。两人心思全不在吃饭上，吃的美味佳肴，都如同清水煮青菜——淡而无味。敷衍了事吃完后，李昕像往常一样，洗碗整理后来到客厅。古云递上一杯李昕喜欢喝的清明前的雨花茶："你喝杯茶，休息一下，我去给你拿信。"

李昕坐下，深深地嗅了嗅茶叶的清香味，呷了一口青绿的茶水，那清香的茶水直沁心田，好舒服啊！

此时，古云拿来两封信，铺开后放在茶几上。李昕一眼认出了自己写的信，可是最后的一张信笺上的字，被一片水弄花了。李昕奇怪地问："怎么回事儿?"

"泪水。"

"你的?"

"对!"

李昕无语。

"请你再看看这一张。"

李昕拿起看着：

非李不娶！

古云

信笺上的字是红色的。

“拿红墨水写信是绝交的意思，和你的内容不符啊。这又是怎么回事？”

古云抬起右手，伸出食指。

李昕看到古云右手食指上，有一道较深的血痕，虽已不再渗血，但仍清晰地看出是牙齿咬破的痕迹。

李昕惊呆了，看看信，看看手指，不禁潸然泪下，继而痛哭……古云抱住李昕，也情不自禁地痛哭……这么多天来的委屈，思念，担忧，欲罢不能……全都化成泪水，迸发出来！……看到这儿，让读者不禁想到宋代李清照的经典词作《一剪梅》：

> 红藕香残玉簟秋。轻解罗裳，独上兰舟。云中谁寄锦书来，雁字回时，月满西楼。
>
> 花自飘零水自流。一种相思，两处闲愁。此情无计可消除，才下眉头，却上心头。

第四节　终成眷属

俗话说，一波三折。

这里刚平息数日，一天晚上，李昕的三哥对她说：“你每天回来太晚，人家是七出七进（早上七点上班，晚上七点下班），你可好，是六出十进（早上六点上班，晚上十点下班）。”

因为学校离家较远，得坐十五分钟的火车，再转乘二十分钟的公交车，下车后再走二十分钟才能到校。再算上等车时间，得有一个半小时的预留。按照作息时间，教师必须在七点四十前到校，而李昕一般都要求自己在七点半之前到校，因为自己是班主任。

李昕必须在早上六点钟之前离家，后来和古云认识交往后，有时下班后就到古云处，回家就晚了。

三哥接着说："你每天晚上能否早点回来，帮帮姆妈带带三个孩子，做做家务。"

李昕知道，哥嫂对她和古云的交往，一直不满意，这是在表示不满的情绪。

"你交男朋友可以，但得注意分寸，你每天晚上回家这么晚，给孩子印象也不好。"哥哥的话越来越直白了，怕他再说出更难听的话，李昕只好说："我知道了，我每天七点钟左右下班回家。"

李昕躺下后心里很委屈，三哥从初中毕业离开家就在外面读书，大学后参军。复员后，还是李昕帮助，托人把他分配到南京市区工作，才没有回到大厂镇（当时是户口在哪里，复员后还要回到户口所在地工作）。后来又在市区一工厂帮他找了个嫂子。刚结婚，嫂子就被分到"三线"去，一去就是八年。这期间还生了两个孩子，都是父母帮忙操持，尤其是大儿子，是爷爷奶奶一手带大的。孩子的家长会都是李昕去参加的。两个孩子的入学、成长、教育，李昕没少花时间和精力。

有一次，为了让侄子转到一个好一点的学校上中学，把侄子的户口转到自己家。李昕在雷暴雨中（要知道李昕从小最怕打雷），冒着生命危险，奔波在路上，被雷声吓个半死。父母的付出，李昕的帮衬，李昕的哥嫂认为是应该的。李昕托人找关系，和南京的一位在南化工作的退休工人互换了房子，然后又托人把房子调整到哥哥工作单位的宿舍，这一系列的事情都是李昕托人花钱帮忙，费了好大的力气才做到的。

李昕认为自己是住在父母家，父母也不放心李昕一个人住到外面。父母家住房较小，确实不方便。李昕只是睡在客厅的沙发上，早上把床单被子卷起放到母亲的床上，晚上临睡前再铺开，就这样，就这么一个临时的铺。早餐有时吃，有时不吃；晚餐有时吃，有时不吃；中餐在学校吃。星期日也是，有时吃有时不吃，但是她都要拿出自己工资的五分之三作为生活费交给父母。

李昕得用剩下五分之二的工资，作为车费、餐费、添置自己日常物品乃至人际交往的费用等等。每月发工资的前一天，口袋里只剩下两元钱——这是永远得存在的，以备万一。父母是伟大的，但兄弟姐妹之间就未必了，父母一离世，家就没有了，大多数人家皆如此。尤其是那些只懂得利用，不懂得报恩的人！世上人当引以为戒，切记：你可找知心朋友帮忙，也不要找只知索取不知报恩的所谓亲戚，包括兄弟姐妹。这一点，李昕太有感触了！

次日见面时，李昕把情况告诉给古云，两人商定提前结婚，用既成的事实来回应一切的波折和阻力！周末下午，两人向单位请了假，开了证明，——当时结婚必须经过单位批准，有了单位的证明才能领到结婚证书，当时结婚证书必须到街道去领。领了证后，两人置办了新床单和新被子，仅此。

过了半个月，李昕向家人宣布：五一劳动节结婚！因为自哥哥和李昕谈过话后。李昕每日准时上下班，星期天出去半天，借口家访，家人以为李昕放弃了和古云的交往，没想到这么快就结婚了。李昕告诉父母，四月三十日晚上，就搬去古云家。五月一、二号到苏州旅游结婚。因为都是第二次婚姻，不办酒席了，回来后请亲友到家里来庆贺一下。

当然,李昕的兄嫂很不开心。古云根本就没有告诉他家里人。他们俩认为:难能之理宜停,难处之人宜厚,难处之事宜缓,难成之功宜智。

第八章　新的生活

第一节　修成正果

两人在五月一日上午，坐火车来到“上有天堂，下有苏杭”的人间天堂——苏州。

古云曾因编苏州评弹，在苏州住了半年多，对苏州比较熟悉，还有几个好友。但是，这一次来，两人商量好，不惊动任何人，只过两人世界。

两人住在位于苏州沧浪区十全街相王路的著名饭店——姑苏饭店。从火车站仅十五分钟的车程，步行到苏州大学及著名景点网师园，仅五六分钟。酒店客房风格奇特，设计简约而不简单，布局合理。配备的家具，简约、干净、实用。店中花园内，真可谓是移步换景，妙趣横生，酒店本身就酷似一座小花园。

来之不易的婚姻，让古云和李昕在内心深处格外珍惜。虽然两人相差十三岁，虽然两人的性格有一定的差异，虽然两人的文化水平也有差距，但是，李昕是古云一见钟情的女人，是让他真正享受过恋爱过程的女人，是他和她经历过一波三折婚姻的女人；

他喜欢她的率真、活泼，他喜欢她的文静气质，他喜欢她的刻苦上进，喜欢她对自己的那份真爱，他更喜欢她身上具有的那种青春活力。和她在一起，古云觉得自己年轻了许多，发自内心的那股青春活力，似乎让他不知疲倦地做着他喜爱做的事。他欣赏她，爱她！

李昕，甚至可以说是崇拜古云，他那出口成章的诗文，他那点题即吟诵的诗词，他那上至天文，下至地理的渊博知识，他那对古今中外的文学巨匠们的名字及其经典语句的记忆，那漂亮的书法，那吟唱评弹、昆曲时悠然自得的神情，他在绘声绘色地唱越剧《红楼梦》中的"哭灵"和"葬花"时的专注神情，他那沉稳的性格，他那男子汉的担当魄力，他那种让自己极具安全感的信任。她崇拜他，依赖他，爱他！

总之，他们互相信任、互相欣赏、互相爱慕，这应该就是爱情的保鲜剂吧！

白天，游览名胜古迹，最大最著名的拙政园，假山之国的狮子林，标志性景观虎丘塔，至今已有一千多年的寒山寺，以放生池著名的西园寺，具有典型清代宅园的网师园……还有苏州园林夜景，一些具有吴地特色的曲艺节目，也深受他俩的喜爱。

他们还特地去观前街附近的一个书场，听了一场苏州评弹。

晚饭后，散步在饭店的花园内，听古云讲些有关苏州园林，引经据典的传说故事，听他说在苏州工作时和友人间发生的故事……古云说得精彩，有趣、诙谐；李昕听得认真，开心；两人都非常愉悦。

早晨，到观前街附近吃苏州的特色早点，"黄天源"的糕团，"朱鸿兴"的阳春面、小馄饨，中午在园林处吃，晚餐，有时就吃"松鹤楼”的糖醋桂鱼,“得月楼”的得月童子鸡、清炒虾仁等苏帮菜。

苏州园林大小几百处,以景取胜,景因园异,给人以小中见大的艺术效果。苏州以其“园林之城”的盛名享誉海内外!

苏州的街巷临河,“人家尽枕河”,被誉为东方威尼斯。

苏州的水色河光,景色宜人,自然环境悦目赏心。苏州也是举世瞩目的历史文化古城,沉淀了二千五百余年吴文化的底蕴……

三天的时间太短了,李昕流连忘返,古云对她说:“以后有的是时间,还有机会再来,再介绍几个朋友给你认识。”

因为苏州离南京、上海都比较近,所以他们还是经常到苏州游玩、访友。

后来李昕退休后,在苏州国际外语学校工作了两年,他们两人住在苏州,还特地去姑苏饭店住了几日,回忆当初新婚时的情景,好不感慨——夫妻就是两个半球,半个球无法滚动,两个半球合在一块,才能滚动;两夫妻,相处时,互相信任、尊重,互相宽容,相濡以沫。原来他们就像是漂在大海里的一只航船,现在的家,就是他们最安全的港湾。他们无意追逐物质层面的繁盛,只在精神的高地,兀自风雅……

第二节　家　教

从苏州回宁后的第一个星期天,中午,请李昕的亲友来家里聚聚。只有父母和哥哥及三个孩子来了,嫂子拒绝来参加,李昕也不生气,因为她已经做好了他们都不来的思想准备。只有一个人不来,也在情理之中。两个小时的午饭,吃吃喝喝玩玩,说说笑笑，大家都很开心。

晚饭，是请古云的朋友和同事们，还有那位年轻的领导。下午五点之前，客人们陆陆续续来了，客厅里茶水、水果、糕点招待，好不热闹。几个家常菜、几瓶酒，大家开心地喝着、吃着、说着、笑着，真心诚意地祝福，时时发出爽朗的大笑声。薄酒，家常菜，谈不上婚宴，不分上下级，不分年长年轻，不分彼此，只谈友谊，气氛融洽之极，有朋友真好！

在大家的谈笑中，徐文夫妇俩被大家誉为模范介绍人，其间有单身的，找他们帮忙；当然，也夸赞古云意志坚定，排除万难，终于如愿以偿，号召大家向他学习。弄得古云、李昕连连敬酒，以示对各位的感谢和理解。

周一下午，李昕的女儿跟妈妈说，她想过来和他们一起住。李昕一口答应，下班后直接到母亲家，把女儿接过来同住。

李昕在确定要和古云结婚前，就安排了几次女儿和古云的会面，要在一起生活，两人都要认可对方才行，古云当然没意见。他曾经对李昕这样说："你放心，我娶了你，我就要接受你的一切，包括你的女儿。"

李昕说："女儿正处于青春叛逆期，容易生气，而且因为受他生父的影响，对我也存有戒心，疑心比较大，关系不太好处。只有你多担待些了。"

古云说："放心吧，我不会跟孩子计较的。"

李昕的女儿凡凡住进了古云家后，一开始，大家相处得还可以。女儿一个人一个房间，有了自己的空间，她很高兴。早上上学，下午放学后，在房间里写作业、看书、听音乐，凡凡和妈妈一样，喜欢看文学书，看到古云书橱里有那么多的书，欣喜若狂，如饥似渴地看着，大家生活得很开心。

一个月后的一天，李昕发现她对古云不理不睬的，古云喊她吃晚饭，喊了几声，才慢吞吞地走出房门，而且耷拉着脸。

“怎么啦？不舒服吗？”李昕关心地问着，因为李昕知道她和自己一样，每个月有那么几天痛经，会全身不适，就问她。

女儿不耐烦地皱了一下眉：“没什么。”胡乱吃了几口饭就回到自己的房间。

这里，两口子对看了一眼，摇摇头，不置可否。第二天的晚上，古云问女儿：“你今天的志愿表填好了吗？”

凡凡连头都没抬，不予理睬，古云一句话没说，走到客厅打开电视机看电视。

李昕推开凡凡的房门，问她：“刚才伯伯跟你讲话（女儿喊古云为伯伯），你为什么不理他？”

“谁要他管闲事！”

“什么？这是闲事？填志愿，考高中，是大事，怎么是闲事呢？再说，不管是什么事，你也不能不理人啊！妈妈结婚前征求过你的意见，你是认可伯伯的，是在你同意后，我才下决定的。既然我们组成了家庭，我们就应该互相尊重，尤其是你，更应该尊重他。”

“知道啦。”女儿勉强地答应了。

但是他们之间的交流不多，又过了一周，李昕帮女儿填完表后，把表格递给古云看，女儿一把抢过表格，嘴里还叽咕着，“有什么好看的！”往自己的房间走。

古云仍未说话，往客厅走去。

“凡凡过来，把表格拿过来给伯伯看！”

女儿没有反应，李昕推开房门，对女儿说：“上一次我单独和你谈过了。没几天又来了,为什么?我们什么地方做得不对,你可以提出来,我们可以改。但是不允许你不尊重伯伯。告诉你,我对家庭成员的互相吵闹烦透了!一个家庭就要有个和睦的家庭气氛。所以,我苦苦挣扎奋斗了这么多年,是为了追求一个互相尊重,互亲互爱的家庭,你怎么能轻易地破坏它呢?难道你还想过以前的那样吵闹不休、不得安宁的日子吗?你已经是初中毕业生了,也经历了许多的事情,谁对你好,谁给了我们这么一个温暖的家,难道你感受不到、比较不出来吗?你好好地考虑考虑。告诉你,绝不容许你在这个家里有不尊重别人的事情发生,尤其对伯伯,我都那么尊重他,何况你呢?他不值得你尊重吗?"说完,关上房门,走回自己的房间。

过了一会儿,古云走过来安慰李昕:"算了,别跟孩子生气,你已经跟她谈过了,给她点时间再考虑考虑,不要急于求成,会适得其反的。"

"不行,这是家庭的原则,必须要互相尊重,否则,还要这个家庭干什么?再这样下去,不是又回到以前了吗?不又重蹈覆辙了吗?绝对不行!"

李昕强硬的态度,第一次让古云感到:李昕这么坚定地维护自己在这个家庭的主要位置,也更坚定了自己要更好地担当起男主人的责任。做一个好丈夫的同时,做个好父亲,做一个真正的父亲。要和李昕共同担负起教育孩子的责任。决定不再和稀泥,不再一味地迁就,那都是不负责任的表现,要对孩子负责,也是对李昕负责,敷衍了事是办不好任何事情的,也不是他处事的风格。

当然,古云也清楚地知道,自己毕竟不是孩子的亲生父亲。孩子的心里有障碍:从小就生活在一个爷爷、奶奶和爸爸、妈妈都不和睦的家庭，童年和少年时期，都是在是非之中度过。尤其是他的亲生父亲，过多地灌输给她母亲的不是，似乎母亲是一个不守贞洁的道德败坏的女人，所以，女儿对母亲存有戒心和疑心，和母亲一直都不是那么亲热，没有一般的母女那种亲密无间的关系。她对母亲都是这样，对自己当然就更戒备了。应该怎么做，才能搞好关系呢？

小房间内，凡凡也陷入沉思中，母亲孝顺外公外婆，关爱自己，受到她的学生和学生家长们的尊敬、赞扬！母亲和伯伯之间，互敬互爱，是个好母亲、好妻子、好主妇，更是一位好老师。

伯伯是个极有水平的人，作业中遇到的问题，懒于查资料，问伯伯时，百分之九十九的信口答来，有不会的，他都会仔细地翻查资料后，详细地，耐心地讲给她听；伯伯书橱里的书像吸铁石般地在吸引着她，作业完成后，她迫不及待地看着书，她继承了母亲的基因，酷爱文艺书籍。

这样的家庭，这样的妈妈，这样的伯伯，老师和同学，都羡慕她得不得了。在她将志愿报告表格的草稿交给老师时，老师看了看说："你父母都是知识分子，你妈妈还是老师，你的学习成绩怎么会这么差？看来，他们只顾忙着自己的工作，疏忽对你的管教了，你的基因这么好，要赶紧努力呀！"

老师的一句话说得凡凡满脸通红，我的基因里存在着亲父的基因，小心眼，多猜疑，喜怒无常，脾气暴躁，不喜欢学习，只喜欢活动，喜爱体育活动，但又怕刻苦，所以弄得文不文，武不武的，文化课没学好，体育成绩也上不去。要不是关键时刻，妈妈让我重读了一个初三，现在的我，早已是个辍学在家的社会上的小混混。

一家三口都在沉思中，家里静得连根针落在地上都能听得见。此时的李昕，心里很难过，默默地流着眼泪：自己这么千辛万苦，好不容易成立了一个家，却因为女儿……怎么样才能不让古云受到伤害？怎么样才能有个温馨的家庭？我应该怎么做才能摆脱痛苦？女儿啊女儿，你怎么是一个这样的人？怎么样才能让女儿改变现状呢？

次日，夫妇俩正在厨房忙早餐，古云在炒榨菜丝，李昕在盛泡饭，凡凡走进来，不大的一个厨房，一家三口挤得满满的，这还是第一次。凡凡搂着李昕的肩膀，对着古云说："伯伯，妈，昨天我错了，以后不会这样了，你们放心吧！"

李昕赶紧放下碗，抱着女儿激动地说："好，好，好，太好了，这就对了嘛！"

古云笑着说："一家人就应该这样和睦嘛！"

"哈，哈，哈……"

从此，这个家庭充满了温馨！

对孩子的教育是父母的责任和义务，溺爱，迁就，都是对孩子不负责任的表现，该严格的时候，必须要严格教育。

父母特别要注意的是：身教胜于言教！

后来，女儿考取了一个学校；后来，女儿当上了团干部；后来，女儿工作了。当然，女儿的成长中，又有几次波折，这当然也是难免的。

有一天，女儿单位的共青团书记打电话给李昕，在此之前，李昕帮这个书记的父亲，联系了一家医院，为他治疗胃癌。书记对李老师表示感谢外，很好奇地问她一个问题："李老师，你女儿很优秀，担任团组织委工作，取得的成绩和能力，都得到大家认可。我几次找她谈话，希望她能再进一步，可是她连入党申请书都不写，团干部不入党，怎么进步呢？”

“哦，哦？她没告诉过我啊，我找她谈谈。让领导操心了，谢谢！”

晚饭后，李昕召开家庭会。“妈，有什么重大事件啊，这么严肃啊！”

一家三口在客厅坐下，李昕把今天书记的电话内容复述了一遍，大家静默了一会儿，古云问女儿：“凡凡，先说说你的想法。”

“真实的想法啊，别糊弄我们。”李昕夫唱妇随。

“伯伯，妈，书记已找我谈过几次了，我也很纠结。我知道，领导们想提拔我当团委副书记，那就得入党，不入党就不可能胜任这个工作。”

“那你就写份入党申请书，争取入党呗！”李昕说。

古云补充：“连写带填表，还得有个预备期，少说也得一年多。”老布尔什维克谈经验了。

凡凡笑了笑说：“我是这么想的，如果入党，做团干部，那今后，就意味着要走上仕途了。可我不想从事政治工作，我不适合做，涉及人事纠纷和争权夺利的纷争中太复杂的关系，我应付不了，更没有能力去处理。我看你们俩，以自己的业务能力，凭自己的真本事，当了好老师，好编辑。钻研业务，单纯，不要面对那么复杂的人事关系。我想像你们一样，有一个特长，潜心钻研业务，做一个有真本事的人。”

哦，女儿考虑得挺远的！

“成熟了！”夫妇俩异口同声。

“哈，哈，哈，”三人大笑……

“今后的路自己走，你自己决定，我同意你的选择。搞政治、搞人事，太复杂……”李昕深有感触地说。以往的生活经历足以让她体验到了权力中的……

“我认为一辈子干一件自己喜欢干的事，那是最开心的事，也能把事情干好，兴趣是动力，有动力才能有成绩，哪怕失败了，在总结中再努力，失败是成功之母嘛！当然，你还年轻，才步入人生的道路，今后的路还很长，还有更好的选择。你的选择我也支持。”古云也意味深长地说。

“还是伯伯最有水平，说话一套一套的，有力度。”

“别忽悠我啦，还得给你提个建议。”

“你说，我洗耳恭听。”

“以后有什么事，早点说给我们听，我们的生活经验、教训什么的，也会让你少走弯路，别一个人苦思冥想的。”

“对，有难同当，有福同享。”李昕又一次夫唱妇随。

“好！”

家庭会议在严肃中开始，在愉快中结束，大家达成了共识。

沟通和理解是构筑家庭和谐的基本元素。一家三口都喜欢看书，书里藏着的是智慧，远比钱或钻石要贵重得多，智慧是任何人都抢不走的，知识就是力量，就是财富。一家三口，都想做简静的人，不卑不亢，不用迎合谁，也无需取悦谁，没有利益上的交往，甚至交易，自然澄澈见底。一个人活得越简单，就会越干净，干净才是灵魂应有的香味。一切删繁就简，才能走向生命内在的丰富和高贵。

后来，女儿离开了原单位，到私营公司工作，从出纳会计，总账会计，会计总监，做到公司副总。这期间她又到学校进修，拿到系列的文凭，工作得很辛苦，但很快乐，收入颇丰，生活也比较优越。

在父母年迈时，她竭尽全力，提高父母的生活条件，父母要她别浪费时，她说："我挣钱就是给你们花的。"这当然也是后话了。

结婚第一年，因为李昕的学校离家较远，早上六点半离家，下午六点半后才能到家，这还是在正常的情况下，排除听课、开会、家访、学生家长来访等等特殊情况。所以，家里的饭菜基本上都是古云承包了。每日买、洗、烧都是他，还要换着花样地做菜，真够辛苦的，但是他半句怨言都没有，这使李昕很感动。

每天的晚饭时间，一家三口，一边交流着一天中的事，一边品尝着佳肴美味。洗碗筷、整理房间、洗衣服等活均由李昕承担，因为女儿面临中考，就不安排她干什么事了，只需要自己管好自己的房间卫生，整洁就行。

第二年，李昕调到离家较近的一所学校，只需步行十分钟就行，古云上班也只需步行十分钟，谁回家早，谁就先烧饭。后来女儿住校读书，夫妇两人吃完晚饭，整理完后，备课、看书、改作文、编稿子。十点钟时看会儿电视或聊聊天休息，日子过得平静舒心。

同事们说古云胖了，背也直了些，皱纹也少了，开始长肚子了……

李昕也觉得自己长胖了，衣服都嫌小了。

爱情的力量，真能让人返老还童啊！

第三节　不计前嫌

婚后的第三年的春节前，古云的妹妹来电话告知：母亲生病住院了。

古云要去上海探望母亲，李昕正值寒假想随同，古云有点担忧，怕李昕到沪后受冷遇而尴尬。李昕却很大度地说："怕什么？我是古家的媳妇，这已既成事实了，哪有老婆婆生病，儿媳不去探视之理？他们不讲理，我可不能不孝！哪有晚辈专程去看长辈，长辈还不搭理之事？"看古云还在犹豫，李昕又说："我做好思想准备，万一有什么事我立即打道回府。"

李昕的通情达理，李昕的宽容大度，让古云很感动。两人决定同往。李昕把自己的父母和女儿安排妥当后，两人来到了上海。先把行李和礼物放回家，再去医院看母亲。

古云的妹妹在家附近的弄堂口等候，这个妹妹和李昕同岁。在妹妹的带领下，来到了古云家的院子里，只见古云的弟弟在家里，一脸的不高兴，见一行三人进了院子，不喊人，不打招呼，本来脸长得就比较长，这脸一拉下来，更显得长。古云的妹妹招呼哥嫂进门，可弟弟却堵在门口说："这是你家啊？你做什么主啊！"见状，古云忙对他妹妹说："我们不进去了，你带我们到医院吧！"就这样，三人退出来，到附近的小饭店吃了一碗阳春面，然后又在斜土路上找了家旅馆，放好行李，赶到上海市虹口区甘河路上的岳阳医院。

古云的母亲看到儿子来看她，当然很高兴，她得的是气管炎转哮喘。住院已两天，正在治疗恢复中。此时对李昕的到来，未表示有多热情，但也未很冷淡，李昕看得出，当喊她一声"姆妈"时，她还是挺受用的。就这样，古云的妹妹要回家带孩子，李昕让古云在邻近的空床上睡一会——他太累了！一是旅途奔波疲劳，二是弟弟的态度令他心累。李昕则坐在老婆婆的床边照顾她。

只要听到婆婆咳嗽，马上递上杯子，让喝口水；一有点小喘，赶紧用手掌为她从两胸间向下按摩到腹部，让她顺气畅通；要小便了，赶紧拿便盆，小心翼翼地为她脱下内裤，垫好便盆，好了后，又拉上内裤，盖好被子，然后去洗刷尿盆，擦干后，放置原位备用。婆婆闭目养神时，时不时地替她掖掖被子……

看着李昕如此耐心地照顾自己，干起活来又是这么干净利索。想想现在女儿要忙自己家里的小孩，儿子照顾自己又不方便，小儿媳妇上班忙，只剩下这位大儿媳，特地从南京赶来，一会儿都没有休息，这么尽心尽力地照顾自己，她被感动了。心里面已认可了这位她曾极力反对过的儿媳了……

约两个小时后，古云醒了。姆妈开始赞扬李昕，说她能干、耐心、不怕苦……古云开心地笑了，看了一眼李昕，两人对视了一下，感受到了对方内心的喜悦。古云更知道：能让这个较难缠的姆妈赞扬，李昕肯定是作出了很大的付出！他心疼地对李昕说："你去休息一会儿吧，我来照顾姆妈。"李昕说："你去小卖部，买些尿不湿来，留着夜里或备用，尽量不要用尿盆，太冷。我不累，我不用休息。"说完，冲着古云挤了一下眼。古云应了一声，就出去了。妈妈马上对李昕说："你不给他钱，他怎么买东西？"李昕笑着说："他有钱，我们的家是他当家。我每个月的工资都交给他。"

"啊？"古云的妈妈情不自禁地张大了嘴巴——惊叹这个儿媳妇太大度了。原本的一切担心全化解了，这个把钱看到比什么都重要的老婆婆，此时对这个大儿媳刮目相看了。内心的感情也在起着变化——不热情——认可——感动——感激——佩服！

古云夫妇俩，一直在医院待到晚上九点钟，古云的妹妹料理好家务，来换哥嫂回去休息。

当古云夫妇赶到旅馆时，已经是晚上十一点了，这一下李昕才觉得累得不得了，草草漱洗后，就上床休息了。古云替妻子掖掖被角，李昕抱住古云，一会儿就睡着了。古云怜惜地看着李昕，深深地为自己的妻子这么不计前嫌，这么大度，这么通情达理……感动不已，情不自禁地，轻轻地拍打着李昕——像哄婴儿睡觉似的，想用这种动作，让李昕睡得更香。同时想到阿奶、阿爸的嘱托，古云在心里轻轻地念叨着：阿奶、阿爸，你们在天有灵，可以安心了！我找了个你们所期盼的——年轻、漂亮、有文化、有知识、通情达理的、能干的、贤惠的老婆！想到这儿，古云竟然有点激动不已，赶紧放下手中的书关上灯，紧紧地抱着李昕，也很快地安然睡去……

也许，昨天太累了，也许，昨天太紧张了，李昕一觉醒来，天已经亮了，她看见丈夫已经把早餐买好放在桌子上面了。她赶紧起床，边穿衣服边对古云说："不好意思，一觉睡这么晚，还得你去买早餐。"

"昨天，你太累了，就多睡会儿吧！你看，我买了你喜欢吃的豆浆、油条，我买了我喜欢的生煎包子。"

两人用毕早餐，立即赶往医院，替换了妹妹。妹妹未想到哥嫂这么早就赶来了，也很感动，看来母女俩对李昕的好感在增强了。李昕帮婆婆漱洗完毕，又服侍她吃完早饭，忙完了一切，老婆婆躺下，闭目养神。李昕对古云说："你到外面去转转，买一听麦乳精（当时一种比较流行的营养品），再买两张报纸，不急着回来，我在这儿照顾，你放心去吧！"

古云走后，医生来查房，护士来给老太太输液，量体温等，折腾了一阵子，约半个多小时。李昕才坐下休息一会儿。老太太对李昕说:“有你照顾阿云我就放心了。你真好！小弟脾气不好,你别和他计较,昨天,小妹全都告诉给我了,今天他下午来,我要讲他的,怎么能让你们住旅馆呢?”

“不要紧的,我们住旅馆很方便的,你不要跟他讲,不要因为我们,让你们不高兴,何况你还在生病呢,更不能生气啊！等你病好了,出院回家再说!”这一番说服,才把老太太安抚下来。

下午,古云照例午睡,婆婆也睡了,李昕在看报纸。此时,古云的小弟弟来了。李昕站起身,迎上去,微笑地对小弟说:“你来了,妈妈和你哥才睡不久,暂时别打扰他们。我想和你谈谈,可以吗?”

小弟愣了一下,不置可否地随着李昕,走到病房外走廊上的长椅子上坐下。

“不知道为什么,你很反感我,我不在乎你对我的态度,但是我很在乎你哥哥的心情。你哥哥比你大十八岁,一直很关心你,不仅从经济上资助你读书,还从各方面关心你的成长。我曾听他说过,你很聪敏,自学木工活,还可以自己打家具。你自学成才,考取了警官学院,当上了一名警官,你从一个中学老师,奋斗到警官学院副教授,你真不简单啊！我很佩服你。你哥哥说你的字写得也很漂亮,你还有文章发表过。我只比你大四五岁,你比我厉害多了。你哥哥说你很孝顺父母。他在南京,家里的事都是你这个小儿子在操持,这一点,作为长子的他,很感谢你,也存有愧对父母之心!”

小弟听到李昕这一番话,不好意思地说:“这是我应该做的。姐姐们都出嫁了,我照顾父母也是理所当然的事了。昨天你也很辛苦地照顾了妈妈。”

看来，他已从小妹妹那儿了解到了一些什么。

“虽然我比你大不了几岁，但是，我是你嫂子，我不客气地要讲你几句，恕我直言，你耐心地听我说完，行吗？”李昕问。

“好的，你说。”

“你哥哥年纪越来越大，你也知道，他身体一直不大好。我特别关心的是他的身体健康问题。可是，你昨天那样不让我们进家门，很让他伤心，那也是我们的家啊，房子是父母的啊！我们回来探望生病的母亲，你却不让我们进家门，你认为你这样做，有道理吗？我们都是当教师的，为人师表，你这样的做法，能坦然地面对学生吗？

“如果，我们也像你那样，赌气后立即打道回府，那姆妈会怎么样？那她的病情只会增加。你不是很孝顺父母吗？

“昨天，你哥很生气，心情一直不好，我为他难过，我心疼他，你不能这样对待你的哥哥！他到底怎么得罪你了？他要跟谁结婚，那是他的事，你前嫂子对她不是很好吗？他们生活得不是很幸福吗？我和她结婚后，生活也很幸福啊！

“夫妻俩生活得幸福不幸福，只有夫妻俩自己知道，你也已结婚了，你哥哥干涉过你的婚事吗？你为什么非要把你的个人意愿强加于你哥哥呢？

“说句不客气的话，你哥哥的学识、能力、修养、生活能力等比你强多了。不但我敬佩他，出版社的上上下下同事，都称赞他。连传达室的工友都说他人很好。就是看中了他这些，我才嫁给他的。凭我的条件，我完全可以找到比他年轻的、地位比他高的、外形比他长得帅的人，但是和表面的那些东西相比，我更看重的是他的人品、学识和能力。

“托尔斯泰说过：‘幸福的家庭是相似的，不幸福的家庭各有各的不幸。’从小的方面来说，夫妻之间组成的是个家庭，可是父母和兄弟姐妹之间组成的，也是个家庭啊！

“家庭就是一个感情的港湾，是一个精神的乐园。而你哥哥现在却像是一个被你抛出家庭的人，他可是个长子啊！

“你应该向你哥哥学习学习。他曾经帮你修改过你写的文章，并推荐过你的作品，你应该继续努力，他完全可以做你的老师，做你的编辑，甚至推荐发表你的作品！

“无论从哪一方面来讲，你都应该尊重他。

“我的话，也许太直接了，你认为有道理，就考虑考虑；认为没道理，就当我没说过。

“过几天，姆妈病好了，我想把她接到南京住，我来照顾她，减轻你些负担。你不认我这个嫂子，我们以后可以不来往就是了。

“就这样，我得去看看妈姆妈了。”

李昕说完，起身进了病房。

剩下小弟一个人坐在椅子上，失落谈不上，悲哀倒也不是，只剩下一个哑口无言了。但内心却被嫂子(不知为何，小弟承认了这位伶牙俐齿，说得头头是道的嫂子了)这番肺腑之言掀起了波澜。

人的本质，不是单个人固有的抽象物，在其现实性上，它是一切社会关系的总和。

小弟浮想联翩，思绪纷至沓来，一切的一切，都是起源于傲气，自以为是，太狂了，太目中无人了，把哥哥的谦让、容忍，当作他的懦弱，把哥哥对自己的关爱，作为放肆的理由。自己这么多年被宠坏了。不，是自己宠自己，是自己放纵了自己，在家里依然以老大自居，为所欲为，尤其是父亲去世后，更无拘无束地自命不凡了，伤害了哥哥，还不以为然……

当李昕在为婆婆倒水喝时，小弟进了病房，来到母亲的身旁："姆妈好点儿了吗？"

"噢，侬来了，幸亏嫂子这两天的照顾，我好多了。去，跟医生讲，我要出院了。"

"嫂嫂，我来！"小弟拿过李昕手中的杯子，递给妈妈。"嫂嫂"真真切切的一声呼喊，让妈妈和李昕吃惊不小，古云那边也一下从床上坐起来，向这边看。

"姆妈，你喝水！"小弟一边说着，一边把杯子递到姆妈手上。回过头来，对着古云说："哥哥，今天和嫂子回家来住吧！"

没个六级，起码也有个五级地震吧！一瞬间，把三个人都震住了。还是李昕反应过来快，朝古云眨了眨眼，点点头，这两个小动作，也就是俩夫妻能心领神会——心有灵犀一点通吗！古云马上说："小弟来了，等姆妈病好了再说吧！"这边老太太也是个聪明人，马上对小儿子说："侬去跟医生讲，妈妈病好了，我要出院，我们一起回家。"

这边，正好一位护士走进来，老太太说："护士小姐，吊瓶的水（药水）快完了，你来帮我拔掉针头。我病好了，我要出院了。"

护士边拔针头边说："哟，老太太精神嘎好啊！儿子、儿媳妇、女儿全都来看你了，一开心，病就好了。好的，我去请示一下医生。"

这时，老太太高兴地对李昕说："侬来帮我着（穿）衣裳。"又对小儿子说："侬去帮我结账。"回头对大儿子说："侬帮我，收拾末子（东西）。"在老太太的指挥下，大家各行其事。半个小时，一切收拾停当，小儿子也结好账回来了。在护士的嘱咐中，一家人高高兴兴地回家了。

只要有突破困境的愿望，改变抱怨的态度，积极去做当下应该做的事情，那么就一定能突破困难，继续向追求的目标前进。

人生的路上，会遇到很多人，遇到的人，都是有缘的人，包括除了自己以外的一切人，家人、亲戚、同学、同事、朋友、偶遇之人等等，要善待这些人。老天注定，我们什么也带不走，那就活在当下，笑在当下，悟在当下吧！

一家人回到家，安顿好老太太，小弟又安排了古云夫妇的房间后又去旅馆拿行李。李昕做晚饭。晚上把小妹夫妇也请来了，小弟媳也下班回来了，一家人其乐融融。老太太乐得合不拢嘴，一直笑眯眯地看着李昕。

过了两日，老太太已经痊愈，但她不愿增加李昕的负担——知道李昕工作忙，古云工作也忙，还要经常出差，所以不肯去南京。

这以后，一到临近放寒暑假了，老太太就会来电话喊李昕到上海。古云对李昕说："老太太把你当成最亲的人啰！"

从此，一直到老太太去世，每个寒暑假都要去侍候上海的老太太。连过年都得在上海过。老太太去世前，曾对古云说："李昕是个好人啊！"当古云告诉李昕后，李昕听了若有所思地说："以真诚待人，以善良待人。世界上没有什么是不可以的，只有这样才可以。"

古云不解李昕的弦外之音，李昕嗔怪地对古云说："你妈被我的真诚和善良感动的同时，也在悔过自己对你阿奶和阿爸的过分啊！她不止一次地对我说过你阿奶和阿爸的好。你阿奶和阿爸天上有灵的话,也会原谅她的。”

“是啊！也难怪那个社会,那个生活环境,造就了她那个畸形的心理。”

夫妇俩不是夫唱妇随,就是妇唱夫随！默契啊！

第四节 大度付出

九一年的一个星期天的晚上,凡凡对正在看电视的李昕夫妇说:“有件事想听听你们的意见。”

“好啊!”夫妇俩异口同声地说。

“前半个多月了,哥来找我。他找了个女朋友,已经相处半年多了,想结婚了。但是,没人给他去提亲,女方家长很讲究这个,必须要过这一关。”

“你爸呢?”李昕问。

“他不同意这门亲事。实际上,还是他介绍给哥的,现在又不同意了,出尔反尔。哥哥已经和她同居了,怎么办？只好让我来跟你说说,想请你去提个亲。”

夫妇俩都陷入沉思中。古云知道,李昕离婚的这些年,这个儿子受他父亲的蛊惑,做了不少伤害李昕的事——骂自己的亲生母亲是“婊子”,又到李昕工作的学校门口,边砸李昕的东西边骂,让学生,学生家长,学校周围的单位,让路人,对李昕这位优秀老师产生极坏的影响。还到李昕的父母住处——把他带大了的外婆、外公处,骂两位老人,骂亲生母亲,差点没把两位老人气死。甚至在李昕的视野周围,企图对她进行威胁……”

这一幕幕像电视连续剧似的出现在李昕的眼前,以前的事,好久不再回忆，也不再去想了。现在，突然间，又被拎了出来。实在令李昕痛苦之极，不堪回首的往事……

古云看到李昕的痛苦表情，挥挥手示意凡凡先离开。此时，凡凡才知道，往事会让妈妈这么痛苦，真不该答应哥哥的，悻悻地退回自己的房间。

李昕想着想着，情不自禁地流下了眼泪，进而抽泣起来。一揭开伤疤，鲜血直流——心中的血啊！

“别难过了，往事已过，翻篇了！”古云从洗手间拿来一条热毛巾，递给李昕，拍拍李昕的头说。此时的李昕，一头扎在古云的怀里，痛苦地抽泣着……古云一边轻轻地拍着她的头，一边心痛地看着妻子——过去的那段生活，让她经受了多么大的痛苦啊！

约摸过了半个多小时，在古云的安抚下，李昕逐渐平静下来。古云就势引导她：

“儿子那时还小，不懂事，受他父亲挑唆；以后长大了，会愧疚的，可能他现在就后悔了，否则，他怎么会来找你呢？现在他遇到困难了，还是想起了你，说明他内心深处还有你这个妈的。我也曾听你说过，以前，你有时夜里做梦，梦见儿子和别人打群架，被人家打伤了，或是被派出所抓捕了，令你从梦里惊醒，为此还哭过……毕竟是母子关系啊，打断骨头还连着筋呢……何况，你这个人，这么善良，学生有难来找你，你都尽全力地帮助，何况是自己的儿子呢？”

是啊，结婚这么些年，许家不让李昕接近这个延续家族香火的儿子，并且极力地挑唆母子关系，许斯更是尽其所能地要置李昕于死地，儿子从小在溺爱与仇恨之中生长，其实，儿子小时候是很可爱，很讨喜的孩子。长得特别像欧洲人，外婆又总把他收拾得干干净净的，小时候他很腼腆的，不好哭，爱笑。幼儿园老师喊他“小阿尔巴尼亚人”。演节目时，他很害羞，表演能力虽不怎么的，可是他那举止形态，就是讨人喜欢，老师总是把他放在前排。幼儿园的孩子，只要好玩就行，那时候还没有现在的孩子这么有才气，只是童真而已。儿子很依赖妈妈的，因为妈妈从来都不会骂他、打他，但会严格要求他。他喜欢和妈妈在一起，尤其喜欢别人说：“这母子俩长得一个样。”

可是，自从妹妹出生后，妈妈对妹妹关心得多了些，妈妈老是说妹妹小，是个女孩，自己是个男孩，是哥哥，要保护好妹妹。那时还不懂什么责任，只是听妈妈的话，什么事都让着妹妹，如果有人欺负妹妹，他会立刻冲上去保护妹妹，哪怕有时是妹妹不对，他也不管，反正，谁也别想欺负妹妹。一直到妹妹被妈妈带走后，他极度伤心。在他越来越长大、越来越多接触社会后，他越来越觉得：母亲是个令他捉摸不透的人。——在奶奶和爸爸那儿，母亲是个有那么多不是的女人。但是，在他认识的一些亲友和老师、同学那儿，母亲是个令他们尊敬的能干、贤惠、漂亮的好老师。他从五岁起，就和母亲聚少离多了。对妈妈的印象是：对她和妹妹极其温柔，从不打骂，一句脏话都没有。妈妈很能吃苦，什么活都能干，虽长得瘦，但很精干。只是对爸爸没有一点儿好感，和爸爸不多讲话，干完家务活后，不是备课，改作文本，就是看书。

慢慢地长大了，对男女之间的事，有些了解了。他恨爸爸。自从爸妈离婚后，他就成了一个名义上有父亲的，实际上的孤儿。除了爷爷、奶奶、爸爸的嘴里蹦出来的那些重复千万遍的、听出老茧来的，说妈妈不好的话，就是他一犯错误，就得挨揍的惩罚。他没心思学习，他被爸爸当炮灰，去骂妈妈。看到妈妈被他骂得那么痛苦，却一句话都不反驳时，他的内心也在痛苦万分，毕竟是自己亲生的母亲，而且自己从未亲身感受到母亲的那些“污点”。但是，他必须按照爸爸的意思去做，去带那个被爸爸从上海喊过来的所谓的阿姨，一起去莫愁湖玩。爸爸和那个女人一边玩，一边讲如何对付妈妈。已经是初中三年级学生的他，从来没有看到过妈妈和一位男人去逛公园，爸爸和这个女人这样做，逛公园，还商量如何对付自己的老婆，这属于什么行为呢？两个各自有家庭的男女在一起，关系这么亲切，正常吗？还是拿我们小孩子当挡箭牌！让我们去伤害我们自己的亲生母亲，这是一个父亲应该做的事吗？是一位教师应有的品德吗？多么恶毒啊！但是，他不敢违抗父亲的旨意，否则，父亲会立刻举起练举重和拳击的手，劈头盖脸地打过来，如果再犟嘴的话，立刻用身边随手能抄起的鞋底、棍子、皮带，狠狠地打，打得他跪在地上求饶，还得让他打得出够了气才罢休。他的身上经常青一块紫一块的，怕被同学看见，夏天的白天都不敢穿短衣短裤……

有两次，他实在受不了这个亲生父亲的责罚，离家出走了——来到火车站。但是他分文没有，待到半夜两点钟，又冷又饿的他，偷偷地回到家。他父亲在家睡得鼾声大作，父亲根本就不为他出走而着急。在父亲的眼里，这个儿子就是多余的。既然他不在乎这个儿子，而且第二天发现他回来后，根本就不问他出走的原因，照例又是一顿恶打，还说什么，有本事，你别回家啊……让他为此偷偷地痛哭过好几次，但是他没有办法。要靠父亲养活他啊！为了生存只得屈从于他……

后来，他工作了，他当上了司机，为了能挣更多钱，为了能摆脱父亲的控制，他努力工作，他的驾驶技术在单位是数一数二的。

虽然跑长途疲惫得很，虽然被调去为单位领导开车，得随喊随到，而且很辛苦，有时开车兼秘书，帮着领导办些事，但是他都毫无怨言。虽累，但开心，无拘无束。再也不用受任何人的指使去干自己不愿干的事了，再也不用挨骂挨打了，再也不用为半斗米折腰了……

这次他父亲在和女友父亲喝酒时，定下了儿女亲事，实际上是女方父亲不愿女儿和现在的男友继续好下去，于是两个不负责任的父亲就编了一套瞎话，欺骗了各自的儿子和女儿。因为女友父亲也是学摔跤的，他们早就认识了，后来，不知为什么，两父亲闹翻了，要解除婚约。而女友的母亲不同意了，因为女儿已和男友同居了，于是逼得男方父母一定要来提亲：给小区的邻居们看看，长长自己的脸——他们老两口也离婚多年了。老爷子可以当甩手掌柜，老太太不能不管自己的女儿啊！

如此，儿子没招了，父亲早已在和妈妈离婚后，又三次结婚、离婚，根本不把儿子当成自己的孩子，尤其是在报上登征婚广告时，竟然还欺骗女方说自己离异，无儿女。从那以后，儿子就已在心里否认了这个父亲。除了血缘关系，一点儿亲情关系都没有了，只为有这么个太不靠谱的，作风败坏的，道德沦丧的父亲而可耻！

但是他也没脸来找母亲——他把母亲伤害得太厉害了。这次，实在是没办法了，怎么办呢？情急之下，只好来找妹妹，找妈妈帮帮忙。妹妹认为妈妈和伯伯都是高素质人，肯定会帮这个忙的，于是也就答应下来了，让哥哥等待消息。但是，没想到妈妈因此会这么痛苦，凡凡忽略了这一点。

在古云的抚慰下，李昕冷静下来，她同意了古云的说法，内心深处，虽然对儿子有着万般说不出的情感：怨恨、气愤、痛心、爱恨交加、纠结万分。但是这世上，自己是儿子唯一能依靠的人了，此时，他遇到了人生的一大困难，自己是他能解决这一困难的唯一人选。作为母亲，能袖手旁观吗？就是一位学生，一位邻居，或者是一位与己不相干的人，有困难找自己，还能不帮忙吗？李昕是一个善良的人，她肯定是要克服一切困难去帮忙的。何况是自己的儿子呢！

痛定思痛，既然古云都这么大度，自己还能……

她起身，洗了一把脸，告诉凡凡：抽个时间，和哥哥约个地方，见面详谈。

星期天，凡凡带着妈妈来到约会的地点——原来他们住过的地方。十几年前的房子，一点没变，物是人非啊！只是爷爷奶奶都已经去世，房子留给了孙子。屋内的摆设破旧简单，两个年轻人，睡在小房间内，床上垫着一床棉花胎，盖着一床棉花胎，那棉花胎又旧又黑。李昕看了鼻子一酸，没娘的孩子，如此凄惨，怎么过成这样，情不自禁地流下心痛的泪水……

李昕拉着凡凡就下楼，凡凡说：“妈，哥哥马上就来了，我们别走啊！”

“你跟我去买两床被子，一会儿就回来！”

“噢！”原来妈妈心疼哥哥了。“还是妈妈好！”

待母女俩买了两床踏花被，一床床单，两床被套上楼来时，哥哥已在等候。

母子俩已有几年未见面了，乍一见面，儿子喊了一声：“妈！”母亲“嗯！”了声，凡凡立刻喊：“哥哥，快接一下，妈妈给你买的新被子。”

儿子边接过妹妹手里的被子，边说：“让妈花钱了。”眼眶有点红。

兄妹俩铺好床，坐下，三人谈起来。李昕才知道，南京人嫁女儿之前，男方父母必须到女方家提亲，还得带上四样礼品。

约好某日，李昕带上四样礼品：“金南京”牌香烟一条，“脑黄金”一盒，“小苏打”点心礼盒、苹果五斤，带上儿子、女儿，一起上门提亲。

女方是一工人家庭，母亲是个心直口快的人，寒暄了几句，听对方母亲讲了些有关儿子可怜，没人管，自己把他当儿子看待云云……李昕在再三感谢后说，还有客人要来家里，匆匆告辞出来。

三人出来后，李昕的心情不太好，自己没有尽到一个做母亲的责任，尽管自己有万般之苦，千般之难，总是心中有愧。

过了约一个多月，儿子来电话说，婚期已定，请母亲参加婚礼。儿子说：“爸爸要求你一定要来。”李昕一听，就知道那该死的人，又要借儿子结婚一事来做什么文章了。于是很严肃地说：“你的婚礼，我应该来参加的。但我必须和伯伯一起来参加，作为父母的身份参加。否则我不会一人去的。”

儿子的婚礼，虽没参加，儿子儿媳，婚礼后即来拜见李昕了。李昕夫妇热情款待。儿媳在一医院当护士，每当上完夜班，本来皮肤就黄的脸色，就更是黄中带白，一点血丝都没有，让李昕看了心疼。

后来儿子就和母亲说，只要当了护士长，就可以不上夜班了。于是李昕一方面托关系找人帮忙，一方面又要求儿媳妇努力工作，要求进步，同时还帮他们拟了个入党申请书的草稿。儿媳还算争气，没过两年，入了党，转为护士长。内外因一起努力，发生了质的变化。

十月份，孩子出生前半个月，夫妇俩住进了李昕家——为方便生产，离医院近。产前检查，得知黄疸数高，临产前，血压又突然升高。古云的一位老同事的夫人在医院担任妇科主治医生，请她帮忙主治，医生建议产妇剖腹产，这样对孩子，对大人都好。

李昕赶紧让儿子驱车，将儿媳妇的娘家人接到医院来，由他们做出决定。最后他们同意医生的意见——剖腹产。由主治医生亲自主刀。一大家子人都在手术室外，焦急地等候着。

手术室门一开，主治医生喊了一声："李老师，快来看你的孙女！"李昕看到了医生手里的一个胖胖的婴儿——健健康康的，"大人怎么样？医生！""母女平安！"听了医生的话，李昕心里一块石头落下了！

"李老师，你这个孙女长得像你。"主任医生说。"谢谢！谢谢！"护士接过婴儿去冲洗了，俗话说，婴儿刚出生来到这个世上，第一眼看到是哪位亲人，以后就长得像这位亲人。李昕却认为，这还是基因问题，孙女像儿子，儿子像母亲，当然孙女就像奶奶了。后来孙女长大后，真的挺像奶奶的，当然，比奶奶长得漂亮多了，一代胜过一代嘛！

因为剖腹产，因为没有奶水，所以母女俩住在医院一个多星期，正值李昕教毕业班，工作也很忙，李昕尽量早起，买好乌鱼，熬成汤——利于伤口痊愈和下奶。中午一放学，就骑自行车送到医院。下午，放学后，再去医院看看。一周后，母女俩回娘家住。因为亲家已退休在家，有时间照料，而且，亲家母很会烧菜。李昕每周日，都要带上大包小包的礼物去探望儿媳，去感谢亲家。

转眼，到了暑天。一九九三年的夏天气温较高，儿子跑来对李昕说："天气太热了，住在儿媳她母亲家的小屋里，孩子热得老哭，身上长了痱子，想到你们这儿住。能否买个空调？”

对于这个要求，古云有些顾虑，因为前妻就是因为带孩子而发病去世的，李昕工作这么忙，临近毕业，哪有精力呢？

李昕自知，儿子提出这个要求，肯定是有别人在后面鼓动的，这个儿子只有初中文化水平，还读得很费劲，被他父亲送到体校去学体育。他从小身体就弱，别人不得的病，他几乎都得，感冒发烧是常事。三岁时，得了带状疱疹，被他父亲全身涂上紫药水，赤裸着身体在校园里跑，像个非洲人。许斯不从根本上去治疗，一味地按照他的想象去做。可怜的孩子，受够了磨难，从身体到心理，都被那个无知、蛮横、缺乏人性的父亲，折磨得变了态，有时很大胆，和人打架，脾气暴躁，讲不了几句话，就用拳头说话——从他父亲那儿潜移默化学来的。有时胆小得很，没有主见，容易被人左右。一个男人，具有如此两种性格是会影响他一辈子生活的，性格决定了他的命运。虽然儿子长得比较帅，乍一看，有点像一个电影明星，但一点气质都没有，更没有内涵，当教师的李昕太了解这些了。

为了让古云消除担忧，为了不让儿子在别人前面为难，当然，更是为了要对得起即将毕业的学生，李昕决定：等放假后，再让儿子一家搬来。如此决定，皆大欢喜。

放暑假的第一天，古云夫妇俩取出了省吃俭用攒下来的七千元（那时一个月的工资才是三四百元），来到位于南师大附近的一个空调专卖店——南京苏宁电器前身的宁海路店，买了一个在当时是最好的、进口的品牌空调。古云认为，要买就买个好的，否则，老要坏，老要修，很麻烦的。古云的大度让李昕很感动。

倾其所有，为了买空调——当时一般人家里都买不起或还没有这个理念，出版社的这个小院里，也就古云一家领先装了空调。

空调装好后，一家人全都在客厅——一个十三平方米的房间，把家具全靠边放，铺上席子，睡地铺。李昕夜里起来时，发现古云又回到自己房间去睡了，知道他的腰不能睡在地板上——太硬了，李昕只顾忙装空调之事，忽略了古云的身体，古云自己也不讲——实在是能够忍耐的，太能舍己为人了。

次日，李昕把电风扇放置离床较近处，去商店买了一个微风吊扇——蝙蝠牌的，当时南京最流行的，几乎家家户户都有的，又适用，又经济的品牌扇。当天晚上，李昕借口吹空调吃不消，也回到卧室，和古云同甘共苦——有难同当嘛，不能让古云一人在房间吹电扇，其他人享受空调。李昕是无论如何也做不到的！百年修得同船渡，千年修得共枕眠——这才是真正的夫妻啊！

古云夫妇就是这样宁肯自己受累吃苦，也要竭尽全力地处理好各种家庭关系，上至父母，下至儿女，乃至兄弟姐妹，亲朋好友。因此，古云夫妇赢得了大家的赞赏。和古、李两家亲友关系处得都较好。原本是被反对的，不看好的一对夫妇，被公认为是好夫妻。时间能说明一切。实践能说明一切。婚姻只要两个人认可，两人心心相印，两人互相倾慕，就没有什么事做不到的。

第五节　付出就是爱

李昕在退休后，来到了南方一个美丽的海滨城市——珠海。

退休前的五年，一位从未谋面的另校学生的家长，多次上门请求李昕给她的孙女进行长达两个多月的私人定制面授，——为和美国的教育衔接，为和母亲同去美国和父亲团聚，挽回一个分离十几年之久的濒临解体的婚姻。李昕难以拒绝一位七十多岁的老太太那么恳求的眼光。她将语文成绩只有四十几分的老太太的孙女，通过心理疏通和学科辅导，两个月内，以七十多分的成绩，顺利通过了小学毕业。李昕拒绝了这位老太太给她的一大笔酬金，勉强答应了带着学生，一起去深圳看她的亲友。李昕看到了正处在改革开放前沿的南方城市的现代化的繁荣昌盛。又去了传说中在城市中央有一个海的地方——珠海。从小就酷爱大海的李昕，坐在海滩上，尽情地呼吸着海风吹过来的清新空气，她一人背着双肩包，徘徊在海边的情侣路上，想着古云，他快退休了，等过七年，自己也退休时，两人就到这个城市来生活。对，边打工——到私立学校上课，边旅游。那时，南京还没有私立学校，节假日可以到周边地区去游玩。

李昕回到南京后，向古云提出了自己的想法。没想到古云一口答应了。她为丈夫能这么理解她，而感到欣慰无比。

七年后，古云退休了。女儿凡凡也早已工作而独立生活了。孙女也已读书了。李昕也将退休了。退休日期，正逢暑假八月份。在四月时，李昕就打通了珠海市教育局的电话，了解到了珠海市私立学校的名称和电话，并与校招生办电话联系上了，寄上了自己的档案资料。

李昕自信得很，凭着三年大专的学历文凭，凭着自己所写的很多篇发表的论文，凭着这几年编著并出版发行的字典、文章，凭着自己多年来教学实践经验和获奖证书，自己会被录取的。

对方学校来电话，要求李昕在五一节时到校面试。当时，南京到珠海的飞机还未通航，必须到上海乘机。古云陪李昕四月三十号下班后赶到上海，住了一晚，次日一早，李昕独自一人飞往珠海——赴考场。五十五岁的李昕，好似一名老学生，去参加一场别开生面的考试——人生第一次以这样的身份出现在珠海一私立学校。

接待人员，了解了一些情况——实际上是把人和书面材料核实一下。教导处的主任，和李昕简单聊了几句，请她过半个小时后，上一节课——六年级的。给了她一张白纸：写简易教案。两张印着课文内容的纸，其他什么资料都没有，带她到了一小房间。李昕一看，教材内容是人教版小学教科书里从未有过的一篇文章。李昕仔细看了三遍，写了简易的提纲。半个小时已到。她看了看表，沿着走廊，走到尽头一个大教室，里面有二十几位学生，后面坐着十几位听课的老师。还未等李昕环视一周呢，上课铃已响。李昕踏进教室，和同学们相互问候后，开始讲课……

刚刚讲完，下课铃声响起，李昕宣布下课。刚走出教室，一位五十多岁的男士从后面赶上来，对李昕说："李老师，请你下午两点钟再来招生办一下。"李昕在下课后回到旅馆，休息了一会儿，吃了两个面包，睡了个午觉。

下午两点钟，李昕准时来到校招生办，一位老师递给她两张白纸，让她在一个小时内，写一篇命题作文，题目是：《教师》，不少于八百个字。

什么材料都没有，连本字典都没有（那时，李昕还没有智能手机）。李昕拿着两张白纸，来到了隔壁的一间教室，定了定心，思考了有十几分钟，简单地写了个提纲，只有她自己才能理解的，用最简单的字或符号写出的文章梗概后，开始写详文……

一个小时后，文章交出。李昕在隔壁教室等。一位四十多岁左右的女士进来，询问李昕，若录取的话，有什么要求。

李昕只提了一个要求：提供单独的一间房，要把老伴带来同住。

那位女士，自我介绍说："我是这个学校的校长，我姓马。我早有耳闻，江苏的教学质量是全国最高的，这一天面试下来，令我刮目相看，名不虚传啊！我们决定录用了。欢迎你下学期来学校共事！"

"马校长，过奖了，谢谢你的认可，我一定不负众望的。"握手告辞。

参加面试的老师还不少，当然年轻人居多，有刚毕业的，有从东北、湖南、河南等地来的，从江浙来的，唯李昕一人。也只有李昕一人，当天就被录取的。让其他人好生羡慕。

李昕自然很开心，立刻就给古云打电话，告知他，立刻就回上海。古云在电话里祝贺她，并自豪地说："我老婆是最优秀的，我早就知道你会马到成功的！"利用暑假时间，李昕谢绝了校长继续留聘她在本校工作的要求，安排好家中一切事务。刚准备启程，古云接到朋友发来的一部长篇小说，请他帮忙编辑，急于出版。

李昕对古云说："你放心，我一人去，不会有任何问题的。刚开学，到一个陌生的环境，肯定有很多事，很忙的。你先不去也好，等我安排好后，你再来。"只好这样了。

李昕如期赶到学校，才发现，老师们的宿舍就是一个单元房，客厅用木板隔成一间。算是照顾李昕，给她一个最大的房间。共有四位女教师住一套。这根本无法让古云住啊！幸亏他没来，否则得到外面去租房住了。

开学才两周，李昕因用冷水洗澡受凉感冒发烧四十度，她坚持多喝水，吃了些随身带来的感冒药，硬是挺过来了。也没敢对古云说，免得他担心。

李昕接了个六年级毕业班，只有二十五名学生，这比南京公立学校要少一半人，改作文本显然轻松多了。但是这班的学生，基本上是来源于经商家庭，虽然父母的家产较大，但是忙于生意而疏忽了对孩子的教育，大多数孩子处于养尊处优的环境，只求吃喝玩乐，不求进步！每逢周六晚，可以通宵不睡觉，去打游戏，去打球，去唱歌跳舞，六年级的学生个个长得像中学生，人高马大的。一口的粤语，李昕根本听不懂，真所谓，学生骂人的话，表扬人的话，乃至两个学生吵架，李昕都是一头雾水！于是严格要求学生，在校期间必须讲普通话。李昕用自己对学生的真挚热情，用自己的言行，用自己多年来的教学经验，终于突破了重重难关。李昕的付出，使一些公子哥儿和娇小姐们得到了转变，不敢随便旷课或不写作业，不敢通宵达旦地玩耍而不休息，不敢随便乱倒饭菜，不敢互相攀比谁家的汽车品牌或穿高价品牌衣，甚至，在早操时，不敢躲在树荫下了，因为五十多岁的李老师正站在太阳底下呢！

李昕经常放弃休息时间去家访，再远的地方，老师都要去家访，向家长宣传如何教育孩子，引起家长们在赚钱的同时，万万要重视对孩子的教育。其实大多数孩子缺少家长对他们的关心和疼爱，很多学生是被家长忽略的。他们内心深处是很需要爱的。这位可以做奶奶的李老师，给了他们无私的真挚的爱，感动了孩子们，也感动了家长们。孩子们的内心起了质的变化，爱和严格要求的并举，让孩子们喜欢上学了，喜欢班集体了。班级的面貌发生了很大变化，孩子们的自尊心强了，集体观念、集体荣誉感也增强了，最后以名列全校第一的成绩，毕业了，得到了校方和学生及学生家长的好评。

十一月廿日前，澳门回归，学校被指定参加欢庆仪式，仪式完成后休假一天。李昕赶紧告知古云来珠海，参加这一历史性的纪念活动。并租好房子，安排好一切事宜。

古云来到珠海，这是夫妻俩婚后离别最长的一次——整整两个半月啊！小别似新婚，这不只是属于年轻人的专利，年龄的大小，是不能代表感情深浅的。尤其是这么恩爱的一对夫妻。李昕觉得，古云的到来，给她的生活注入了一股动力。

由学生家长，发展为好友的一位马女士，才三十多岁，一人带了两个孩子在珠海，又开公司，又带孩子，还得时常回云南看望年迈的父母和身为董事长的老公，实在是一人兼几职，但一切都打理得井井有条，性格开朗，做事利索，长得很漂亮，但一点都不娇气，开车、说话、办事，安排一系列的事务，决不亚于男士。

由她开车带着两个孩子，带着古云夫妇，看完中国部队离开拱北，驶进澳门的整个过程后，回公司吃庆祝宴。几十号工作人员，大家开心得不得了，饭后午休，七点钟又来到了拱北一个公司廿二楼的最顶层，从这里可以看到澳门的一些景点，尤其是放烟花！那五彩斑斓的烟花，在夜空中绽放。有的像繁星在调皮地眨眼，有的像一个个闪闪发光的圆球，有的像已绽放的紫色蒲公英，有的像娇艳的花朵……

一个烟火升上夜空，先是一个小小的火球；刹那间，火球绽放出耀眼的火星，向四处迸射，看得人眼花缭乱；一眨眼的工夫，那火星又变成了无数流星划过星空，让人产生它真是流星划过天空的错觉。

拱北地区，从边境进出口处，直到板障山隧道，每棵树，都是从下往上喷射的灯光——在那个年代，连上海都没有这样的装饰，只有在珠海，这个隆重的节日里才首次看到。马路两旁商店张灯结彩，整条马路，如同白昼一般。人群如流，人们边走、边看、边指点、边笑，照相机、手机照相的光点时时闪烁，人们都沉浸在欢乐的海洋中……

直到晚上十点，李昕一行人，才又回到香州的公司处，那里已聚集了几十人，正在喝酒庆贺。李昕一行人，立刻加入进去，古云喝半斤酒，不在话下，马女士也能喝，一小杯，一下就干完，李昕不敢喝这么快——那是白酒啊！可是大家都说，这是我们从云南带来的酒，度数不高，没事！看着大家举着正喝完的酒杯在等着他，李昕也豁出去了，爽快地咕咚一声，干了一杯！大家又喝第二杯，第三杯……喝着酒、吃着菜，说着、唱着，甚至有的跳起来。几个孩子更是无拘无束地闹腾着，不知谁家的孩子过生日，把个未吃完的生日蛋糕涂到别人的脸上。马女士的小女儿，大胆地把蛋糕往古云脸上涂抹，大家哄堂大笑，夸赞她勇敢——别人不敢往长者脸上涂的，小女儿人来疯，在大家的鼓励声中，又趁机抹了一下。李昕看着古云成了个大花脸，九百度的近视镜片上也沾上了蛋糕，都不知该怎么擦，也不知该怎么避让，可他嘴里还讲着："没关系，没关系。"大家看他那狼狈相，笑得前俯后仰的，这样的开心，让老人们也似乎年轻了许多……

李昕白天上班，早上六点半坐校车到校，和学生们一起吃早饭，晚上六点钟坐校车回家。白天，古云一人在家，烧好晚饭，等李昕回来吃饭。每逢周末，马女士都要请李昕夫妇出去玩或吃饭聚餐。日子过得真快，转眼一年就要过去了，这期间，凡凡来珠海过年，夫妇俩很开心，但不知发生了什么事，凡凡情绪不好，不喜欢这个城市，回去后不久，打来电话："妈，你快回来吧！你不在家，这个家都不成家了。"

尽管李昕不愿意离开这个她特喜欢的海湾城市，甚至曾几何时，还想长期以此为家呢！尽管学校极力挽留李昕，尽管马女士等家长，虽然自己的孩子已毕业离校了，但还是希望已成为朋友的李昕不要离开……

但是，为了女儿，她还未成家，李昕毅然决然地离开了这个令她十分留恋的城市。谁知十年后，女儿竟然到了广州工作，这使得李昕十分后悔，早知道留在珠海了……但是，当时哪里知道十年后的情况呢？

李昕刚回到南京，同事、好友、同学欢聚畅谈中，一位同事拉着李昕陪她去南京的一所私立学校工作。于是，李昕回南京不到廿天，就又去工作了。不过，这次离家近了许多，每周可以回家了。不过主要家事，还是得靠古云，此时的古云，一方面自己在编书稿，一方面还要忙着烧饭，够他辛苦的。但是每每在李昕向他表示感谢时，他都会笑着说："你也很累啊，你在外面赚钱，提高我们的生活质量，我怎么能坐视呢？"

此时的李昕，除了每月的固定退休工资收入外，私立学校的报酬比较高，因此，李昕的每月收入确实比古云高出不少。所以，古云也不甘赋闲在家。同事中也有请他编些书稿的。夫妇俩各干各的本行工作。古云干到七十多岁，李昕干到六十多岁。这样也好，老有所为嘛，否则在家闲着也无聊，各人干着自己喜欢的事，提高了生活的质量，同时还觉得有生存的价值。

后来，李昕又到了苏州的一所私立学校工作了两年。为了媳妇能安心考上大专——保证她护士长的位置不至于被贬——她已考过两次都未过关，最后一次了，李昕只好辞职回家带孙女，让儿媳安心准备考试。就这样，李昕还被某校长请去临时代代课，救救急，李昕推脱不掉，带着孙女一起到了市内某一重点小学上课。李昕照例认真工作，古云又得辛苦万分地为她及孙女烧晚饭。

后来，儿媳妇考试过关了，至今仍保住了她的护士长的地位。

李昕后来又被聘到了市内一所私立学校上课，每天早出晚归，很是辛苦，但和同事们在一起，也很快乐，和学生们在一起，也有成就感，每个星期日，都要为孙女补语文。当然，古云仍然任劳任怨地在编辑文稿的同时，还兼做晚饭给李昕。有时还要去学校门口接接孙女——为解儿子、儿媳妇的燃眉之急。

古云的付出真够多的，但是他仍然无怨无悔、毫无怨言，仍毫无收获地干着这一切——不，有收获：妻子幸福，就是他的收获；妻子对他的爱，就是他的幸福。他的付出，只要孙女的一句话，就一笑释然了。但凡有人问到孙女，你们家里最好的人是谁？她毫不犹豫地说："爷爷最最好，奶奶第二好，姑姑第三好！"

"为什么？"

"爷爷最喜欢我，我要买什么，他就给我买什么，他最和蔼。"

"奶奶教育我，教我懂礼貌，叫我讲普通话，教我写作文。但是她对我比较严格。"

"姑姑嘛，经常给我买衣服，我的衣服，基本上都是姑姑买的，可好看了。就是她工作太忙，不能经常见到她。"

"我喜欢爷爷奶奶家，又干净，又舒服，家里从来听不到骂声，在爷爷奶奶家可以看到好多书，可以听到好多故事。还可以吃到爷爷做的上海菜，真好吃。”

童言无忌——付出的收获就是爱！这就是付出的回报。还有比这更好的回报吗？

第六节　欧洲十国游

二〇〇二年的暑假前夕，出版社的一部分老同事，组织一起欧洲十国游。古云想去。李昕当然也想去，但是一想到旅游费，就犹豫了。古云说：“你放心，我已计算过了，我们有条件去。”因为古云掌管家中财产大权，他最有发言权。

李昕想，古云年龄也渐大，辛苦了这么多年了，能到国外去看看，圆他一下年轻时出国留学的梦吧！何况，和他的同事们一起旅行，他会很开心，也更有安全感。所以李昕欣然答应了。因为李昕还未放暑假，所以一些事情都是古云在操办。也真够辛苦的了，因为那时，国外游的业务开始不久，许多手续必须亲力亲为，要当事人亲自到场签字等。

坐大巴到了上海浦东机场，坐上直飞法兰克福的法国航空公司的飞机——十三个小时后到达。坐上大巴车，来到旅馆，调整一下时差后，次日到巴黎的各旅游点游玩。

先到凡尔赛宫，这是路易十六时期的皇宫，宫殿为古典主义风格建筑。金碧辉煌，极尽奢华。内部装饰以雕刻、巨幅油画及挂毯为主，配有十七、十八世纪造型超绝、工艺精湛的家具。宫内收藏了来自世界各地的艺术珍品。法国总统和政要常在此会见或宴请外国元首和外交使节。然后又去了巴黎圣母院。这可是同名电影的拍摄地啊！埃菲尔铁塔是个造型奇特的金属物，是法国著名的标志性的建筑物。卢浮宫是法国国家博物馆和艺术展览中心。它的入口是一个三角形的金字塔(也称水晶塔),凯旋门在法国戴高乐广场(也称明星广场)中央,是世界最大的一座凯旋门。它坐落在法国著名的香榭丽舍大街。在参观了法国法院市政厅后,坐上了塞纳河上的游艇,沿途观赏了塞纳河风光。

在法国游玩了三天后,来到了意大利。在罗马市政厅广场的喷泉池前,拍了一些照片,一直收藏至今。接着又上了比萨斜塔。它采用了圆形地基的设计。著名的意大利物理学家伽利略就是在这里实验成功了“自由落体定律”。

在意大利首都罗马市中心有一个独立的教会国家——梵蒂冈。它的面积只有零点四四平方公里,却是全世界的天主教的中心。

第七天,来到了意大利的威尼斯水城。坐上了又窄又长的两头向上翘起的二、三英尺长的小船。美国著名作家马克·吐温曾经为它写过一篇写景散文,并收录在我国小学人教实验版五年级下册,李昕还曾用此文上过公开课,今天得以亲临感受,很是激动,兴奋地对古云轻轻地背诵着马克·吐温的同名散文《威尼斯小艇》。一行人又参观了水城的皮革厂。李昕为古云挑选了一条皮带——这可是著名的意大利名牌啊!

次日,来到了阿尔卑斯山环绕的莱茵河谷的列支敦士登,这个国家是被夹在瑞士和奥地利两国之间的双重内陆小国。虽小,但是很富有,景色优美。还是著名的邮票大国。

第九天,来到了坐落于阿尔卑斯群山之间,德法意奥强邻环伺的蕞尔小国瑞士。一八四八年,首都苏黎世改为伯尔尼。但是,苏黎世仍然是重要的国际金融中心和黄金市场。它的文化氛围浓厚，拥有二十多个博物馆和图书馆，一百多家画廊，以及音乐厅和歌剧院，工商业非常发达，以巧克力、钟表、军刀、银行和劳力士手表闻名。经济体制高度稳定，税收系统极具竞争力，法律制度完善，人文素质较高。导游带团进入一个钟表店参观，店方赠送每位一把精致的不锈钢的小勺，李昕至今还保存得很好，用来喝咖啡。瑞士国家有山、有水，风景优美。

第十天，到了德国。德语中有句话："准时就是帝王的礼貌"。德国人讲究形式和准时，严于律己、勤奋、自信。工作中讲究效率，一丝不苟，注重纪律。德国的商店的营业时间和人们的工作时间同步。下班后，只能去超市购物。恰逢李昕过生日，古云要为妻子庆生。他们到超市买罐头的黑啤酒。还想买些卤菜和熟食。但是，他们不懂德语，正在食品柜前犹豫时，一位漂亮的夫人轻轻地碰了一下李昕的手臂，又指指柜中的一些食品，再指指嘴巴，意思是告诉李昕，这些食品可以直接吃的。李昕理解了她的意思，连连点头，"yes. yes.""thank you!""thank you!"然后，拿起几样夫人指点的食品，古云夫妇被德国夫人的友好深深感动。这个在异国他乡的五十八岁生日，至今令李昕记忆犹新啊！

德国、法国、瑞士三国交界处，是卢森堡大公国。卢森堡国土小，古堡多，故又被称为"袖珍王国"，"千堡之国"。连续几年人均GDP居世界第一。这个国家的美食也很丰富。卢森堡大公园，更是有大片的森林和玫瑰花。

第十二天，到了比利时。它是一个交通方便、风景优美、资源丰富的著名旅游国家。修道士啤酒口味纯正。布鲁塞尔是首都。市里步行区有一座著名小男孩的铜像——正在撒尿的小男孩，被人们披上了各式各样的衣服，可爱无比。到处可以看到雕塑和教堂。还有一个早于我国二百年的证券交易所。李昕在步行街的商店里,买了各种各样口味和不同色彩、形状的巧克力,真好吃。

第十三天,来到了荷兰。这个国家不大,人口也不多。资源也较普通。它是靠国家的制度和人民的勤劳崛起的,现在是属于世界上较富有的国家了。利用风力发电是一大特色,因为荷兰的风较大,以前都是用大风车的转动来发电,现在都改用现代化的风车了。郁金香是国花。还参观了一个用瓷器制造各种各样大小不一的鞋子的工厂。古云夫妇坐在一只巨大的鞋子里合影呢!荷兰有红灯区。当导游带团进去看看时,古云对李昕说:“我不去了。没什么好看的。”李昕随着团进了由两条干净、整齐街道组成的红灯区。区内一个个似商店的大橱窗,里面有一张床和桌子,半开着的橱窗内的窗帘,展示出淑女们的故作姿态。似乎生意清淡得很。红灯区往往与艾滋病和吸毒会有关联,所以,荷兰政府正在加大力度取缔。旅游团来到了荷兰海牙国际法庭。海牙是荷兰的第三大城市,也是荷兰政府所在地。第一大城市,也是首都,是阿姆斯特丹,是工业、商业、金融和艺术中心。

第十四天,旅游团又回到巴黎,还是原路返回。欧洲十国游,真是大长见识,太值得了,有机会还是想出国看看。人的见识多了,视野宽了,理念也会更新了,修养会高些,能力也会强了,益处多多啊!

第七节　四十六年教学生涯的结束

正在办公室改作文的李昕,突然感到心里一阵难受,有点恶心,她趴在桌上休息一会儿,心里想,中午没休息,抢着把两本作文改完后,明天好上讲评课。休息了一会儿,好一些,同事小张走进来,看到脸色不太好的李昕,忙问:“李老师,你怎么了?”

“没事,累了,休息一会就好了。”

“不舒服,就上医院啊!别硬撑!”小张知道李老师平时的工作认真,年轻人都自愧不如。

“谢谢。真没事,有事我再喊你!”小张拿了两本作业本,急匆匆地出去了——私立学校的老师工作量都比较大,责任也比较大,虽然班里学生人数,比公办学校每班人数要少一些,但工作强度大——不能出一点差池——本来嘛,家长们花了比公办学校多出几倍的银子来上私立学校,老师当然得尽力尽责地教学生,否则对得起谁呢?

像这种情况——心里阵阵难受,已不止一次了,这次似乎时间长了一些,难过的程度似乎也加重了些,难道,心脏真有问题了?!

李昕决定明天去医院看看。下午,她调好了课,也联系好了一位医生,次日下午安排好了一切事务,三点钟,如约来到了傅医生的办公室——这位心外科医生刚从日本留学回来,寒暄几句后,询问了李昕的病情,然后说:“你要装个支架,这是心血管毛病。你星期一住院,星期一进行各项检查,争取星期二或星期三给你手术,我亲自来做。”

医生的话,令李昕惊恐。做心脏手术?她辞谢了医生后,一人在湖南路上——从铁道医学院附属医院出来,沿着灯光隧道,向湖南路的西边走去——和自家的方向相反,边缓缓地走着,边思忖着:女儿在广州工作,工作那么忙,让她请假来照顾我?古云年龄大了,让他来照顾我,别人还以为他是个病人,我来照顾他呢！心脏手术，这可是大手术啊！——对支架植入手术，那时的李昕一窍不通，太缺乏这方面的知识了，只是误以为，开胸手术，是个大手术，弄不好会送命的，而且，手术后的休养绝非是短时间的问题……这得给家人带来多大的麻烦啊！万一手术不成功，古云怎么办？女儿怎么办？这个家怎么办？全散架了啊！

想到这里，李昕的泪水不禁夺眶而出。她和古云结婚廿年，这廿年来，夫妇俩为这个家庭付出了许多，夫妇俩心心相印，相互理解、信任、尊重、包容。夫妇俩相濡以沫，在庸常的生活里，尽量把生活过得浪漫有趣，把日子过成诗一般的有情趣……

湖南路华灯初放，马路两边商店的霓虹灯广告炫目地闪着，灯光隧道内五彩斑斓的灯光放射出耀眼的光亮，整条街上，灯火辉煌，车流、人流，目不暇接……

比起廿年前，李昕的心情大不一样了。那时的她，只求生存，甚至大有放弃生命的念头。痛苦挣扎反抗后，经历了多少磨难，多少挫折，多少努力，多少奋斗，才有了今日的幸福。她享受现在的人生，她不能离开亲人们，她有义务、有责任要让亲人们因她而生活得快乐，父母、女儿，尤其是古云，决不能因她而痛苦啊！她有为他的幸福生活而承担的责任，任务未完成，怎么能就这么丢弃一切而离去呢？

人世间实在是有趣得很，一个求生生不得、求死死不得的弱女子，廿年后，竟然成长为一个求生欲望如此强烈，渴望幸福生活如此迫切，战胜一切困难和病魔如此坚强的女人。

活下去！不做任何危险的手术，不给亲人们增添任何麻烦，活一天，就开心一天，力求认真负责地活下去，李昕已经把活下去，当做工作那样了，——力求完美是她终生为之奋斗的宗旨。

当她疲惫地走回家，坐在沙发上时，古云看着妻子，心疼地倒了杯水，递给她问："怎么了？脸色苍白，不舒服吗？"

"没有，就是太累了！"

"唉！六十多岁了，不能再这么累了。这个学期结束后，就休息吧！"

真是心有灵犀不点也自通啊！

李昕喝了口水，笑着对古云说："好！听你的。这学期结束后，就告老还乡了。"

古云高兴极了，但仍疑惑地问："真的？"

"真的！君子一言，驷马难追！"

"还君子一言呢！充其量是小女子一个，玉口一张，金言不变！"

"哈哈哈……"两口子的笑声充斥了整间屋子。

古云一把拉起李昕，半拥着她往饭厅走去，"今天烧了夫人喜欢吃的糖醋排骨，还有小青菜秧虾米汤。"……

坚持上完一学期的语文课，坚持写完学生的评语，坚持做好一切结束工作，只是不再担任班主任工作了。

学期结束前夕，李昕提出了辞职，尽管上至领导，下至老师们，都舍不得李昕离开，但考虑到她的身体，只能……

校长夫妇出面，召集了六年级组，为李昕开了个送别聚会——在湖南路的南京大排档的二楼一包间内。这可是开了此校的先河，私立学校的老师流动性很大的，来来去去习以为常，而校长夫妇亲临为李昕送行，实在是令李昕受宠若惊，让李昕觉得自己受之有愧。

席间，李昕给每位送了一个可以喝完当杯子用的饮料以示感谢，对同事们的惜别话语感动不已，尤其是校长的一句话："李老师身体康复后，能够再工作的话，请把我们学校作为首选！"说得李昕热泪盈眶……

就这样，李昕结束了自己的教学生涯——退休前的卅五年加上退休后的十年再干，整整四十六年哪！从十九岁到六十四岁！人生的大半生都奉献给了自己喜爱的教育工作。虽是位普通的小学教师，虽是位没有什么大成绩的普通教师，但是她获得了所任学校的领导、大多数同事、学生、学生家长的好评，口碑不错，人缘不错，以致后来，在李昕耄耋之年，还有那么多同事们、家长们、学生们来看她，以至于关系都转化为朋友了。这一切都足以证明李昕的成绩了……

不在乎官做多大，不在乎地位有多高，不在乎钱挣多少，到老了，一切都归于平凡了，能有亲人、朋友关心，人品被众人认可，这是对一个人一生最好的评价，李昕为之欣慰！

第八节　南下过冬

自李昕离开了教学生涯后，每日在家里，上午买菜，烧三顿饭；中午睡个午觉；下午看看书，晚上看电视。

一个月下来，觉得出版社宿舍，已在这几年发生了很大的变化，但凡有办法的人，都已陆续撤离。院子里的房屋有的被出售，有的被出租，甚至有人，把房子用木板隔成小间当旅馆出租，出租给一些来到省肿瘤医院治疗，但因经济困难，住不起旅馆，只能住在这比较廉价的出租屋里的病人的家属，甚至还有些病人因此也住这里，等待进一步检查或复查。房主人只管收钱走人，卫生等情况一概不问。小院里脏乱不堪，以前，李昕来去匆匆，没有精力多加过问，现在她闲下来以后，每日清晨或傍晚，听到有人咳嗽后随地吐痰的声音，就感到恶心！小院子里弥漫着骂骂咧咧的粗话声，吵吵闹闹，甚或哭哭啼啼的打骂声，大声叫喊声，还有孩子的啼哭声或嬉闹声……李昕这些年在私立学校工作，私立学校的校园大而漂亮，花草丛生，校园如花园，尤其在苏州的那个私立学校，教室就建立在苏州河上，校园就是一座花园，美不胜收。

李昕无法面对这脏乱差的居住环境，征得古云的同意后，开始四处寻找合适的房屋，准备搬家。每日背个小包，放两个面包，一瓶水，带上一把伞，开始了辛苦的找房子工作——没想到，还真不好找。房价大得吓人，好一点的地方，太贵，买不起，退休人员已无权贷款；差一点地方，能买得起，但不理想。还不如不换房。一个月下来，李昕又黑又瘦，古云劝她："算了，将就点吧，这儿处在市中心，离我们两人的单位近，方便。医院也近，商店也近，交通也方便。再这样跑下去，要注意你的身体了。"

李昕不甘心，还是想换一个居住环境。时值十一月初了，广州工作的女儿打来电话："南京天气逐渐冷了，你们又都不工作了，来广州过冬吧！"

夫妇俩，也想了解了解女儿在广州工作、生活的情况，于是答应了女儿的邀请——来到了广州。

虽然，李昕在珠海工作时，夫妇俩进出过广州，但那只是路过，并未住下过。女儿买的房子在天河区，环境不错。房子也较大。广州小区内的绿化特好，这还是个较高档的小区，是女儿公司为她付了首付款，然后个人贷款买下的。女儿独自设计，装修了房子，并因此学会了开车，为方便上下班。

女儿很开心父母的到来，凡凡已在前几年就改口喊古云为爸爸了，喊得自然而亲切，不知道的人，都认为他们是亲父女关系呢！古云像对待亲生女儿一样关爱她，凡凡像对待亲生父亲一样地尊重他，一家人和睦相处，其乐融融。

女儿工作很忙，但凡有空，就会开着车带着父母去喝早茶，去各景点游玩，吃粤菜，吃海鲜。有时邀请她的朋友、同事一起欢聚，好不开心。

女儿恨不得父母长期住在广州，但是，广州的天气不行，一到三月份的初、中旬，就连阴天，一进入梅雨季节，潮湿得楼下大厅的墙上往下流水，楼下大厅地下，像每日洒上水一样，女儿家在楼上，她叮嘱妈妈每天都要关好门窗，打开抽湿机。还是不行。衣服拿在手上，就像没晒干一样，黏糊糊的。尤其是古云，这种天气，他的老毛病——风湿性关节炎就会发作，全身疼痛，身上贴了几块膏药都没用。

只好打道回府。南京虽也有梅雨期，但比起广州来干燥多了，而且时间也短。

如此，每年十一月上中旬到广州，次年三月上中旬回南京，朋友们戏称李昕夫妇为候鸟。

可是每当一回到南京，李昕就不适应目前的居住环境，一直未放弃搬家的念头。女儿知道此情况后，同意母亲的意见，抽空回了趟南京，开着车子，带着父母到朋友们介绍的新开发的南京市城西看房子。

父亲的要求是靠地铁站近，出行方便。母亲的要求是住高层，有电梯，方便以后老了出行方便。根据父母的要求，选中了河西一稍高档小区。卖掉原住房作首付款，由女儿贷款，买下了一单元房。虽然当时女儿的经济并不宽裕，自己的住房还须还贷款，压力很大，但是她毫无怨言，为父母能提高生活质量竭尽全力。开始，李昕只认为女儿工资高，当时女儿的年收入，比李昕夫妇的退休工资总和还要多许多。但后来才知道，女儿工资虽高，但广州的生活水平高，花销大，又是公司高级职员，穿着讲究些，还得还自己的住房贷款，所以，压力真很大，做父母的未替女儿着想，李昕深感内疚。

在女儿省吃俭用，好不容易还完贷款后，又给了一些钱，给父母装修房子。李昕不想再给女儿增添负担，拒绝了女儿要花钱请来的设计师。自己设计，自己寻找了一家正在搞促销活动的装修公司，自己跟着师傅买装修材料，每日做监工，早出晚归地到新房子和工人们在一起，为工人们倒水，买盒饭，甚至做小工，递递拿拿。其间，李昕的侄子也经常来帮帮忙，出点主意，他们姨侄关系较好，侄子女儿的名字“冬妮”，还是李昕给取的。

一共两个半月，又晾了一个半月——只要天晴，李昕就赶去开门窗，正是七、八、九三个月，天气干燥，除了下雨天或李昕有事不能前去，其他日子几乎都在吹风之中，高层楼房，前后无遮挡，又买了不少绿色除甲醛的植物放置厅内房内，装修时，李昕着重考虑的是要买环保的家装品，所以，第五个月，搬到新居时，已基本没有任何大碍了。当然，所选家具只讲环保，不讲奢侈，适用即行，比较简洁。古云夫妇一直认为：一个人活得越简单，就会越干净。干净，才是灵魂应有的香味。一切删繁就简，才能走向生命内在的丰富和高贵。一大一小两卧室，一个书房，一个客厅，一个饭厅，厨房一个，洗手间两个，一个门厅，一百四十平的单元房，一些简易的欧式家具，一些字画，一些植物，地板、家具均以深咖啡色为基调，天花板、墙壁均为白色立邦乳胶漆——简洁而雅致。

女儿春节前请假赶回南京，立马带着父母到苏宁买了电视机、空调、取暖器等一些家用电器，又花去不少钱。夫妇俩一个劲地劝说女儿少花钱，而女儿却说："我挣钱，就是要给你们用的，为你们花钱，我开心，你们别心疼啊！"至今，家里的五分之四的物品都是女儿买的，从此李昕夫妇俩的晚年生活越来越好。

谁说，再婚不好，会带来许多烦恼，尤其是有孩子的女士，再婚后增添许多麻烦？不对，关键是要找对人，找对了人，就能获得第二春的幸福。李昕多么想大声呼吁那些婚姻生活中遭受过各种挫折磨难的人们：勇敢地面对现实，大胆地寻找适合自己的人，享受生活赋予我们的一切快乐吧！有一个家庭，一辈子温暖；有一个关爱的人，一生也不孤独。前世所有的相遇都是久别重逢，今生所有的经历都是上天的恩赐。

美国二十世纪著名的小说家海明威在他的散文《真实的高贵》中写道："优于别人并不高贵，真正的高贵是优于过去的自己。"

第九节　学驾驶、泡温泉、扭伤腰

李昕的一位闺蜜，一天来电话说："我学驾驶了，已经领到证了，今天我开车去4S店办点事，你来陪我一起去，有空吗？"

"好的。"李昕一口答应，如约而至。李昕无比羡慕——自己早已有学开车的心愿了，看看那些会开车的人，多潇洒，想到哪儿就到哪儿，多开心啊，尤其是年龄越来越大了，腿脚不方便时，以车代步，该有多好啊！

在向闺蜜表达了自己也想学驾驶的愿望后，她很高兴，立刻陪李昕去离家近的一个驾校办理了相关手续。

回到家，古云支持她。打电话给女儿，女儿坚决反对——年龄大了，不安全，并叮嘱父亲阻止母亲去学。

李昕和古云商量好：瞒着女儿去学。古云说，要不是眼睛不好，我也去学，只是你要注意安全才是。有了古云的支持，李昕的学习劲头十足。夫妇俩的又一次心心相印！

恰逢冬季，天气寒冷，李昕的认真、勤奋刻苦，感动了教练，当时学驾驶的人较少，得首先通过理论考试。深知记忆力差，她又拿出拼命劲头，认真背诵那些复杂的交通知识和各种标记——李昕平时哪里有关心过这些啊！第一次，不及格，第二次，通过！

开始上车实践了，李昕兴奋地坐在汽车里，手握驾驶盘，教练也够胆大的，第一天就让李昕自己开，他在旁边指导——反正是在教练场里，不会有安全问题。李昕认真地听教练讲解、示范，自己多次实践，每天上下午各三个小时，李昕都是按时到，刻苦认真的态度让教练很感动。因为当期的学员不多，所以李昕得以每天都有一辆车让她实践。

直线，左右转，上下坡，倒车……基本拿下。只有一项——按指定位置，倒车！一个星期过去了，还是不准确。教练只告诉李昕——自己练吧！

每天就练这个定点倒车，这一项非常重要，否则，以后车没法进车库，没法到停车场停车啊！李昕每天就学这个，第十天，突然开窍了，可以准确地停了，她开心极了，请来教练——认可了，于是教练带她上马路练习，哈！坐在驾驶座上，手握方向盘，信心十足，心里不断地给自己鼓励。“还不错！”教练的评价，让李昕充满信心，报名参加车管所的考试，争取尽快拿到驾驶证。

两个半月！拿到驾驶证的那天上午，天空正飘着鹅毛大雪，车管所里的领证大厅虽然办事的人数不多，但是，李昕觉得坐在椅子上等待取证的心情还是焦急且兴奋的。通过一系列手续，当拿到了那个本本时，李昕真想大声地喊：我有驾驶证了！只是，在大厅里没敢出声！

回到家，当古云看到李昕的驾照时，高兴地抱起她，“我老婆厉害，就是能干！”两人相拥着，商量着，是否买辆车等，正在高兴时，女儿来电话：“南京下雪了，你们怎么还不来广州啊？有什么事吗？”李昕赶紧说：“去去去，明天就能去！”“那我买明天的机票了，你们准备好，买了机票再用手机发给你。我到机场去接你们，到时电话联系啊！”

放下电话，吃了碗面条，李昕对古云说：“你在家里收拾行李，我去银行取些现金（那时还没微信、支付宝，只认现金），再买两只盐水鸭，再买点南京的青菜等东西。”

一场突如其来的鹅毛大雪，随着中级风速，飘飘洒洒地越下越大。路上行人很少，李昕打着伞，顶着风艰难地行走着。车站上站着十几位等车的人，说是已等了四十分钟了，根本没有车来，怎么办？再等下去，就怕时间来不及了。走！步行吧！

半个小时的路程，走一步滑一步，还得抓牢伞，举步维艰哪！到了银行，取了款，又往超市赶，为了先去一报摊，替古云买份《体坛周报》，一不小心，摔了一跤，坐在雪地上好一会儿，才在报摊老板的帮扶下，爬了起来，裤子已湿了一大片。李昕揉着臀部，一瘸一拐地又去苏果超市买了其他物品。这怎么办呢？没办法走回家了呀，东西太重，拎着都吃力，何况走路还费劲，只好在路边等出租车了。

大雪天，车本来就少，再加上即使有少量车过去，都已有人。等了约半个小时，李昕看到一辆车驶来，她不管三七二十一，往车头前进的方向一站，还好，是拐弯处，车速不快，司机刹住车伸出头，瞪着眼吼道："你不要命了！"

"师傅，帮个忙吧，我已等了快一个小时了，冷得不得了，带我一下，多给你点钱。"

"车上有人了，你问问她同意不！"

李昕一看，后座上是一位廿几岁的姑娘。马上对姑娘说："先送你到目的地，你下车后，再请师傅送我回家。请你帮帮忙，我实在吃不消了。谢谢了！"

"好的，行！"

随着姑娘的话语声，司机已打开后备厢，李昕赶紧把手上的东西放上。拉开前门，坐到副驾驶上，嘴里不停地说："谢谢二位，谢谢二位，否则，我真没办法了，天也快黑了……"

"还好，有惊无险，我的车子刹不住，撞到你，怎么办？"司机嘟囔着。

"拐弯口，车速不会快，你刹车时，我已站到边上了，压不到我的。"

"你会开车？还蛮内行的！"

"对，我今天上午才拿到驾照！"

"哈哈哈……"车上的三人都笑了……

李昕就是这么一个乐观爽朗的人啊！再大的困难，她都能设法解决掉，古云赞她："聪敏，也豁得出去！"李昕说："我皮厚，撒得开！"然后又补充说："那是智慧！"古云笑说："说你胖，你还喘上了。”夫妇俩经常这样调侃。

随着岁月的流逝，年龄的增长，不知从什么时候开始，夫妇俩的角色发生了转化：古云不太想外出了，李昕又好动——古云说她：“属猴的，就是待不住。”于是，古云主内，李昕主外。后来，古云不想再去广州了，来回太吃力，年龄大了，想安安静静地待在家里，看看书报——李昕订了《体坛周报》、《金陵晚报》两份报纸和《炎黄春秋》、《名作欣赏》、《小说月刊》三份杂志。

李昕说服古云学打电脑，并耐心地教会古云用电脑打游戏。

女儿从广州回来，帮母亲买辆她喜欢的蓝色小轿车。当李昕第一次开车带着古云出去时，女儿问：“爸爸，你敢坐妈妈开的车嘛？”

“敢！为什么不敢？”古云毫不犹豫地回答。女儿无语，也只好壮着胆子坐上了车。

李昕好自豪啊！开着车，带着自己最亲的两个人去兜风。女儿也对妈妈说：“妈，你很会赶时髦啊，六十多岁学会开汽车了，下面是不是该去学开飞机了啊！”

“不敢！能开开车，以车代步，上医院，上超市可省去好多麻烦，我已知足了！”

这以后，凡是上医院、到超市，都是李昕开车去。有一次，到华润苏果去买东西，刚去时，超市停车库旁有空地，已有两辆小车停在那儿，李昕认为买些东西，很快就走，不想停到车库里去了，省点事。

哪知道，等夫妇俩大包小包买好出来时，车子周围已又停了两辆车。车间距太小，这下让李昕为难了。只好让古云在外面指挥：自己把车开出来。哪知，车距太小，又不能碰车，古云在大声地指挥，左！右！前！退！天哪！此时的李昕手忙脚乱，一会儿推前挡，一会儿刹车，一会儿倒挡……

一位七十多岁的老爷子，在大声地指挥一位六十多岁的老太太开车，一时间，周围十几人在围观，甚至有人还帮着指挥，简直成了一道风景线！

持续了廿分钟，终于把车开了出来，两人都累得够呛。回到家，两人越想越好笑，事后打电话告诉女儿，女儿在电话里哈哈大笑，然后告诉妈妈："以后遇到这类情况，请会开车的人帮忙开一下。"李昕恍然大悟，对，怎么就没想到这点呢！向来不愿意麻烦别人的古云说："请人帮忙，那多不好意思啊！"李昕说："今天我们这样，让那么多人看，也不好意思啊！""这倒也是！"不过，这以后，倒是再也没有发生过类似的事件了。

后来，因为老毛病——类风湿关节炎，古云的双腿，走路越来越困难，尤其是右脚——浮肿，不得不用拐杖助力了。李昕买了根缅甸花梨木的手杖给古云。对这又大气又结实的拐杖，古云很喜欢，像朋友似的，一直陪伴着他。

有一天，一位朋友来电话问候时，谈到自己刚从江西宜春温汤镇回来，那里的温泉很出名，有明显的疗效，建议李昕带古云去试试，能否对他的关节有作用。

古云不太相信，认为这是说说而已。李昕决定自己先去探探路，安排好古云的生活后，李昕从南京坐火车，一夜工夫就到了宜春，再转公交车到温汤镇——交通还比较方便。

她住上温泉质量最好的——江西地矿山水温泉度假村（简称矿疗）。"矿疗"内有他们自己开发的两口井。每天两百元。李昕住了两天，了解了个大概，回家向古云介绍。

温汤镇在江西宜春西南十五公里。此地名人辈出，陶渊明、宋应星在此出生，韩愈在此担任过刺史。历代到访过此，并写下诗文的还有李白、柳宗元、刘禹锡、贾岛、刘长卿、梅尧臣、岳飞、王安石、范成大、杨万里、辛弃疾、文天祥、汤显祖等名人。

近几年来，小镇温汤声名鹊起，中央台“北纬 30 度”和“中国长寿之乡”还做了专题介绍。

这里的温泉，含有硒和一些微量元素。全世界只有两个国家有含硒的温泉，一个在法国，是冷泉。而温汤的泉水是常年温度都在六十八到七十二摄氏度。富含硒、偏硅酸等一些对人体有益的微量矿元素。属高温重碳酸钠弱碱性矿泉。硒有防癌抗癌的作用，对皮肤病，尤其是疥疮、手足癣等，疗效更佳。

温泉既可泡，又可饮，在中国独一无二。各地游客络绎不绝，有不少人在此购房，长期居住在这儿。

在李昕的坚持下，古云同意前往。

为了让古云的生活舒适些，李昕带了三大箱子的衣物等，托运掉两件，随身带一个箱子，一个双肩包，还把古云的轮椅带上。这一路上，全是李昕在拿啊，推啊，不让古云动手。古云看到李昕如此负重，又上上下下、里里外外地奔波，心里很难过，苦于自己是心有余而力不足啊！

在温汤镇，住在“矿疗”，整整一个月，每日在房间里泡温泉，中午泡脚后午睡，晚上泡澡后睡觉。在镇上买书报、杂志看看，有时在饭店里吃饭，有时在矿疗食堂吃。因为古云不能吃辣，而江西是非辣不成菜的，所以，李昕尽量和饭店老板协商，菜里不放或少放辣椒。有时，李昕到超市里买些熟菜来吃。

每天用轮椅推着古云在矿疗里散步，矿疗里面很大，绿化也很好，还有个对外开放的游泳池，很热闹。每逢节假日，小镇往往是车水马龙，偌大一个小镇，真是热闹非凡。人们不远万里、千里、百里来目睹这含硒的泉井，体验这含硒的温泉的舒适。

小镇周围还有许多景点：明月山、月亮山、仙女湖等。

古云嫌这里伙食太差，不习惯在这长住。坚持住满一个月后即回南京。邻居们都说古云白了、胖了，每天泡温泉，还是有不少益处的，如果再坚持个半年就好了，这是属于慢性疗养。

自这次去泡温泉后，任凭李昕怎么劝说，古云都不再随李昕出去旅游了，只有等女儿回来后，开车出去玩，他才愿意。后来，女儿告诉妈妈：爸爸不肯跟你出去玩，是因为你太辛苦，自己拖累你了，太心疼你了。为此，李昕也尽量减少外出的机会了，较多的时间，在家陪古云了。此时，才开始感到：应该早点不工作了，应该趁着还有体力时，多陪着古云出去旅游，现在一切都已为时晚矣！

国庆节前，凡凡回来开车带着父母去浙江的一个古镇玩了几天，喝了当地人自酿的酒，吃了好多当地的特产，因为是江浙菜系，所以对得上古云的口味，他好开心。

还有一次，女儿请年假，带父母去安徽皖南西递、宏村、屯溪老街去玩，徽系古老文化的底蕴让一家人长了见识。

二〇一五年的春节前夕，女儿回来，询问父母想到哪去玩时，李昕建议去上海，因为古云的表哥在上海病重，古云想去看看他。表哥家在浦东川沙，正好可以去给古云的父母上个坟，近几年都是李昕一人去给婆婆公公上坟的。

于是，女儿开车前往上海。上午十点出发，晚上八点吃完晚饭入住酒店。

次日，喊上古云的外甥同去浦东。先看望了古云的表哥——一位八十八岁的老人，已不能站立了，坐在轮椅上和古云聊天，表兄弟之间，回忆了幼时的往事、家中的往事。两位八十多岁的耄耋老人聊得那么开心，似乎返老还童了，有时笑得满脸的皱纹都舒展开了……

然后又去为古云父母扫墓。一切都按照祭奠程序进行，轮到古云向父母敬香说话时，古云坐在轮椅上，李昕帮他点上香，他用低沉的语调说着："阿爸，姆妈，我有好几年没来看你们了。我的腿脚行走不方便了，身体也不如以前了，以后可能没有机会再来看你们了。请你们原谅，对不起了。"

听着古云低沉而悲哀的、无奈而深情的表白，李昕等三人全都情不自禁地流下了眼泪……真没想到，时隔三个月后，古云竟然……

回到酒店晚饭后，李昕帮古云泡了热水澡，照顾他早点上床休息，自己泡了个澡，解了乏，也早早休息了。

第二天的下午，女儿带着父母去看望了病中的舅母，已八十六岁的舅公舅母，看到自己的小妹妹、妹夫和多年未见的外甥女，非常高兴，坐在轮椅上的舅母，有时已神志不清了，此刻却异常兴奋，头脑清醒地喊出三人的名字，拉着李昕的手，流着泪说："阿嫂身体越来越勿来斯了，侬要抽空来看我呢，侬要照顾好老古。伊身体也勿来斯了，格么，侬自己还要照顾好自己啊！身体勿好，人苦啊，好好较作孽了！"又对其他人说："阿妹的人好啊！每次来上海，都要来看阿拉，还要带嘎许多东西来。人好啊！"寒暄了一会儿，又来了几位亲友，大家一起到饭店吃饭。吃完饭后，回酒店，准备明日回南京了。

李昕让古云泡了澡再睡，古云说："昨天才泡过，今天就不泡了吧！"李昕说："明天就回南京了，家里冷，泡澡麻烦，还得搬取暖器什么的。这里有中央空调，又是浴缸，暖和！再泡一个澡，就泡泡，舒服。"古云听来觉得言之有理，于是就泡了。

大半缸的热水，很舒服，古云双颊红了起来，半个小时后他想起来了，可是，双腿怎么也使不上劲了，双脚在水里打滑站不起来。李昕赶紧站到浴缸里，先用毛巾垫在浴缸边上，双手托住古云的胳肢窝，让古云用手撑住浴缸边，然后移坐在浴缸边上，再慢慢地移出浴缸，以前在温汤泡温泉也是这样的。

安排好后，为增加摩擦力，把浴缸的水放了。李昕说："我喊一二三，我们一起用劲！""好的。"于是，李昕双手托住古云，古云两手撑着浴缸边，刚喊到"三"时，只听，李昕的腰部发出"咯吱"一声，顿时，痛得动弹不得。而古云仍坐在浴缸里，纹丝未动。

怎么办？再这样僵持下去，古云会受凉，李昕无法老这样站在浴缸里。于是李昕咬着牙，跨出浴缸，打电话给女儿，女儿立即喊了两名服务生来到房间，只几秒钟时间，把古云抱起来，帮他穿上衣服。安排他上床。女儿过来，看到母亲痛得龇牙咧嘴的，要带她上医院。李昕说："估计是骨折了，上医院不是一天两天就会好的。我住医院，你们怎么办？明天还是回南京看病吧！"

李昕没法坐下，更没法躺在松软的床上了。女儿请服务生来，为李昕打了个地铺，扶着李昕，慢慢躺下。这一夜，李昕无法入睡，只要一动，腰部就痛得不禁发出声音来。古云一脸的痛心，自责自己让李昕这么受苦。李昕还一直安慰古云，不怪你，全怪自己不小心，用力不当等等——真是一对好夫妻啊！遇到问题，从不去指责对方，而是尽力去安慰对方——都不愿让对方为自己受苦。

次日，女儿请服务生帮忙，先把行李放置车上，再用两部轮椅把父母推到小车旁边。先用靠枕、衣服把后排座位垫好，把母亲扶上车，躺下。再把父亲扶上副驾位。服务生们看了都为女儿担心，女儿却毫不在乎，还笑着用手机拍下当时的情景，告知亲友们，告知领导，顺便请了假。

当时酒店门前，形成了一道送别风景线，在服务生的帮助下，在女儿对服务生的道谢中，踩下油门，启程回家。

一路上，每过一个凹凸处，车子颠一下，李昕就会痛得咬紧牙关，紧紧抓住衣服，尽量不发出呻吟声。女儿开车特别小心，还好，宁沪高速公路的路况还比较好。古云不时回过头来，询问李昕的情况。李昕为了减少麻烦，早上连口水都没喝，什么食物也没吃，中午，在服务区，也没下来，忍着渴，忍着饿，不吃不喝，还真少了不少麻烦。

下午，三点钟到了家，女儿将行李先拿上楼，再用轮椅把父亲送到家，为他烧了一壶开水，淘好米，用电饭煲，煮上稀饭，安排好父亲后，下楼来带母亲去医院。这一切，都有条不紊，李昕看女儿如此能干，如此孝顺，如此耐心，十分欣慰。

到了医院，挂了急诊号，拍了X光片，医生诊断："没骨折，韧带拉伤。"

母女俩一听，没骨折，心里放心多了。李昕问："没骨折，怎么会这么疼呢？"

"腰部韧带拉伤是相当痛的。应立即制动休息。吃些药，卧床休息，特别注意，别再让腰部受力了。"

卧床休息一周不到，李昕就下床活动了。

李昕的腰不再那么疼痛难忍了，止痛药尽量不吃了，因为那是麻痹神经的。李昕又催促女儿快回去工作。

在钟点工的照顾下，在古云的按摩下，李昕的腰越来越好了。十天左右恢复了后，李昕拍拍胸脯，对古云说：“又是一条汉子了！”古云欣慰地笑了。

第九章　脆弱的生命

第一节　那一天

二〇一五年，五月卅日，这是李昕生命中刻骨铭心的日子。

早上，李昕把早餐摆上桌，喊正在看报的古云吃饭。古云走到餐桌边，坐下，开始边吃早饭，边和李昕聊天。

古云今天早饭，吃了一个白煮鸡蛋（他必须要蘸生抽吃的），两个小的肉包子，一小碗稀饭，一点儿酱黄瓜。

吃完饭，刷洗好后，李昕带着狗狗出去遛狗，约廿分钟，把楼下信箱的报纸拿上来，递给正半躺在沙发上看电视的古云。古云用右手接过报纸的同时，用左手向李昕敬个军礼，表示感谢。古云故意把掌心朝上敬礼，那滑稽的样子，逗得李昕哈哈大笑……

李昕喂狗粮给狗狗吃，然后，就问古云："今天想吃什么菜？我马上就去买。"

古云说："每天，你都要问我这个难以回答的问题。"

"是啊，每天买菜很难，不知道该买什么菜，你看，我用轮椅推着你，我们一块去菜场，你看到什么想吃的菜，我们就买。"

“不用了吧，太麻烦了。你看着办吧，随便买点就行，两个人，吃不多!”

“那我看看冰箱里还有什么菜。”李昕打开冰箱一看，对古云说:“冰箱里有半条鱼，半碗肉，还有一把青菜。”

“那就够吃的了，别去买菜了。”古云说。

“好吧!”

古云仍然半躺着一会儿看看报，一会儿看看电视里播放的新闻。

李昕到书房上电脑了。这期间，李昕到客厅、到厨房两次，还给古云沏了一杯茶。

天气晴朗，阳光透过客厅落地窗，直射到沙发上，大半间客厅都沐浴在阳光下，李昕拉了下纱窗帘，遮挡一下阳光，让古云看电视时不要太刺眼。

当李昕做这些事情时，古云还冲李昕笑，点点头，竖起大拇指以示赞赏，李昕也笑以示回答。

这一切的一切，太正常不过了，这是他们俩常有的示意交流方式，默契得很。

九点半钟，钟点工小王来了，钟点工有房卡，可以自己进门的。古云还和钟点工打了招呼。然后照例开始工作——有时看看电视，有时看看书。

李昕安排了钟点工的工作后，在书房里打电脑。

十点半钟，李昕从书房出来，看到古云躺在沙发上睡着了。年纪大的人，经常会因体力不支，会在看报或看电视时，闭上眼休息一下，或小憩一下，古云也是经常这样的。七点钟起床，十点多钟，他都会要睡一会儿，所以，李昕放了床丝绒毯在沙发上，睡时，可随手拉过盖上，这是李昕专为古云买的一个可睡的沙发，似贵妃榻，是三个单人组合的一套布艺沙发。

李昕看到古云睡了，但没盖毯子，一边走过来，一边小声叽咕着："不盖毯子，会受凉的。"一边就拉毯子往古云身上盖，此时，就发现古云的一只胳膊耷拉在沙发下，李昕忙把古云的手臂抬起放到沙发上，盖毯子，放手臂，奇怪，怎么古云一点反应都没有。不对啊，照平常，这样子，古云是一定会睁下眼看看，或手略抬一下，可是今天怎么一点反应都没有呢？

李昕轻轻地摸了一下古云的手，手上汗渍渍的，再摸摸他的脸，也是汗渍渍的。李昕拍拍古云的脸："你怎么了？说话呀！"只见古云的嘴半张着，舌头在里面动了动，发不出声了。

李昕赶紧打电话120，然后对钟点工说："快去喊对门小江。"

这时只见古云很费力地用右手一点点地往下移。穿着睡衣睡裤的他，口袋里也不会有东西啊。李昕下意识地贴着他的手，随下移去，突然，她摸到裤裆处湿了——小便失禁了，李昕心里咯噔一下，知道不好！此时的古云手停住了，全身一动不动地躺着。

隔壁小江跑来一看，又打了一遍120，回说正在路上，马上到。

这里李昕掐古云的人中，小江掐虎口，但古云任凭李昕对他呼喊："先生，你别吓我，你怎么啦！说话呀！"

几分钟后，救护车载着古云到了医院，仅仅十几分钟的时间，医生们已经在急诊室门口等候。

大约半个多小时的抢救时间，李昕一直坐在外面等候，医生把邻居小江当作是病人的女儿了，有什么情况都向她讲。

这里小江又向李昕的几位亲友打了电话，通知他们迅速赶来医院。

最后，小江带着医生走到李昕身边，对李昕说：“我们已尽力抢救了，现在想再最后努力一下，要插呼吸机，但病人的脖子无法向后仰，必须把他的脖颈折断，才能把呼吸管插进喉咙处，因为病人驼背，头部无法后仰。但是，病人已经没有任何生命体征了，实际上，送来时，就已经不行了，我们是在进行人道主义的抢救。建议你们家属不要再让病人受折骨之痛了。”

小江也劝李昕：“阿姨，你别让伯伯再受罪了，实际上，一点用都没有了，伯伯的生命体征一点儿也没有了。”

李昕说：“我要去看看他！”说着，踉踉跄跄地由小江扶着，走进急诊室。

古云睡在病床上，像往常一样，半张着嘴，李昕趴在古云身上一边哭，一边说：“先生，你怎么就这样走了呢？我在家，钟点工就在你沙发旁拖地，你不舒服时，为什么不喊我们啊！哪怕哼一声也行啊！你为什么一声不吭地就走了……医生没办法救你了……

“你走了，把我一个人留下了，我怎么办啊……我们不是说好了，你多陪我几年，我们一块儿走的嘛……”

李昕一边哭诉着，一边拉着古云的手，手还有点温，还是那么软。

忽然，他想起了半个月前，一位同学从美国发来的一条微信，大意是说，人在医生宣告死亡后，他的思想意识还会有，你和他说话，他没法回应，但他能听到。

李昕想到这儿，拉起古云的手，贴在自己的脸上，慢慢地对古云说：“你执意要走，我也没办法，但是你放心，今后我走到哪儿，都会把你带到哪儿！不久，我就去找你，你等着我，你放心地走吧！我会永远陪着你的，你放心地走吧！……”

李昕一直攥着古云的手，哭泣着……诉说着……叮嘱着……旁边的医生护士们，连邻居小江也都流下了泪……

半个小时左右，要把他送往医院的太平间，小江扶着李昕出来，又跟着到了医院的太平间。

李昕仍然拉着古云的手，哭泣着，工作人员喊了她几次，请她离开，她坚持不走。工作人员吓唬她：“阿姨，这里空气不好，有各种病毒、细菌，你不要靠近这个床。”

李昕似没听见，仍然紧紧地拉着古云的一只手。太平间的一位女士见李昕不肯松开故人的手，连忙用酒精棉花把床擦了三遍，又搬了一张椅子让李昕坐下。陆陆续续地等来了几位亲友，又劝李昕，到外面等，李昕仍不肯松开古云的手……

就这样，等到下午四点钟，殡仪馆的人来了，古云的手彻底凉了，李昕这才松开古云的手离开，只过了一个小时，李昕又在殡仪馆的一个大厅，见到了古云。

李昕是在殡仪馆的工作人员指导下，为古云办了最高规格的棺式储藏，单独租了一个大厅，并且可以随时接待家属来看。

李昕又坐在了古云的灵柩旁，此时古云已穿上了寿衣，放在下面垫了冰的灵柩里，李昕无法拉到古云的手了，只得扶着灵柩边框一边哭着，一边喃喃地对着古云讲着……此时古云躺在灵柩里，好像睡着了一样，又好像正在听李昕最后的讲述……

亲友们陆续地赶来，都说：“他面部表情很安详，一点痛苦都没有，跟平常睡着了一样。”

是因为心型性猝死，病人未受太大痛苦就去了，还是李昕在对他一直不停地讲话,而让他得以安心地去世,不得而知了……

李昕守在灵柩旁,她决定要在这里守着。众人都劝她离开。已是晚上八点钟了,亲友们不忍心将她一人留在灵柩旁。此时的殡仪馆也已安静了,只有二楼的他们这个厅才有灯光,偌大殡仪馆只有厅门口接待大厅还有两位值班人员,剩余人都已下班。黑黝黝的各个厅里,似乎都有尸体停放,人们不禁不寒而栗,但李昕全然不顾,执意不肯离去,怎么办?

不知所措的亲友们,尤其远道开车赶来的亲友们又饿又乏又伤心,可是李昕已完全顾不到了,她整个人全都沉浸在无比的悲哀中,任何人的劝说都是徒劳,说多了,只能换来一句:"你们走吧,我在这儿陪着他,真的,你们走吧!"

突然亲友中的一位说:"李昕,古云的人走了,但是他的灵魂还要回家的呀,家里的灵堂已设好。你必须回家,守在家里,等着古云的魂回家,不能另外再设灵堂的,否则,古云不知道回家了,他的魂就会在外面飘着。你不能让他在外面飘着吧。"

众亲友们听后也七嘴八舌附和着说,李昕当时人已处于极弱智状态,只要能为古云好的事,她肯定是愿意去做的。但这是真的吗?

在她犹豫中,亲友们已扶她离开大厅,架着她走下楼,有的人用手机在为她照亮,就这样,一行人驱车回家。

殡仪馆离市区较远,除了公路上的路灯和偶尔驶过的汽车,四周漆黑一片,怪异的安静蒙上一层神秘的色彩。三辆车都开足了马力疾驰,为的是早早地离开这黑暗的世界。车上没有一人说话,李昕在疲乏中昏昏欲睡——她整整一天滴水未沾,十几个小时的紧张、恐惧、痛苦已将她折磨得全身乏力,毕竟已是七十多岁的老人了。

四十多分钟的车程，终于到家了。

李昕在亲友的搀扶下，躺在了客厅的沙发上，躺在了古云早上躺的地方，躺在了古云去世的地方。刚躺下去的时候，她恍恍惚惚地觉得自己也就这样随古云而去了吧！

亲友们为她端来了一杯水，一小块蛋糕，让李昕吃一点，可是李昕一点食欲都没有，然而，亲友们的好意难却，她吃了一点点蛋糕，喝了一小口水，但咽不下去，而且还很恶心地吐了出来。大家见状，不再奉劝她进食了，李昕这是伤心过度啊，是从生理上拒食。

亲友们扶李昕躺下，为她盖上毛毯，都难过地摇头，看着她苍白的脸……

不知是醒着，还是睡着，总之，迷迷糊糊中，听说女儿快到了。广州正在下暴雨，上午的飞机无法起飞。心急如焚的女儿，在机场悲伤之极，擦泪水，用去了一盒纸巾。（这是后来听送她去机场的司机说的。）

她知道母亲肯定在急切地盼望着她回去，她也知道，都是亲友们在为她料理本该由自己料理的父亲的一切后事，但是她无可奈何，飞机晚点，自己奈何不得，只在痛苦中乞求老天爷，快点停住下雨，好让她赶快回到家中！

时钟刚过十二点，凡凡踏进家门，亲友们接过她手中的行李，她扑通一声，跪倒在父亲的灵台前，一边喊着："爸爸，我来晚了！"一边哭诉着："你怎么就这么突然地走了，你丢下我和妈妈，怎么忍心啊！……"

亲友们扶她起来，递给她三支刚点燃的香，她拿着香拜了三拜，插入香炉，然后奔向妈妈处，母女俩相拥而泣，痛苦不已……

众人纷纷落泪……

灵堂前充满了哭声，哭声让蜡烛摇曳，哭声随着香气缓缓地飘向夜空，星星眨着眼，似乎在为古云的离去而惋惜，为李昕母女俩的悲痛而悲痛……

第二节　灵魂

这已是第二天的凌晨了。

凡凡赶紧安排后事：请一些本地亲友先回家休息——也忙了大半日了。又请一些外地亲友去吃夜宵……

可是大多数亲友，要求留下来守灵，凡凡安排自己守灵，住在本市的亲友，不要吃夜宵，直接回家休息后，再来。外地亲友都不愿去酒店，要轮流守灵，要在家将就一夜，待天亮再说。

亲友们如此通情达理，如此地为李昕母女俩鼎力相助，让母女俩感动不已。

夜里三点钟，一位朋友从苏州赶来，一米七五的微胖的姑娘，是认识卅多年的朋友。她一进门，扑通一声跪倒在灵台前，哭诉着："伯伯，你怎么就这么走了呢？你不是好好的吗？我新房子拿到了，正在装修，准备接你和阿姨去苏州住住，我们不是讲好了吗？呜呜呜，我想你们啊，还准备来看你们的……你怎么就这么快地走了啊……"

李昕当然又是一阵哭泣。

次日上午八点钟，直到夜里十点钟，亲友们闻讯后陆陆续续来吊唁。

八十多岁的古云同事，在家人陪同下，哭泣着，用颤抖的手点燃了香，向古云鞠躬……

八十多岁的古云的大学同学，来了四个身体较好的做代表，来到古云的灵前，点香鞠躬，他们都哭泣着说着同样的话：

“我们说好了，过些日子，再聚一聚，还在你们小区的会所，还请李老师帮忙安排，你怎么就突然地走了呢？……”

然后，又颤颤巍巍地安慰着李昕：

“人走了，不能复生，你们感情深，我们都知道，但你也别太难过了！要知道，他还好没受什么罪，没太痛苦，从这点来说，你应该感到欣慰！人总是要死的，你想开点，你要多保重！”

李昕十分感激这些老同事、老同学们，李昕也早已成为他们中的一员了，每次聚会，李昕都会陪同古云前往，所以都很熟悉了。

古云的出版社的办公室主任来了，问：“李老师，有什么要求？”李老师说：“社里对老干部一直照顾得很好，我们没什么要求。我想为古云开个简单的追悼会，希望有位领导来参加，并讲几句话，为古云赖以一生的编辑工作给予评价。”

“好，没问题，社长生病住院，总编来，应该没问题。我去向领导请示一下。另外，我在出版社贴个讣告，届时，出版社开车送同事们去开追悼会。”

“谢谢主任！”

“不客气，李老师，你要多保重！”

有几位比古云小卅几岁的同事，也来吊唁，一口一口地喊着“古老……古老……”并回忆着以前在一起工作的情景，在午休时和他们一起打扑克牌的情景，“别看他年龄比我们长，打牌的水平比我们高，什么斗地主、八十分、跑得快，古老都会。出版社有名的老顽童！”

李昕的同学也来了。

最好的同学韩琴，进来后抱着她哭了一会儿，其他几位都在劝李昕，并听李昕叙述古云去世的经过。

同学们都为李昕难过，极力地安慰她。

这次也很巧，有好几位同学从外地来参加同学聚会的，所以也赶来参加吊唁。

有从美国来的，从香港来的，从海南来的，从广西来的，更有几位南京的同学，两次来看李昕。同学们似亲兄弟亲姐妹啊，同学情弥足珍贵啊！真是一场别开生面的聚会啊！

李昕的学生们，有的从李昕在医院就开始陪她的，选照片、洗放大遗像、买祭奠用品、布置灵堂等等，一切全部都是李昕的学生帮着弄的，七八个人在李昕家里，帮着李昕一应打理、出力、出钱，全部以主人身份办理着。

要不是这些邻居、同学、学生们的帮忙，李昕都不知道怎么办。那时的李昕除了要守着古云，脑子里就是一片空白。平时的一切办事能力，此时已丧尽无遗。

悲痛过度，会使人变成弱智！

第二天，李昕仍然滴水未沾，滴米未进，神了，还能接待来吊唁的客人一天啊！晚上十点钟，女儿对母亲说：“妈，你得吃一小碗粥，再到卧室睡一觉。不为别的，就为明天的追悼会！”

明天一早，就要面临一个大的痛苦无比的告别场面啊，那将是与古云最后的一面啊！从此，她就永远永远地见不到他了啊！

明天，自己能受得了吗？

明天，有那么多人来，自己能撑得住吗？

不能因为自己的身体而延误或影响追悼会的正常进行啊，届时，是送我上医院，还是开追悼会？女儿怎么照顾得来啊？

为了明天，克制自己吃了就想呕吐的生理反应，忍着恶心，吃了半碗粥，洗了个澡，进卧室睡觉。

李昕躺在古云平时睡觉的床的半边，她似乎还能感受到他微微的体温。她蜷缩着身子，像往常一样，似乎还依偎在古云的身旁，慢慢地睡去……

次日早上五点钟，李昕就醒了，一想到今日之事，她又止不住地泪流满面，仅仅两天时间，和古云就阴阳两个世界了……

她轻微的抽泣声，惊动了女儿，女儿推门进来："妈，睡得好吗？"

"嗯，还可以！"李昕不敢在女儿面前哭，因为她知道女儿心里也非常难过，她看到李昕哭，她也会哭的，所以，母女俩都在尽力克制自己的情绪。

"我马上就起来！"李昕一边擦眼泪，一边说。

等女儿关上门，李昕擦干眼泪，起身洗漱，穿了一件黑色内衣、黑衬衫、黑牛仔裤，一身黑衣服。

李昕在亲人们的搀扶下，在小区大门口，上了专车，直向殡仪馆驶去。

一路上，李昕一句话都不说，两眼看着车窗外，很茫然，时不时地默默地流着泪，又默默地擦去，周而复始，让人看了心痛不已，除了陪她流泪，无法用任何语言来安慰她……

到了殡仪馆，有两位亲友，左右扶着李昕，让她在等候厅坐了一会儿，然后就扶她进了追悼会的礼厅。

礼厅已全部布置妥当，庄严肃穆。正前方墙壁上悬挂着较大的横幅，上书“沉痛悼念古云同志”，会场左右两侧垂直悬挂大幅的挽联，上联是“寿终德望在身去音容存”，下联是“一生树美德半世传嘉风”，横幅下方置条桌，桌中间摆放逝者的遗像，遗像用黑色镜框，镜框用黑绸布围着。

亲朋好友的挽幛挂在礼厅左右两侧的墙壁上，礼厅横幅的下方的条桌遗像前正中，放着李昕及女儿送的花篮，两旁放着单位和亲友们送来的花篮和花圈有几十个。

遗体安放在条桌的后面，用一布幔隔开，为的是不能见阳光。古云睡在一灵柩内，灵柩四周用鲜花围起，古云安卧于鲜花之中。

早晨八点钟，哀乐轻轻响起，主持人宣布追悼会开始，向遗像默哀一分钟，请出版社领导——总编先生致悼词：

各位亲友，各位来宾：

今天，我们怀着极其沉痛的心情，深切悼念文艺出版社编辑室主任古云同志。

古云同志，因心脏病医治无效，于二〇一五年五月卅日不幸去世，享年八十四岁。在此，我代表出版社的领导和全体出版社工作人员，表示沉痛哀悼！向古云的亲属表示亲切的慰问！

古云同志担任社编辑室主任，四十多年来，他把自己最宝贵的年华奉献给了出版事业，培养出了一批批优秀作家、编辑。

古云同志编撰了许多优秀的作品，为我们留下了大量精神财富！编辑工作中，他为知名作家“锦上添花”，为平凡作者“雪中送炭”。

身为党员干部，他廉洁自律，一身正气，他坚持原则，顾全大局。他勤奋工作，任劳任怨，是我社的好党员，好干部。始终保持着编辑工作者的信条。

古云同志，善良淳朴，乐于助人。与人相处，坦诚谦逊，平易近人，不计恩怨，深得同事们的信任。彰显出高尚的人格魅力，堪为晚辈们的表率。

古云的一生是平凡的一生，是奉献的一生，是光荣的一生。

白马素平挥别泪，青天碧海寄哀思！

古云同志虽然永远地离我们而去了，但他的高尚品德，永远值得我们大家学习。

古云同志，好好安息！一路走好！

女儿代表家属致辞。

尊敬的各位领导、各位来宾、各位亲友：

首先让我代表我妈妈，由衷地向各位表示最诚挚的谢意！感谢你们在百忙中来和我们一起，向我的爸爸作最后的告别！

因为突发心脏病，一切发生得太快了，没有告别，没有遗言，太多遗憾！

父亲他一辈子，勤恳工作，善良待人，仁慈宽厚，他在众人眼中，是好同学，好同事，好朋友，能依赖的好人。

在我的眼里，他就是个视我为已出的好父亲。我为有这样的爸爸而感到骄傲！

父亲突然的离去，让妈妈和我，至今都无法相信这个不争的现实！我们深陷痛苦之中……

父亲虽离我们而去了，但他对我们的深切关怀，他的音容笑貌，他的言行举止，将永远留在我们心中！

悼念父亲的最好方法之一，就是要更好地照顾好妈妈，让她健康长寿！请爸爸放心！

爸爸，永别了，您一路走好！

女儿　凡凡

来宾绕灵柩一周，瞻仰遗容，做最后的告别。

在亲友的搀扶下，李昕一直在默默地流泪：她全身颤抖着，支持着自己不要倒下去——不能倒下啊，要让大家开好会，让大家再和古云告个别，要让追悼会开圆满。不能倒下啊，自己也要再看一眼他，要好好地向他告个别！不能倒啊！不能再因为自己而增添和自己一样痛苦的女儿的麻烦了！不能倒下啊！在默默地叨念中，坚持中，支持着，糊里糊涂地进行到向遗体告别一项内容。

由两位亲友搀扶着，走向遗体：李昕看到了古云安详地躺在鲜花簇拥的灵柩里，李昕慢慢走过去，扶着灵柩边框，弯下腰，低下头，小声地对古云说："你躺在这里，一定很冷吧！我知道你平时就怕冷，你看我现在也没办法给你加被子，我一点儿办法也没有，只能看你受冷，对不起了，对不起了！你带我一起走吧，你带我一起走吧！你把我一个人留在世上，我怎么过啊？怎么过啊？……"李昕的声音越来越大，哭泣声引得到场的亲友们也都流下了泪……李昕也痛不欲生，两位亲友赶紧架着她，才没有让她倒下，这时女儿到李昕身边说：“妈，等一会，我们再看看爸爸，现在你先到那边坐一下!”并示意两位亲友，把李昕架到灵堂旁边的椅子上坐下。李昕此时，似乎要昏厥过去了，但是立刻又镇静了一下，强打精神，和亲友们握手，以示答谢之意。亲友们都泪眼婆娑地叮嘱着李昕，注意身体，想开些。有几位亲友抱着李昕，边哽咽着，边在耳边嘱咐她：人死不能复生，千万注意保重身体。

亲友们还未全走完，李昕已经支撑不住了，气透不过来了，吓得亲友们赶紧扶她进休息厅，为她拿出速效救心丸，放在她的舌下，然后靠在椅背上，由两位亲友扶着她。过了十几分钟，李昕缓过气来……

当她还要再看一眼古云时，被告知：遗体已被送去火化——赶在第一炉烧。

李昕痛苦地闭上了双眼：此刻她觉得似乎自己也随着古云被推进了火炉，在熊熊烈火中，两人身体又融合在一起了……然后随着火焰熄灭了，剩下了两具残骸——离开这世界了，一了百了了，到阴间还做夫妻，永不分离了……

追悼会仪式结束后，女儿在几位朋友的陪伴下，守候在殡仪馆，最后把骨灰盒寄存在殡仪馆。

众亲友们在开追悼会后，走了一批，要赶去上班，还有一批回到李昕家，下午，亲友们陆续告辞。

三天的葬礼，在痛苦与忙碌中过去了。

第四天，开始整理一下物品，再到医院进行体检，李昕准备跟女儿去广州了。

第五天，分别和后来得知的好友、李昕的同事们告别。

第七天，一大早，在女儿的带领下，李昕母女俩来到殡仪馆，为古云过头七。

烧掉了一些古云生前的物品、衣服等。

李昕挑了古云喜欢带在身上的皮夹子。

此皮夹子一直伴随在古云身旁，乃至后来外出时，不需要他付任何钱了，但他仍要带着它，里面放着五百元，这是他多年的习惯——男人口袋中不能没有钱。李昕也经常为他替换一下新钱。

还有古云的三副眼镜：一副才配不久的每天必戴的眼镜，这还是李昕请她在广州的一位眼科教授的老同学特地定制的，还有两副是他看书、写字时交替用的度数不同的眼镜。

一套衣服：白底蓝格子的衬衫，深灰色的西裤，灰白色细格蓝领、蓝袖边、蓝下底边的夹克衫，这套衣服全是在上海淮海路上“海澜之家”买的，特合身，而且颜色也很大方得体，同事们都开玩笑地说：“古老，全身名牌啊！很时髦，显得年轻！李老师真会打扮你！”在同事们的赞扬声中，古云满脸的笑容。妻子给他买外衣都是夹克衫——符合他的两条长腿。用他的优势遮盖他的不足之处。真是用心良苦啊！

……

当李昕把这些物品，一件一件地烧给古云时，一边流着眼泪，一边轻轻地说着：“你最喜欢的几种物品送给你了，你要记得取好，照常用，用坏了，告诉我，我再给你买，再送给你。还需要什么东西，告诉我，我一定会及时送给你的。”

“多给你送去两套冬天的衣服，多穿点，别受凉。毛巾、牙刷、剃须刀也都送给你了。内衣、外衣也都有了。春夏秋冬四季的衣服都有了，女儿还给你送去了很多钱，你想买什么就买什么，一个人出远门，要照顾好自己啊……”

从未这么唠叨的李昕，絮絮叨叨地说了许多许多……

第三节　孤　独

“广东四小虎”之首——东莞，又称“莞城”，位于珠江口东岸，号称“世界工厂”，是国际花园城市，是全国文明城市，广东重要的交通枢纽和外贸口岸，是全国四个不设县的地级市之一。

东莞与广州、深圳和惠州的九个县级行政区接壤。东莞控东江和广州水道出海之咽喉。

东莞市属亚热带季风气候，产业体系齐全，是全球最大的制造业基地之一，制造业的总产值占规模以上工业总产值的百分之九十以上。厚街镇是东莞市北的一个南连虎门港的、地处粤港经济走廊中段的风水宝地。水陆空交通十分便利。

厚街镇自古以来商贸繁荣，物产富饶。

厚街镇是誉满中外的“东方家具之都”。亚洲最大，档次最高的家具展览会屡次在此开展。厚街拥有本地、外省市、台商及国外的大型企业、私人企业上千家。其中以手工制造业为主。家具、家电、鞋业、农副产品等，高中档的各类超市、商店、酒店、商铺，应有尽有，尤其是厚街镇中心的步行街，更有小上海之称。万达广场的落户，为这个小镇又抹上了重重的一笔。

女儿为让母亲住得舒服些，特地租了一套两室一厅的房子。

一个较好的小区，一套明亮的居室。一位小时工，外加一条狗。

凡凡真够孝顺：添置了一切生活必需品，大至洗衣机、冰箱、

床、衣柜，小至锅碗瓢勺……（原业主物品太少或不适用）

她工作很忙，是一公司的副总兼财务总监。整天忙得不亦乐乎。就这样，只要一有点空就会带着母亲去吃早茶，开车去广州逛逛商店，为母亲买衣物。

正佳广场、天河城、广州百货、新天地、最高品牌太古江内的衣服，硬要给母亲买，还带母亲去吃她喜欢吃的海鲜、西餐。此时的李昕，一下子瘦掉了十斤，经常头晕，有时精神恍惚。到超市里买东西，半个小时不到，就会心里发慌，透不过气来；女儿开车带她到广州市区买东西，坐个半个多小时，就要躺下，身体很虚弱……

为了排解母亲的烦恼和对父亲的思念，女儿都不放心让母亲一个人在家。出差时，都把母亲带着，自己忙工作，请同事帮忙，带着母亲玩、吃饭。

有一次到四川出差，她整整忙了两天两夜，没法见到母亲，请同事帮忙照顾安排母亲的吃饭。李昕看了心痛不已。

还有一次，出差到上海，从下了飞机，住进旅馆，女儿就忙工作，每天通个电话问个好或安排吃饭问题等，整整三天，母女俩都没见面（怕互相干扰，她们各住一个房间），直到第四天，才在返回的机场上会合——一起回广州。女儿忙于公务，还得分心照顾自己——让母亲实在于心不忍，李昕提出：你出差，我就不跟着了，一个人在家完全可以了，不需要额外照顾，不用太增添麻烦和负担了。

这以后，李昕不再跟着女儿出差了。

女儿有时还安排一些同事、朋友在一起聚聚餐，或在一起看看电影、玩玩等，以解母亲的烦闷。

半年后，李昕有时一人出去买买日常生活用品，有时逛逛商店，但是，东莞厚街就这么大一点地方，逛两次就不感兴趣了。

李昕本来以为女儿的工作忙，吃饭不定时，自己为她调理调理，哪知，她们公司特地请了个大厨，为他们领导层烧饭。李昕虽也能烧个一桌子的菜招待客人，但是跟大厨师是决不能 PK 的。

李昕每天下午五点钟时，打电话给女儿，询问晚饭是否回来吃，确定她不回来吃，自己就吃个简餐——煮个面条或烧点稀饭。

有时女儿说回来吃晚饭，那就烧两个菜，等女儿回来共进晚餐。有时，因为要有事，又不能回来了，烧的饭菜得吃个两三天——李昕舍不得倒掉！就这样，女儿一周有两天在家吃饭就不错了。

周六照常上班，周日也不会按时休息，一个月总有一到两个周日都不休息，工作了一周，好不容易休息一天，早上想多休息一会儿，睡到九、十点钟起来，有时中午也想再休息一会——补充睡眠，一个午觉，睡到下午三、四点钟，吃个晚饭，散散步——带着遛遛狗狗，一天时间也就很快过去了。

如此，过了将近五个月，李昕实在无聊至极，没有认识的朋友、同事、同学、学生，他们的一切来电，都是问候、宽慰，似乎没有也不方便讲些什么。粤语——李昕听不懂，也无法跟别人交流。本来就不善于和别人搭讪的李昕，更觉得孤独难耐！

李昕觉得自己简直就是一个多余的人——一个对社会毫无价值的人，一个对家庭毫无作用的人。一个毫无价值的人，活着还有什么意义。在为古云过第七个“七日”纪念后，李昕为此大哭了一场：

一是为悼念古云，为追思他，为想念他而放声宣泄。

二是认为自己毫无生存价值而绝望地哭。

这种情绪越来越强烈，有时恍恍惚惚地觉得自己所住的十六层楼的阳台上，纵身一跳就一切结束了——一了百了了。

有时似乎自己往疾驰的车轮下面一躺——就可以一解百愁了——再也不会有烦恼了！

但是，自己死了后，女儿怎么办？在女儿这儿自杀，不是为她添乱吗？不是让她受世人指责吗？还能让她在这儿继续工作下去吗？还能在这儿再生活下去吗？这不是害她吗？用自己的所谓解脱来换取女儿赖以生存的工作和今后的生活，这是任何一个母亲都不会做的事情。何况，女儿是这个世上唯一的亲人，视女儿如命的李昕，为了女儿可以不惜牺牲个人一切的李昕，更不会如此了！

怎么办？忍！忍！忍！只有忍，让时间来解决一切吧。

如此，忍耐只会带来更大的压抑，压抑只会更苦恼，忍不住时，会莫名其妙地发火，心情越来越坏。适值女儿工作正忙之时，公司出现了一些状况，不得已对母亲关心得少了，有时也表现得不够耐心了。李昕为此更痛苦，她决定离开广州，到三亚去，那儿有她最喜欢的大海——她从小就向往大海。于是，她不顾女儿的反对，毅然决然地自己购好机票，整理好行装来到了三亚。

第四节　海水的洗涤

夜里一点钟，李昕只身一人拖着行李，打的来到了住处——位于三亚湾金鸡路上的三亚民航大厦—— 一幢有几百号住户的公寓。最早是三亚民航的单位楼，后成家属宿舍楼，再后来成为商品房售出了。

走廊分隔成两排住房——单居室。只要哪一家发出点声音，一层楼面几乎都能听见，这里出租给三亚旅游的或临时工作的年轻人居多，李昕的睡眠不好，住了半个月不到，她就自己通过房产中介找了个一室一厅的，一个较好的小区内的一套住房——位于红树林附近。这里独门独户，两边都有阳台，站在朝东的阳台上，就可以看到三亚湾——大海、沙滩、阳光——李昕最喜欢的景色。

添置了一些日常用品后，李昕安定下来。每天早晨七点，准时离家，走半个小时，到达三亚湾，沿着海边走半个小时后，坐在海边沙滩上，眺望远方的大海。那一望无际的海平线，那汹涌澎湃的海水，泛着白色的浪花层层叠叠地由远而近地翻滚着，拍打到沙滩后，散开而去；后面的浪花，又如此周而复始地，不知疲倦地翻滚着，翻滚着……

李昕的心情，难以形容。

高兴，终于看到了海。她从小学时背诵了俄国著名诗人普希金的《渔夫和金鱼》的故事后，就幻想着大海，那时，还只是十岁左右。第一次，有机会到了连云港，看到了海，那是和长江水一样的海水，令李昕大失所望。第二次，有机会在暑假时到青岛旅游，生平第一次看到了书中所描述的蔚蓝色的大海，她兴奋得不得了，可惜，只有三天时间，没空静静地坐在海边，好好地欣赏。当时海边人也太多，大海边上，像游泳池一样，人声嘈杂。第三次看海，是在珠海、澳门、香港看海，很开心。

第四次看海，是和古云随出版社休假到秦皇岛，住了廿天，又有幸到北戴河玩了一天。这才真正地接触到了海。他们住在秦皇岛体育训练基地，住房离海边只有几百米远。

每天清晨，在海浪声中醒来，两人散步在海滩，吃过早饭，在房间里看书、看报、下棋；吃过中饭，睡个午觉，午觉后约四点钟左右下海游泳，玩耍；晚饭后，又到海滩上散步。然后回房间看电视、看书；最后枕着波涛声入睡……

欣赏夜晚的大海，发现它更加深沉，更加静谧，更加梦幻。站在沙滩上，感受着海风的轻拂，听着一波冲击另一波的海浪声，看着漆黑的夜幕下的海水中倒映的那轮圆月和闪烁的星星，那一刻，仿佛整个世界都属于他们两人了。

晴空万里，强烈的阳光直射在黄澄澄的细沙上，没有一片云，没有一丝微风。

坐在温暖的沙滩上，面对着大海，海天一色。在大海和天空的交界处，蓝色的海水缓缓地向沙滩这边蔓延。海水就像天色一样蔚蓝、纯净、锦缎般闪着银色的光辉。

亲近大海，领悟大海，体会到了大海的心声，大海自然与你共鸣，无须刻意强求，也无须费力搜索。海，始终都会让潮声与你相亲，让其海声伴你舒适！

好惬意的生活啊。她想始终生活在大海边上，她曾在梦的世界里，无数次地想象在大海这样的怀抱里……

一天下午，古云和几位同事在海边游泳，几位男士向远处游去，游到了距离岸边五百米处时，古云对着李昕喊："到这边来，水不深。"当时，有一位出版社同事的家属小张，套着个游泳圈，也和李昕在岸边游，听古云这么一喊，也想过去，她的丈夫和古云他们几位在一起。于是李昕和她就往远处游去，李昕游着游着，突然觉得海水越来越深了，她本能地想站起身，可是脚下碰不到底了，不但站不起来，甚至还往下沉。她屏住呼吸，身体浮上来的一刹那，赶紧吸了口气，本能地抓住了旁边小张的游泳圈，只片刻时间，小张也一起往下沉了。李昕意识到不对了，又屏住气，待身体上浮出水面时，吸了口气，同时大喊："救命啊！"刚喊完，就喝了一口海水，又沉下去了。死亡的恐惧，向她袭来，她闭上眼又拼命地屏住气，待身体浮上来时，又喊了一声："救命啊！"似乎是同时，她的手臂被一只大手紧紧地抓住，往岸边游去。当她睁开眼时，只看见一位男士，一手拉着自己，一手拉着小张，把她们拖到岸边松开手的同时，说了一句："你们两个成年人，怎么能用一个儿童游泳圈呢？"李昕此时才刚刚摆脱恐惧，静下心来，刚想说声："谢谢！"却不知该对谁说了——戴着游泳帽，光着上身的男士，已融进了一片游泳者中……多少年来，李昕一直对那位男士感激不尽，要不是他的及时鼎力相救，也许就不会有李昕的今天了……

事后，当李昕告诉古云时，他也非常感激那救命恩人，真想当面好好谢谢他，可惜不知是何人啊！古云同时也自责：忽略了海底的变化，有时会突然形成一个波浪的漩涡，应该留意看着李昕她们游过来才对。这场有惊无险的事件，让李昕在海边游泳时，再也不敢去深处了——面临死亡的恐惧感，如此强烈地震撼着她——那是在她享受幸福生活时。

想到这些，李昕不禁又想到了古云——离去已半年之久的丈夫，不禁泪水潸然而下……怕被人看到，她将遮阳伞更靠近些，任凭泪水往下流淌，连擦都不擦……

约摸半个多小时后，李昕擦干了眼泪，抖了抖身上的沙子，漫步在沙滩上。"盖因波涛汹涌，水遂为其所激而动也。"宋朝朱熹的话出现在李昕的脑海里。海里的波涛如此，李昕的心里何尝不也如此！

李昕，每天上午都要在海边待上三四个小时。看着海水发呆，凭思绪万千，思绪放开后，会像一匹奔腾的野马，无拘无束地跑向各处……

自己这一辈子的生活：小时候就那么优秀的她，一直担任班干部、中队、大队委的她，在学校里一直是优秀教师的她，退休后仍在私立学校工作得很出色的她，结束了十九年噩梦生活的她，一直在享受着卅多年来的幸福温馨生活的她，此刻却孤独地坐在沙滩上，今后的日子怎么过下去？就这么地一直孤独至死？就这么地碌碌无为而死？

不得其解的思虑，始终撞击着她的心灵。犹如海浪撞击着海岸……

有时，大海是平静的，波光粼粼，烟气浩渺，晴空万里，偶有微风掠过，激起小小浪花；

有时，大海是动荡的，尤其是风大的时候，惊涛拍岸，卷起千堆雪；

有时，海浪一层又一层地赶来，碰撞着卧在海面的礁石，溅起了水花又落下来；冲湿了沙滩，又退回去，抚平了沙滩上留下的串串脚印。

李昕坐在沙滩上，仰望蓝天，远眺那无边无际的大海，分不清天涯还是海角，一片蓝色的世界，成群的海鸥，追逐着一浪赶着一浪的浪花，几艘游艇在浪中颠簸着。

“大海呀，大海，如果你能带走我的忧伤，如果你能帮我唤回我曾经的爱，就让我在你的身边等待！”

“在被黎明唤醒前，拥抱着梦中的你，在心碎的时候，有你的守候，黑夜的远去，就像你留下我孤单的身影。”

“大海啊，我愿意随你四处飘荡，大海啊，请将我带到我的爱人身旁。”

李昕经常在念叨着或低吟着歌词里或自编的有关大海的词语，以寄托那斩不断、理还乱的情思。

有一天，坐在公交车上，到三亚的大东海海滨去看海，从红树林站上车后不久，听到一位乘客的半导体收音机里在放一首歌，那深沉而雄厚的女中音，委婉而动人的乐曲，似乎是伴随着祷告词：……不为超度，只为触摸你的指尖……不为觐见，只为贴着你的温暖，……不为来世，只为途中与你相见……不为来世，只为有你……

李昕听着，泪水禁不住地流下，到了第一市场站，那位乘客下站了。直到只身一人，躺在大东海海边那大遮阳伞下，耳边还回响着这几句歌词……

李昕又坐车到北京路步行街，到音响店寻找这首歌，因为不知道歌名，也不知道歌手名，单凭李昕哼哼两句，而且还哼得词曲都不够准确，所以很难找到这首歌的歌片。正在李昕着急时，正巧在一家商店外，听到了这首歌的旋律。李昕立刻冲进店内，一位女老板还以为她要买店里的商品，热情地接待她，李昕抱歉地向老板说明来意，没想到，女老板立刻把歌曲停下，拿出唱片，查看后，告诉李昕：歌名是《那一天》，歌手是降央卓玛，是一首西藏歌曲。

李昕十分感激，女老板再三说理解李昕，自己也很喜欢这首歌。

李昕赶紧回家，立即从手机里下载了这首歌。

“那一日，闭目在经殿香雾中，蓦然听见是你颂经中的真言。那一夜，摇动了所有的经筒，不为超度，只为触摸你的指尖。

那一年，磕长头，匍匐在山路，不为觐见，只为贴着你的温暖。那一世，转山转水转佛塔，不为来世，只为途中与你相见。

那一瞬，我已飞，飞成仙，不为来世，只为有你，喜乐平安。那一瞬，我已飞，不为来世，只为有你。”

降央卓玛的歌声带着那特有雪域高原空灵唯美的意境，堪称天籁之音。仓央嘉措的歌词，简直令人听了心酸不已！白龙的作曲，那么沁人心脾，直唱到听者泪流满面……李昕听这首歌，似乎歌曲中的你不是仓央嘉措本意指的一位他深爱的姑娘，而是自己的去世的爱人——古云啊！“只为触摸你的指尖……只为途中与你相见……不为来世，只为有你……”她边听边泪流而下，后来，她可以边唱边流泪，每天都要听好几遍，只要想念古云时，就会唱，以此来表达思念之情。

李昕住在三亚，陆续有朋友、学生、同学来看她。她高中的一位女同学，为她提供了许多方便，让她感到虽然身处陌生环境，但似乎有亲友在身旁；一位学生来看她，租了一辆车，几乎玩遍了三亚的所有景点。在他们到来的期间，李昕享受着亲友们的关怀、呵护！心情开朗了许多。

隔壁邻居——一位哈尔滨来的奶奶带着孙子，经常送些东北菜来，有时甚至开着摩托车带着李昕到外面兜风；一对北京来的老教授，对李昕也倍加关心，经常来家里聊聊，以解李昕一人孤独之苦。

有一天，走在小区的一条小路上，因为在想着其他事情，一不小心，被石头跘了一跤，趴在地下。路过的人，一下子围上来好几个，有的把李昕扶起来，有的帮李昕把拎包拿起来，有位男士过来对李昕说：“我带你上医院吧，车子就在这儿，我去开车去。”李昕活动了一下手脚——还好，没伤到骨头，只是手和膝盖处有些皮外伤，于是连声向众人道谢：“谢谢各位，没伤着骨头，只是擦破了点皮，回家擦点药就行了，我就住在前面那栋楼，谢谢各位！谢谢！”还是好人多啊！多么善良的人们啊，全国南来北往的人，大家都这么互相关心，互相爱护，也许对一般人来说，这不算什么，但对于李昕——心灵受到重创的人来说，那是多么地温暖啊！三亚的海水洗涤着李昕的心灵，三亚的人们在温暖着李昕的心。

第五节　在诵经中离世

清明节前三天，女儿来了个电话，商量要给父亲祭奠之事，女儿的意思是，要给父亲买个墓地。

李昕对女儿说：“你爸爸生前，我们都商量过了，百年后，不土葬，谁先走，就把骨灰盒放在殡仪馆，等到两人都百年了，把两人的骨灰放在一起，撒入长江。这样，不需要你每年还要特地从广州赶往南京来上坟，省去长途奔波劳顿之累！”

可是，女儿再三地说服李昕：“人，百年后要入土为安，只有这样才能让爸爸的灵魂安息！爸爸安息了，我们下辈才尽到孝道。”

母女俩各执己见。李昕要按照古云生前商量好的办法，这不仅要遵照古云生前的愿望，也是李昕自己极力赞同的。女儿最后出言，将住了母亲："爸爸入土为安了，对我们下一辈也好！"

李昕无语了，只要对女儿今后好，还能有什么不同意的呢！

于是商量好：李昕清明节就不回去了，全部由女儿来操办。

女儿回了南京，买了墓地，请了大师选了墓穴，碑上的字，由李昕设计好。等到古云去世一周年之日下葬。

五月卅日是古云去世一周年。李昕打算在五月廿五日回宁。

五月二十日时，李昕开始整理行装，准备回南京一周后，再回三亚。

整理行装，应该是件很简单的事情，可是，李昕就老是提不起兴趣来。心理乱糟糟的。既然这样乱，干脆就去看书——这是平息心里烦恼的最好的办法。到图书馆去还掉五本书——上次借的书应该还掉再走。

三亚市最大的图书馆在凤凰路上，坐落在美丽的临春河畔，北邻"美丽之冠"，西傍临春大桥，南接白鹭公园。占地面积廿四亩，总藏书量近二十五万册，是目前海南省南部建筑规模最大的公共图书馆，还是文献、信息、网络服务中心。

李昕已来过很多次，每次借书五本，看完后再还、再借。二楼是她最熟悉的地方。

五月二十一日，和前一天一样，李昕下午到红树林的"今日 X 书屋"。这个书店坐落在集合了中西方异域风情的三亚湾红树林度假世界这小小的国度里。书店地方很大，书的品种也很多，书的分列很仔细。书店里的书橱摆设十分科学先进，造型各异，分别放置了桌椅，供阅读者所用。环境优雅，灯光适宜柔和。

李昕经常到这里来看书，要上一杯咖啡，拿上一本书，摊开笔记本，可以一坐就是三五个小时，服务员偶尔轻轻地走过来看看，会对你微微一笑，亲切无比。这也是李昕隔三岔五就会来的地方——一则离住处近，只需步行十分钟即可；二来，李昕喜欢这里的环境，太迎合她那小资情调了。到这里是一种享受。看书是她的兴趣，此环境又是她喜爱的，除了海滩，这就是她的首选之地！

如果古云在世的话，肯定也是他喜欢之地。他的在天之灵，似乎经常在陪伴着李昕，安宁地在这儿阅读。

五月廿二日，李昕想到回南京要给亲友们带些南方特产。于是早早起床，来到了解放路——步行街。这是一条约二百三十米的商业街，汇集了众多珠宝首饰及各类服装，可以买到海南特色的“岛服”。

李昕在这里买了一些手链：珍珠、菩提，还买了几条漂亮的连衣裙。

又品尝了三亚著名小吃：抱罗粉、清补凉。

然后又坐车到了三亚有名的第一集贸市场，这里是三亚最具人气的海鲜与水果交易市场。李昕买了一些水果和三亚的椰子粉，当时就在商场打包快递到南京。

这个市场还可以买到各式各样的工艺品、首饰品，几乎所有的日用品都可以买得到，同时还拥有许多小吃铺和小商品夜市。李昕买了几样物品：一套祭奠用的精致的工艺品，一条珍珠项链和一包现买现磨的珍珠粉——这都是正规商店的正宗商品。

五月二十三日，李昕打了电话，请顺丰快递公司的快递员次日上午上门来办理快递业务。一切似乎都已安排妥当，可是，李昕仍觉心里极度的不安——以前从未有过的情况，怎么回事呢？

晚饭后，李昕下楼散步，走在小区的小道上，突然觉得四周特别安静。往日此时的小区热闹得很，有游泳的（小区内有游泳池)，有散步的，有孩子们的嬉闹声……现在怎么都不见人影呢?抬头望去，二十几层的楼房里，可以数得过来的只有三五家的灯亮着，李昕住的这栋楼，竟然只有两家窗户的灯亮着。小区内的几十栋楼房竟然都是如此，要不是小区内的路灯都还像往常一样地亮着，那么，这个小区将是黑暗一片了。那几家的灯光，几乎就成了几颗夜空中闪烁的星星了。

哦！李昕此时才恍然大悟：半个月前，左邻右舍在返回自己的家乡时——北京、哈尔滨，曾问过她何时回南京，她说："不回南京，在这儿等你们回来！"——李昕租房一年，要到次年春节呢！大家都留下电话，笑别！

没想到，这个海边城市是个候鸟式生活方式——天气一热，就离开，天气一冷就返回。李昕不知道这特点，现在才明白，这样待下去，整栋楼已没多少人住在这儿了。上楼一看，自己居住的这一层楼共有六家，只剩李昕一家了。这样太危险了吧！怪不得这几天，李昕一直心神不定，原来是因为有人在提示她：这里不安全了！她回到房间，对着古云的照片说："是你在提示我，要离开这儿了，对吗?"遗像里的古云似乎在对着她微笑，似乎在默认……

李昕突然做出了一个决定：回南京后不再来三亚了！明天把该带走的物品一起快递！于是立刻整理物品，一直忙到十二点，才休息。

次日早上八点钟，快递员来了，忙了快一个小时才包装好。然后打了电话，告诉在三亚的一位同学，那位同学下午赶过来一起帮助李昕整理了一下物品后，李昕又把要给房主的一些租赁合同、门卡、水电燃气、电视等等资料一并托付给老同学，请她在房主十月份从哈尔滨回来时，交还给房主。

一应事宜办完后，已是晚上九点钟，次日凌晨六时的飞机，那位老同学怕李昕睡过了时间，凌晨四点钟特地赶来送李昕，这让李昕很感动。依依惜别，互道珍重！

到了南京，感到好亲切。走出机场，登上机场大巴——直达河西万达广场，已有朋友帮忙订好了万达广场的公寓，入住了酒店后，立即回家——阔别了近一年的家。

把随身带着的古云的遗像，拿出放在桌上后，又把从三亚第一集贸市场买来的全套祭奠用品换上，摆放在遗像前，点燃三支香，再插上电蜡烛等，边做着，边对古云说："老先生，我们回家了。出去了近一年，现在回来了，还是回家好啊！"

朋友请来了两个钟点工，打扫了五个小时，家里才整理得窗明几净。

疲劳了一天的李昕，晚上十点就入睡了，一觉睡到自然醒时，已是次日上午八点钟了。好舒服啊！好久没有能睡得这么踏实、深沉了……到底这是家啊！

廿六、廿七号两天，李昕在家里拆包整理一些早些日子寄到朋友家的包裹。

廿八号有几位朋友请李昕聚聚，为她接风。大家在一起倍感亲切，而且都一致认为：李昕应该在南京住，便于沟通，相聚，有这么多的同事、同学、学生、朋友，多好啊！李昕不会寂寞，大家也可以经常走动，也免去对李昕的牵挂！李昕对朋友们这番真情，实在是感动得热泪盈眶！有朋友真好！

廿九号女儿回宁，商量和准备次日之事！卅号清早六点钟，在小区门口，坐上车直开殡仪馆，女儿在朋友陪同下，办完了手续，取出古云的骨灰盒，驱车直奔雨花台铁心桥的公墓普觉寺——安葬的墓地。

博园——符合古云的身份。此时，墓地的工作人员已把场地布置好了。

红地毯从园门一直铺到墓穴前，黑底金字的碑文上刻的是父古云，母李昕。下面右边刻着两人的生辰和古云故去日期。左边刻着女儿为父母立墓地的日期。

碑的后面写着“喜乐平安”四个字。碑体的上面和两边都刻有祥云——意味着灵魂上天之意。碑下方是大理石的祭台。上面摆放着烟、酒、糕点、鲜花。正中间放着烛台和香台。

仪式开始时，由一位高僧为死者助念为其种下佛缘，无穷般若心自在，语默动静体自然，

用红绸布包裹着的骨灰盒在高僧的诵经声中缓缓放入墓穴中，此时墓穴中已被火烘了一会儿，又放入一些硬币，然后再放入骨灰盒，此时还放了鞭炮。工作人员用土将骨灰盒埋好，再放上水泥盖板，再用混凝土将穴位四周封严，然后再在穴盖上铺上红绸布。此时高僧诵经结束，由李昕先点上香叩头，下面是送葬的亲人，每人点燃香，叩头。……几十个人，仪式完了后，人们陆续上了车，开往位于北京东路上的一大寺庙——鸡鸣寺。人们从高僧手中接过几片云片糕，然后步入寺门，来到寺庙最高处——这里可以俯瞰玄武湖全景。落座后，吃素斋。这里的素斋可真是色香味形俱全。每一道菜，皆是一件工艺品，本来李昕心情极差——十分难过，但此时，在人们的称赞声中，看着这件件精湛的工艺品，也情不自禁地为之赞叹！心情也好了些许。

午餐过后，驱车前往位于集庆门五福街的一座小寺庙——金

栗庵。它是南朝四百八十寺之一，五福街这个名字很有民俗宗教的色彩，《尚书》上记载的五福是：一曰寿，二曰富，三曰康宁，四曰攸好德，五曰考终命。进入金栗庵大门后，转身可以看到一面照壁，上面写着“佛”字，门口设置了请香处，这里的香烛可以随意拿，至于请香的钱，由香客根据自己的情况随缘。香炉就设在马路边上，供香客请香，这里的香火很旺。

寺庙的正殿是玉佛殿，正殿前的荷花盆里还有莲花。莲花又称荷花，它是佛教经典和佛教艺术经常提到见到的象征物。佛祖一出世，便站在莲花上，一手指天，一手指地，并说：“天上天下，唯我独尊。”每当释迦牟尼传教说法时，伽趺的是“莲花座”，坐姿也成“莲花坐姿”，就是两腿交叠，双手仰掌足心向上。莲花常在佛经中屡屡被引喻。如佛经上说，人间的莲花不出数十瓣，天上的莲花不出数百瓣，而净土的莲花千瓣以上。

我们所见的佛像和佛经中，介绍净土佛国的圣贤都以莲花为座，或坐或站，都在莲花台之上，以代表其清净庄严。可谓佛国净土的象征。佛教的莲花象征完全一派东方文化的风尚，宁静、愉悦、超脱和微笑。

无量佛如莲，无边佛如莲，人生亦应如莲，安详则步步生莲。李昕突然想起来唐朝诗人李商隐的《赠荷花》：

世间花叶不相伦，花入金盆叶作尘。
唯有绿荷红菡萏，卷舒开合任天真。
此花此叶长相映，翠减红衰愁煞人！

这一天，因为做佛事，所以金栗庵不对外开放。玉佛殿的布置，格外肃穆。高僧们全部穿着袈裟，法器中的庄严具、供佛器、报时器、携行器，一应俱全。一进门的右侧，是祭奠亡者的供桌，桌上放着古云的遗像，周围放满了鲜花、贡品等。进门左侧是休息室。

下午两点钟，佛事正式准点开始。在高僧刚宣布开始诵经的同时，天下起了雨，全体参加者在古云的遗像前，叩头，上香，围绕着殿堂走一圈，再听高僧们诵经，然后由此周而复始地好几遍。后来就由女儿和侄儿们代表做了，李昕等人就坐在休息室等候。这期间，天气一直在下着小雨。

如此轮番到第四次时，一位高僧突然来到李昕面前，要求她跟着自己去古云的遗像前，指着遗像，让李昕看：李昕定睛望去，遗像中的古云在对着自己笑！李昕揉了揉眼睛，再看看，真的，古云在对着自己笑！此时，高僧对李昕说："他在对你笑吧！"得到李昕的首肯后，又说："他是在告诉你，他的灵魂已升天了，你放心吧！"李昕此时的泪水，止不住地流了下来，是伤心？是欣慰？是思念？说不清。高僧对李昕说："不要难过，你应该高兴才对，他在天之灵也是希望你能高兴。"李昕擦干眼泪后，再定睛望去：古云又恢复了原来的模样——平和、沉稳、慈祥，再定睛看去，笑容没有了，一切都恢复了原来的样子了。简直是奇迹啊！但真的是李昕亲眼所见啊！实实在在地看到的啊！是幻觉？是思念？不得而知。

（两个月后的一天，一位朋友来陪李昕去江西宜春的温汤镇明月山游玩散心。李昕要求住在温汤镇上的矿物疗养院，那是她和古云两年前来住过的地方。李昕还要求住那间房。朋友怕她伤感，不让她住那间房，李昕坚持要住。当李昕推开房门的一瞬间，古云身上的那种淡淡的烟草味和他身上独有的体味，扑面而来。两年过去了，不知换了多少旅客了，怎么还有这种熟悉的体味出现？这一夜，李昕睡梦中，觉得古云在自己的右前方，对着自己笑，李昕问他想说什么，他都只笑不语。李昕惊醒了，一切也都消失了。奇怪的是，这个笑容和在做佛事时出现的笑容一模一样！什么原因？是巧合？是思念所致？不得而知！）

待到四点半钟时，佛事的最后一项活动是全体参加者手持一支点燃的香，到外面的香炉去敬香，就在人们准备好，考虑是否要打伞出去时，一直在下雨的天，突然晴了——雨止了。人们上完香，结束了佛事后，坐在车上议论着："老先生，人太好了，保佑我们不淋雨啊！"

李昕把刚才高僧带她去看到遗像中古云笑之事，讲给大家听，大家一时深表诧异，不得不相信李昕的话——她从不说谎，而且在这种时候，她更不会随便乱说的。在大家的沉思中，李昕告诉大家：

古云是在诵经中诞生的！古云又在诵经中离世了……